新潮文庫

熱風

古着屋総兵衛影始末 第五巻

佐伯泰英著

新潮社版

9161

目次

熱風

古着屋総兵衛影始末　第五巻

序章　異　変

宝永《ほうえい》二年（一七〇五）の閏《うるう》の春先から奇妙な熱風が吹き始めた。伊勢《いせ》神宮《じんぐう》への集団参宮（群参《ぐんさん》）、抜け参りが畿内《きない》を中心に広がりを見せ始めた。

これほどの規模の伊勢への大量群参《ぬけまいり》はこれまで見られなかった現象であった。

山田奉行所の記録によれば、

「四月九日より五月二十九日まで、京・大坂諸国より参宮凡《およそ》三百六十二万人之事」

とあった。

当時の江戸期の人口は三千万人前後と推定されたから一割以上の民衆が職を投げだし、家族を置き去りにし、田畑をないがしろにして伊勢に向かったのである。

　この抜け参りが波及した地域は、東は「近江《おうみ》、伊勢、美濃《みの》、尾張《おわり》、信濃《しなの》、江戸……」、西は「丹波《たんば》、但馬《たじま》、因幡《いなば》、備前、備後《びんご》、安芸《あき》、阿波《あわ》……」に及んだ。

　そんな最中、四月朔日《ついたち》の更衣《ころもがえ》を無事終えた江戸日本橋富沢町《とみざわちょう》では、ほっと安堵《あんど》の空気が漂った。

　古着問屋の大黒屋《だいこくや》では暖簾《のれん》を下ろした更衣の夜、店《たな》の仕分け場の板の間に住み込み、通いの奉公人たちが顔を揃《そろ》えて、膳《ぜん》を囲む。酒は下りもの、魚は魚河岸《うおがし》から取り寄せた真鯛《まだい》やさよりの造り、甘いものまでと膳に並びきれないほどのご馳走《ちそう》が供され、一年二度の更衣の夜は、大黒屋の奉公人にとってはなんとも楽しみな夕げであった。

　だが、この場に主《あるじ》の総兵衛《そうべえ》が出ることはない。すべては大番頭の笠蔵《かさぞう》が頭《かしら》になって、仕切る。無礼講に飲み食いして、英気を養ってもらおうという親心からだ。

　その翌朝、総兵衛は地下の板の間の大広間で朝の稽古《けいこ》を終えた。

　古着問屋の主が先祖伝来の祖伝夢想流を継承して、毎朝きびしい稽古を自らに課しているには理由があった。

大黒屋総兵衛を頭とする鳶沢《とびさわ》一族には隠された貌《かお》があった。

徳川幕府の祖、家康は天下普請《ぶしん》を号令した。

この慶長《けいちょう》期、入り江を望む江戸はただ茫々《ぼうぼう》とした葦原《あしはら》であった。家康はこの地に新しい都を築こうとしたのだ。

昼間、槌音《つちおと》が響き、大普請の活況を呈した。だが、夜ともなると諸国から流れこんだ夜盗無頼の徒らが跳梁跋扈《ちょうりょうばっこ》して、朝を迎えてみると凌辱《りょうじょく》された女や金品を強奪された男の死体があちこちに投げだされていた。

家康は夜盗の総大将の一人、鳶沢成元《なるもと》に狙《ねら》いを定めて捕縛させた。この成元を説き伏せて、仲間たちを一掃させた。

毒を以《もっ》て毒を制することに成功した家康は、成元に建築する御城からほど近い富沢町に二十五間（約四五メートル）四方の拝領地を与えて、古着商いの権利を認めたのである。現在も日本橋富沢町に衣料関係の会社や問屋が多い理由であった。

この古着商いを鳶沢成元に与えたのには家康の深慮遠謀が隠されている。

そもそも古着の流通にはそれらの品とともに取引される情報がついてくる。家康は成元に古着商いを独占監督させて、そこに流通する情報を一手に集めさせた。そして、それらの情報を徳川家のために役立たせたいと考えたのだ。

元和《げんな》二年（一六一六）、大御所家康が亡《な》くなったとき、亡骸《なきがら》は駿府《すんぷ》の久能山《くのうざん》に造営された神廟《しんびょう》に埋葬された。

そのとき、家康の亡骸の周りを固めたのは鳶沢成元を長《おさ》とする鳶沢一族、家康によって隠れ旗本に任じられた者たちであった。

一族は家康の亡骸が久能山から日光の東照宮に移された後も神廟衛士《えじ》として、久能山裏手の拝領地に住まいして、家康が与えた任務を実行しつづけた。

富沢町の大黒屋は商いの拠点、鳶沢一族の活動資金を調達し、情報を収集する〝江戸藩邸〟であった。一方、駿府鳶沢村は、新たな戦士と奉公人を供給する国許《くにもと》として機能してきた。

富沢町の大黒屋は入堀に面して六百二十五坪の敷地があって、四周を漆喰《しっくい》造り、二階建ての店と蔵で固められていた。店と蔵に囲まれた庭の中央に主総兵衛の住まいが位置して、渡り廊下で店と結ばれていた。そして庭には老樹や庭石が巧妙に配置されて、美の空間であると同時に敵方の侵入を防ぐ要塞《ようさい》であることを示していた。

一族の武の結束を象徴する場は、総兵衛の住まいの地下にあった。

道場をかねた大広間と武器庫、そして入堀と地下の隠し水路で結ばれた船着場など鳶沢一族が百年の歳月と莫大《ばくだい》な費用を投じて建設した闇《やみ》の城であった。

この朝、総兵衛が稽古を終えて一服していると、板戸の向こうに人の気配がした。

「総兵衛様、お邪魔いたします」

大番頭の笠蔵の声がした。

「入れ」

この場にあるとき、大黒屋主従ではない。鳶沢一族の頭領と部下、その関係が言動にも現われる。

板戸が引きあけられ、一族の束ねの笠蔵の他に奥むきの女中おきぬも姿を見せた。

大黒屋のなかではだれよりもこの三人が早起きだ。勝手頭のおよねが目を覚ます前に起きる。

むろん総兵衛は朝稽古、笠蔵は庭の片隅にある薬草園の手入れ、おきぬは主が稽古を始めると床《とこ》を上げ、部屋の掃除をする。

おきぬは朝の早い二人のために熱い茶を運んできていた。

「更衣の馳走、ありがとうございました。奉公人一同、大喜びにございます」

笠蔵が主に礼を述べた。おきぬは二人の前に茶碗《ちゃわん》を置くと、

「歌声も響いておりましたな」

と笠蔵に笑いかけた。

「勝手のおよねはなかなかの芸達者でしてな、お国自慢の民謡から声色まで上手にこなします」

「宿酔《ふつかよい》の方が出ぬとよいですけど」

つい羽目を外して飲み過ぎ、宿酔になって床から離れられない者が二、三年に一度くらい出る。それをおきぬは気にしたのだ。

「まあ、大目にみよ」

と総兵衛が言ったとき、足音がして地下に下りてくる者があった。この地下

に自由に下りてくる者は、大黒屋の幹部のなかでも限られていた。

「総兵衛様、ちとお耳に入れたきことが」

一番番頭の信之助《しんのすけ》の声がして、戸が開かれた。

「だれぞ床から起きられませぬか」

昨夜の今日だ、笠蔵がそれを心配した。

「いえ、小僧二人の姿が見えませぬ。恵三《けいぞう》と栄吉《えいきち》にございます」

二人とも鳶沢一族の血筋、今年になって富沢町に奉公に上がってきた。年は恵三が十二歳、栄吉が十一歳になったばかりだ。

「奉公がつろうて店を逃げだしたか」

総兵衛の言葉に三人が一様に首を捻《ひね》った。

「昨晩は更衣祝いを楽しげに過ごしておりましたし、そのような気配はまったく見受けられません」

と信之助が答え、

「まだ前髪立ちの小僧ゆえ馳走を食べて、一足早く二人は二階の大部屋に引きあげております」

と言葉を継いだ。

影の任務を宿命づけられた鳶沢一族の奉公人は、一族の者ばかりではない。秘密を共有する一族の者だけが男も女も住み込みであり、一族の外の者は、通いにと巧妙に分けられていた。

「二人の持ち物は持ちだされておるか」

と笠蔵が訊《き》いた。

「それが着たきり雀《すずめ》、昨夜の格好のままに出ていっております」

「いつ二人は店を出たのじゃ」

「それが……」

信之助が面目なさそうな顔をした。

大黒屋の奉公人の最高責任者は大番頭の笠蔵だ。笠蔵はできるだけ、後継と目する信之助に奉公人の監督などを任せていた。

「出ていったことに気づいた者がいなかったのだな」

「なにしろ同部屋の手代たちは酔っておりまして、寝たときに恵三と栄吉が寝ていたかどうかも分からぬ有様《ありさま》……」

「店の通用口はどうなっておったな」

「朝には閉じられておりました」

「となれば、昨夜のうちに店を出たということか」

そう言った笠蔵が、

「信之助、店に戻りますぞ」

と陣頭指揮して調べる意気込みをみせた。笠蔵が信之助を伴い、主の前を去った。

（抜け参りに出たか）

総兵衛は二人の小僧が自発的に店を出たとしたら、富沢町にも噂《うわさ》されるようになっていた抜け参りに小僧たちが出かけたのではと考え、

（一月《ひとつき》も経《た》てば戻ってこよう）

と安堵した。

だが、事態は思わぬ方向に進展した。

通いの小僧の丹五郎《たんごろう》もこの朝、大黒屋に姿を見せなかった。

もともと大黒屋には丹五郎の兄の虎三《とらぞう》が荷運び人足として働いていた。が、

大黒屋の内情を探りたい十手《じって》持ちの黒烏《くろがらす》の勘平《かんぺい》に幽閉されて、無法にも拷問《ごうもん》を受けていびり殺された。

虎三の通夜の日、弟の丹五郎が大黒屋で働きたいと申しでた。兄弟の父は、真冬泥酔《でいすい》して堀に顔を突っこみ、凍死していた。一家を虎三が支えていたのだ。虎三亡き後、丹五郎が一家を支えねばならなかった。

そのことを承知していたから、笠蔵も丹五郎の奉公を総兵衛に願った。が、当時の丹五郎の体は小さくて華奢《きゃしゃ》、とても重い古着の包みを扱う人足は務まらない。

そこで総兵衛と笠蔵が話し合い、店回りの雑用をこなす通いの小僧として採用した。

十七になった近ごろでは骨格もしっかりしてきて、荷運び頭の作次郎《さくじろう》の下で人足として働かせるかという話が出ていた。そのほうが稼ぎになるからだ。

「丹五郎はこれまで一度も欠勤はむろんのこと、遅刻もございませぬ。家族になんぞ起こったかとちょいと心配で……」

笠蔵がすでに奥座敷に戻っていた総兵衛に相談にきた。

「駒吉《こまきち》を長屋に走らせてございます」

丹五郎はおっ母《か》さんと三人の弟妹の五人で、富沢町の隣町、長谷川町の裏長屋で暮らしていた。

「恵三らと三人して抜け参りということはあるまいな」

「丹五郎は十七にございます。それに一家の柱になって働かねばならない自覚もございますゆえに抜け参りには……」

考えにくいと笠蔵は言った。

抜け参りは七、八歳からせいぜい十三、四歳くらいまでの少年少女が多かった。

「恵三と栄吉の二人と丹五郎の仲はどうか」

「年は離れておりましたが、いたって仲がよろしいので」

笠蔵が困った顔をした。

「まだ江戸の東も西も分からない二人に江戸育ちの丹五郎がいろいろと親切に教えていたようです。昨晩も三人は膳を並べて、座っておりました」

「となれば、三人が一緒に行動をしているということが考えられますぞ」

「ですな」

伊勢への抜け参りは信心ということで、どこでも大目に見られた。店に勤める奉公人が抜け参りにいき、戻ってきた場合、主はそれを黙って受け入れるという不文律があった。

「小僧がはしかにかかったと思えばいいや、熱が覚めればまたもとに戻るさ」

と抜け参りの出た蕎麦屋《そばや》でも湯屋でも諦《あきら》め顔であった。

「旦那様《だんなさま》」

廊下の向こうから手代の駒吉の声がした。

「駒吉か、入りなされ」

笠蔵に呼ばれて、丹五郎の長屋に様子を見にいった駒吉が廊下に膝《ひざ》を揃《そろ》えて座った。

「総兵衛様、大番頭様、丹五郎も昨夜から姿を消しております」

「抜け参りか」

総兵衛の問いに駒吉が、

「はい、十中八九、伊勢を目指したに相違ございません」

と請け合った。

「子細を申しのべてみよ」

「丹五郎は宵の五つ（午後八時頃）には食べ残した焼き物、赤飯などを重箱に詰めてもらって長屋に戻り、ここのところ寝込みがちのおっ母さんに食べてくれと差しだしたそうにございます。その後、井戸端で顔を洗うといって長屋を出たあと、戻ってこなかった。そこで弟たちが長屋の内外を捜しましたが、姿が見当たりません。一晩、おっ母さんはまんじりともせずに丹五郎の帰りを待って眠らなかったそうにございます」

手代になって三年、すっかり落ちついた駒吉が総兵衛と笠蔵に報告した。

「駒吉、食べ盛りの丹五郎は膳《ぜん》に出された料理を母親に持ち帰ったか」

総兵衛は五尺八寸（約一七六センチ）と背丈も伸びて、無精髭《ぶしょうひげ》もちらほら目立つ駒吉に念を押した。

「はい」

「駒吉とはえらい違い、親孝行ですな」

「はい」

主従はにやりと笑い合った。

「母親思いの丹五郎が自ら家出をしたとするならば、必ずだれぞに理由を言いおいていくものよ」

得意げに笑みを浮かべた駒吉が、

「丹五郎のすぐ下の弟の長八《ちょうはち》が聞いておりました。丹五郎は母親の疝気《せんき》（腹痛）が治るように伊勢参りをすると長八に言い残し、長八に白衣三枚と竹柄杓《たけびしゃく》三本を預けておりました」

「なんとまあ、用意のいいことで。白衣は私が渡したものにございますよ」

笠蔵がうめくように言った。

「ほお、大番頭さんがあげなすったか」

「丹五郎が白衣の古いものがあったらおっ母さんに数枚分けてほしい、お代は私の給金からと殊勝にも申しますもので、ついお代はいいからと渡したものにございますよ」

「丹五郎もおとぼけの笠蔵様を騙《だま》すとはなかなかの食わせ者ですな」

「総兵衛様、大番頭の私の監督不行き届き、まことに申しわけなくお詫《わ》びの言葉もございません」

笠蔵ががっくりと肩を落とした。

「旦那様、大番頭様、丹五郎らはおっ母さんの病気が落ちつくまで待って、抜け参りに出かける考えだったようです。ところが恵三、栄吉の二人がお店《たな》を抜けるには更衣《ころもがえ》の夜が怪しまれずに出られると考えついたようで、予定が早まったのでございます」

駒吉が言い、総兵衛が応じた。

「大番頭さん、三人が伊勢へ抜け参りにいったとなれば、仕方ない。陰膳を据えて無事の帰りを待ちましょうぞ」

抜け参りは徳川の封建支配や徒弟制度などの重圧から一時的に抜けて、日頃の不満を発散させるものとして流行した。そのかたちが伊勢参りという信仰に仮託されたから、主《あるじ》も親も夫も抜け参りだけは人生修行の場として黙認した。だから、どこの家も店も陰膳を据えて伊勢から無事に戻ってくるのを待ったものだ。

「それより大番頭さん、丹五郎の母親の病気が気掛かりです。今日にも様子を見てきてくれませんか。お医師の治療が必要ならうちの出入りの先生をな、差し向けてくだされ」

「はっ、はい」

と笠蔵が畏《かしこ》まってその場は終わった。

丹五郎ら三人の小僧が大黒屋から姿を消して抜け参りに行った直後から、江戸から伊勢へ走る少年少女が急増した。どこの店もいつ小僧が姿を消すかと戦々恐々としている。

総兵衛の食事にはおきぬが給仕をする。

この夕餉《ゆうげ》、鱸《すずき》の洗いで酒を嗜《たしな》む総兵衛におきぬが町で拾ってきた話を始めた。

「このたびの抜け参りには扇動する者がおるそうにございます」

「ほお、扇動者がな」

「この者たちを売人《ばいにん》と称しておるそうですが、お伊勢にいけば金持ちになるとか、お伊勢にはお札が降っていて、それを拾えば運が向くとか、いろいろと流言を飛ばしては幼い小僧さん方を誘っているそうにございます」

「売人の狙《ねら》いは何か」

「さてそこでございますよ。お伊勢に抜け参りして喜ぶのは、一体全体だれにございますか、おきぬには分かりません」

「もはやこれほどに規模が広がるとお上の手でも止めることはできまい。秋風の吹く季節を待つしかあるまいな」

伊勢への道中には善根宿《ぜんこんやど》が設けられ、無料の炊《た》き出しがおこなわれた。

その抜け参りの頼りが白衣に竹柄杓だったのだ。これさえあれば、路銀の用意がなくとも伊勢へのお参りはできた。江戸から竹柄杓を背にくくりつけられた犬がお伊勢参りをして無事に戻ってきたという話さえあった。

だが、この熱風も秋風が吹き、寒さの季節が巡ってくると自然に立ち消えになった。野宿がままならぬからだ。伊勢への大量群参《ぬけまいり》の熱気も急激にしぼんで、いつの間にか収束するのが常だった。

総兵衛もそう考えていた。

「旦那様、本庄《ほんじょう》の殿様のお使いが手紙を届けていかれました」

三番番頭の又三郎が宛名《あてな》も差出人も書かれていない封書を届けてきた。

旗本三千二百石、大目付本庄豊後守勝寛《ぶんごのかみかつひろ》と総兵衛はともに肝胆相照らす仲で、全幅の信頼をおく間柄であった。宝永元年九月、阿部豊後守正武が老中職を免じられ、本庄勝寛は官名を伊豆守から豊後守に変えていた。また永井直敬が宝永元年十月より若年寄に補職・伊豆守を名乗っていたゆえ、さしさわりもあった。

（名がないのはちと奇怪……）

と思いながら総兵衛は訊いた。

「返事は必要かな」

「いえ、その要はないとおっしゃられて、お使いの方は早々に屋敷に戻られました」

訝《いぶか》しく思った総兵衛は箸《はし》を置くと封書を切った。

「なんと……」

総兵衛の口からその呟《つぶや》きが漏れ、封書は懐《ふところ》にしまわれた。そして手紙の内容について、腹心のおきぬにも漏らされることはなかった。

丑《うし》の刻（午前二時頃）、孤影を引いた鳶沢総兵衛勝頼《かつより》の姿が東叡山寛永寺東照大権現宮《とうえいざんかんえいじとうしょうだいごんげんきゅう》の社殿前にあった。

本庄勝寛の名を借りた手紙は第二の〝影〟からの初めての呼び出しであった。
総兵衛の腰には初代成元より伝えられる家康からの拝領刀、三池典太光世《みいけでんたみつよ》があった。
風もなく音もない。
徳川家の菩提寺《ぼだいじ》は森閑とした静寂のなかにあった。
ふいに神韻縹渺《しんいんひょうびょう》とした妙音が響いた。
それはなにかを誘いかけるように二度三度と涼やかに鳴ってかき消えた。
ふたたび静寂が支配した。が、妙音が鳴る前とは異なり、重苦しい緊迫と変わった。
総兵衛は異変に気づいた。が、なにが起ころうとしているのか理解できなかった。
三度、鈴の音が響くと消えた。
それ以上のことは起きなかったばかりか、社殿の向こうの人影は遠ざかろうとした。
「お待ちくだされ」

遠ざかる気配が止まった。だが、沈黙のままだ。

「鳶沢総兵衛勝頼、お呼びにより参上つかまつりました」

「相響き合う呼鈴《これい》の音《ね》なしとはなんとした」

「お言葉の謂《いい》、理解しかねまする」

「さる四月朔日《ついたち》、家康様より拝領の水火一対《いっつい》の呼鈴のかたわれ、火呼鈴《ひこれい》、そなたの店に届けさせた」

「なんと……」

「われらが〝影〟である証明は、与えられし水火の一対の呼鈴が響き合うことによって証明される。今のそなたには影働きの資格なし」

〝影〟が迷うように沈黙し、通告をなした。

「十日の猶予《ゆうよ》をそなたに与える。ふたたび、ここで見《まみ》えようぞ。なれど、十日を一刻たりとも過ぎたるとき、百年余のそなた一族の御役は終わる」

気配が消えた。

鳶沢一族の地下本丸に待っていた笠蔵、信之助、おきぬの三人は新しい

〝影〟との面談から戻った主の姿に異変を嗅《か》ぎとった。

「なんぞありましたか」

笠蔵が問い、総兵衛は股肱《ここう》の臣に子細を告げた。

「大黒屋にさようなものが届けられた覚えはございませぬ」

「四月朔日と申しますと更衣の日でございますな」

笠蔵とおきぬが口々に言い、信之助が考えこんだ。

「そなたらも存じておるように〝影〟様は交替なされた。これまでと異なり、どのようなかたちで接触をとられるか予想もつかなんだ。だが、〝影〟様の憤慨ぶりからすれば、われらのだれかがそれを受け取っておらねばならぬ」

「少々お待ちを」

そう言い残した信之助が地下から姿を消した。

総兵衛ら三人の間に重苦しい沈黙の時間が流れた。四半刻《しはんとき》（三十分）も過ぎた頃、信之助が手代の稲平《いなへい》を伴い、戻ってきた。稲平は寝間着のままだ。

「総兵衛様、稲平の話を……」

そう言った信之助が稲平を促した。

「慌《あわ》ただしい更衣の一日が終わろうとした刻限、私は店の前の通りを掃き掃除する栄吉を河岸《かし》に船をもやいながら、何気なく見ておりました。すると用人様のようなお身なりのお武家様が小僧の栄吉に話しかけました。船を着ける作業をしながらのこと、はっきりと見たわけではありません。栄吉がお武家から小さな包みを受け取ったようにも見えましてございます」

「栄吉が」

笠蔵が愕然《がくぜん》と口をはさんだ。

「大番頭様、重ねて申します、一部始終をはっきりと見たわけではありませぬ。ただ今、一番番頭様に朔日にだれぞよりなんぞ受け取ったものはおらぬかとお尋ねになられたので思い出したのでございます」

「いや、間違いなかろう」

と笠蔵が言った。

「栄吉ら小僧たちは表の掃き掃除を終えると暖簾《のれん》を下ろしたり、大戸を下ろしたり、慌ただしく店仕舞いして、更衣祝いの席に飛んでいきました。十一の小僧のこと、大事なものを預かったことをすっかり忘れて、お祝いの馳走《ちそう》に頭がいっぱいであったのではありませぬか」

「それに栄吉の性格は、のほほんとしたところがございます」

と笠蔵の推測におきぬが言い、さらに問うた。

「大番頭様、栄吉はだれにも預かりものを渡してはおらぬのですね」

「店仕舞いのおり、帳場には私も信之助も座っておりました。ですが、栄吉からそのようなことはなにも」

「とすると、われら一族が家康様の隠れ旗本であることを示す火呼鈴を栄吉が持ったまま、東海道を伊勢に向っているのでございましょうか」

おきぬの言葉は不安に彩《いろど》られていた。

「なんということを」

笠蔵が呻《うめ》き、総兵衛の顔を見た。

「東海道を伊勢に大勢の抜け参りの男女が旅をしているという。そのなかから栄吉を一刻も早く見つけださねばならぬ」

「栄吉たちが先行してまるまる五日、われらに与えられた日数はわずかに十日……」

おきぬが応じ、信之助が決然と言いだした。

「私めが東海道を走ります」

総兵衛はゆったりとした動作で新しい刻み煙草《たばこ》を銀煙管《ぎんぎせる》に詰めて一服し、

「恵三と栄吉は鳶沢村から江戸に出てきたとき、陸路であったな」

と訊《き》いた。

「はい、分家の忠太郎《ちゅうたろう》に付き添われて東海道を下って参りました」

信之助が答えた。

大黒屋は千石船の明神丸を所有し、上方から古着を定期的に仕入れていた。明神丸は江戸と上方の中間地、駿府鳶沢村の沖合に泊まり、一族の者たちを往復させることもあった。

総兵衛はそのことを確かめたのだ。

「笠蔵、信之助、そなた二人は店に待機してくれ」

「はい。なれど三人の追跡組はだれに」

「大番頭さん、失態の責めはすべて鳶沢総兵衛にある。おれが自ら出向く。供の者は作次郎、稲平の二人、支度がなりしだいに東海道を上る」

「私もお加えくだされ」

とおきぬが申しでた。

「おきぬ、そなたは又三郎と駒吉の二人と協力して江戸で仕事をしてもらう。丹五郎らが抜け参りを企てた背後には唆《そそのか》したものが必ずおろう。この者がどのような知恵を丹五郎ら三人に授けたか、聞き取ったうえ、われらに知らせよ」

総兵衛は繋《つな》ぎの方法と場所を口早におきぬに告げた。

「相分かったな」

「畏《かしこ》まってございます」

「又三郎らの調べに一族全員が協力せよ」

「はっ」

大番頭の笠蔵、一番番頭の信之助が畏まって受けた。

「笠蔵、供の二人に出立の支度をさせえ」

「はっ」

鳶沢一族は危機打開に向けて動きだした。

旧暦四月六日寅《とら》の時刻（午前四時頃）前のことだった。

第一章　追跡

一

初日。

日本橋から二里(約八キロ)、品川宿に近づいたとき、海から太陽が上がった。

総兵衛の身なりは黒縮緬《ちりめん》の着流しの腰に自慢の銀煙管《ぎんぎせる》の入った煙草《たばこ》入れだけが差されていた。作次郎と稲平は大店《おおだな》に勤める奉公人の旅姿の体《てい》で背に荷を、手にはそれぞれ杖《つえ》をついていた。裕福な大店の旦那《だんな》が供の奉公人を従え、箱根あたりに物見遊山《ゆさん》と洒落《しゃれ》た風体と見られなくもない。

総兵衛主従の前後は竹柄杓《たけびしゃく》を持った小僧や娘たちがぞろぞろと品川宿へ入っ

ていく。

〈東都の喉口《こうこう》にして、常に賑《にぎ》はしく、旅舎軒端《のきば》をつらね、酒旗《さかや》、肉肆《さかなや》、海荘《はまざしき》をしつらへ、客を止め、賓を迎へて、糸竹の音、今様の歌、艶《なまめか》しく漁家おほく、肴《さかな》わか声々、沖にはあごと唱ふる海士《あま》の呼声おとづれて、風景至らずといふ事なし……〉

と名所図会《ずえ》は伝えるが、今や遊客の宿場は抜け参りの子供に占拠されて、長身の総兵衛が前方を見渡しても途切れることはない。

白衣を着ている娘もいれば、普段着の小僧もいる。年齢は七、八歳から十三、四歳が多い。が、なかには兄に手を引かれたよちよち歩きの幼児も混じっている。

「これは……」

「尋常な景色ではありませんな」

作次郎の絶句に、思わず総兵衛は答えていた。

「総兵衛様、これが信仰のなせる業《わざ》にございましょうかな」

稲平もまるで町内の縁日に兄弟姉妹、友たちと連れだっていくかのような光景に呆然《ぼうぜん》として呟《つぶや》く。

「まさか伊勢路までずっとこのようなことではございませんでしょうな」

「作次郎、覚悟したほうがよさそうじゃな」

「となると、丹五郎、栄吉、恵三を探しだすのは砂浜から三粒の砂を見つけだすようなものにございますぞ」

「われら三人、神経を尖《とが》らせて栄吉らの残した痕跡《こんせき》を探しあてねばならぬ」

総兵衛らはゆったりとした歩きのようで、次々に抜け参りの子供たちを追い抜いて先へと進んだ。すでに丹五郎らが五日先行していることを承知しながらも、ついつい追い抜いていく子供たちの顔を覗《のぞ》きこんでいくのは背丈や体つきが似かよっているからだ。

まだ眠りのなかにある品川宿を、三人は一気に通り越して寺町を抜け、鈴ヶ森から大森村に差しかかった。すると、足に肉刺《まめ》を作ったか、路傍に座りこむ子供たちの姿が見られるようになった。そして、それらの子供たちに住人たちが白湯《さゆ》を出し、足の傷を治療して面倒をみる光景があった。

六郷の渡しがある八幡塚村に近づくと、伊勢に向かう抜け参りの子供たちの波はいちだんと増え、歩みが鈍くなった。それほどに混雑してきた。

「総兵衛様、六郷川でつっかえたものとみえますな」

六尺（約一八二センチ）余の作次郎が爪先《つまさき》立ちで前方を見るが、とても人波で見通しがきかなかった。

「作次郎、稲平、少し早いが昼食《ちゅうじき》をとろう。街道をさけてな、裏道に回りましょうか」

総兵衛の命で主従は、東海道から南に折れて裏道に入った。

このあたりの名物は榎《えのき》だ。家々には榎が庭木や街道の一里塚として植えられ、あちらこちらに若葉が気持ちのよい緑陰を作っていた。

その日陰にも抜け参りの子供たちがへたりこみ、眠りこむ姿があった。

「なんとも不気味にございます」

稲平が早くも疲れ果てた抜け参りの子供たちを見る。

なにかが子供たちの心を突き動かして江戸をあとにさせていた。それが売人の扇動としても、幼い子供たちの心に呼応して響いた結果だ。不平、不満の気持ちが蓄積し、膨大な波となって東海道を伊勢に向かわせていたのだ。

手代の稲平はそれが不気味という。

「稲平、幕府のご政道が生みだしたものです。つまるところわれら大人が負うべき罪」

「でもございましょうが」

何本か道を曲がると、さすがに子供たちの姿も消えた。

ひときわ大きな榎の下に葦簀《よしず》がけの茶店があって、一めし、うどんの薄汚れたのれんが風に靡《なび》いていた。どうやら川崎大師に参る裏道らしい。

「総兵衛様、ここでようございますか」

「よいよい」

稲平が土地の者らしい男たちが縁台に腰かけてうどんをたぐる店の奥に声をかけた。

「なんぞ、食べさせてくださいな」

裏手から老爺《ろうや》が顔を覗かせ、

「表通りから弾《はじ》きだされてきなさったか」

と笑いかけた。

「抜け参りの子供たちに圧倒されました」

稲平が如才なく答えると、

「この数日、一段と数が増えやがった」

と縁台でうどんの汁を啜《すす》りこんだ駕籠《かご》かきの一人がうんざりした顔をした。

「あやつらさ、銭は持ってねえうえに、街道をああ大勢でわがもの顔に歩かれたんじゃ、こちとら商売上がったりだ。駕籠に乗る人間なんていやしませんぜ」

「立《たつ》、おまえの商いばかりがワリを食ってんじゃねえや。表通りの茶店なんて開店休業だぜ」

茶店の老爺が応じて、

「めしか、うどんしかねえがねえ」

と総兵衛らを見た。

作次郎と稲平は穴子の煮付けでどんぶり飯を頼んだ。

総兵衛はこしのありそうなうどんを注文した。

「渡しはどうなってますね」

作次郎が立と呼ばれた駕籠かきに訊《き》いた。

「河原はよ、連日よ、渡し賃も持ってねえ餓鬼の姿であふれていらあ。川役人も最初のころはなんとか面倒を見ていたがよ、ここんところはお手上げだ」

「どうしてなさるんで」

「追い返しもできねえ。それで仕方なく抜け参りの子供はただで渡してなさるがよ、ああ次から次に現われたんじゃ、きりがねえ」

「それにさ、夜中に密《ひそ》かに川を渡ろうとして深みに嵌《は》まり、溺《おぼ》れて死ぬ子供が毎朝何人も見つかってさ、両岸の町役人はその始末にてんてこまいだ」

立の仲間が言う。

「御用や商いの旅の方はどうしてなさるんで」

「それさね、渡しが抜け参りに占拠されてよ、渡りもできねえ。困ってなさるぜ。なあ、熊公《くまこう》」

立が、熊公と仲間の顔を振り返った。

「茶店も駕籠も渡しもあがったりだ」

「兄い方、どんなときにも裏道はあるものさ。おれたちも川崎宿に渡りたいが、どこぞに抜け参りが目をつけねえ渡しはないものかね」

作次郎が訊いた。

「ないこともないがよ」

駕籠かきふたりが顔を見合わせて、どうしたものかという顔をした。

「こっちは旅慣れてんだ、足下《あしもと》みたってだめだぜ。だがよ、おめえさん方の知恵も稼ぎ代だ。ここで食べなさったうどん代をおれの主様《あるじ》にお願いしてみようじゃないか」

大黒屋の荷運び頭作次郎に一睨《ひとにら》みされて、

「仕方ねえ、手を打つか」

と隠れ渡しを教えてくれた。

駕籠かきたちが空駕籠を肩に出ていくと注文の品がきた。

穴子の煮付けは六郷川河口の沖で採れたものとか、飴色《あめいろ》にこってりと煮付けてあって、湯気がまだ立っていた。

総兵衛の色黒のうどんはこしがあった。鰹節《かつおぶし》でとられた出汁《だし》にうどんがからまって、なかなか野趣がある逸品だった。

三人は早々に食べ終えると稲平が勘定を支払い、先を急ぐことにした。

駕籠かきが教えてくれた渡しは、六郷の渡しから十丁ばかり下った葦原《あしはら》にあった。

街道から回ってきた旅人たちが六、七人、船が戻って来るのを思い思いに待っている。

「お上の無策には呆《あき》れるばかりですな」

商人ふうの男が煙管の吸い口にこよりをねじ入れて、脂《やに》を掃除しながらぼやいた。

「ほんまやで。わてらな、上方まで帰らなあかんのに伊勢まで抜け参りの子供衆と一緒かいな。銭も日数もかかって、あきまへんがな」

「ほんとほんと」

流れの中央に渡し船が見えた。

総兵衛らの後からどこぞの大名家の家臣と思える初老の武士が、三人の中間《ちゅうげん》を従えて渡し場に姿を見せた。

「旦那様、助かりましてございます」

「いや、六郷の渡しの混雑を見たときは、いつ向こう岸に着けるものやら心配したがな」

おだやかに主が答えて、額の汗を手拭《てぬぐ》いで拭った。

渡し船が向こう岸から着いて、十余人の乗客と馬が下り、総兵衛たちが代わって乗船した。

「客人、船賃五十文じゃぞ」

「アホゆうたらあかん。渡しは十文が決まりや」

上方の商人が文句をつけた。

「客人、そりゃ普段の値段だぜ。こっちも川役人の目盗んで船出してんだ。ちったあ、色をつけてくんな」

船頭にいなされた。

「船頭、武士は渡し賃は無料が決まり……」

と初老の武士が言いだしたが、

「お侍、お叱《しか》り覚悟でやっているんだ。すまねえが五十文奮発してくんな」

「なんと」

初老の武士が懐《ふところ》から財布を出したのをしおに、総兵衛たちも一人五十文の船賃を支払った。

流れはおよそ百余間（約二〇〇メートル）、数日前に降った雨のせいか水量も豊かだ。

この流れを夜中に渡るとなると溺れて死ぬ者が出ても不思議ではない。

「総兵衛様、丹五郎らはどのへんまでいきましたかな」

作次郎が言いだした。

「大人の足なら箱根の山を越えて三島宿あたりで一息つくところだが、なにせ子供だ。まだ箱根は越えておらぬとみたが」

と答えながら、総兵衛は相客を見まわした。

武士は供を連れた老人一組、あとは道中の商人と思える者ばかりだ。

「総兵衛様」

と小声で主をふたたび作次郎が呼んだ。

「気がついたか」

「はい、尻《しり》がもぞもぞしたものを茶店あたりから感じておりました」

街道では抜け参りの混雑に気がつかなかったことだ。どうやら総兵衛ら三人を監視する者がいるらしい。

「うーむ」

と総兵衛が答えて、

「われらが富沢町を出立したのは急なこと、それを尾行する者がおるとは奇怪ですな」

鳶沢《とびさわ》一族が負わされた影仕事を考えれば、どのような事態が起こっても不思議ではない。

「用心して参ろうか」

稲平は総兵衛と作次郎の会話に初めて異変に気づかされた。

「迂闊《うかつ》でございました」

「稲平、作次郎と私が過敏になっているかもしれませぬ」

渡し船が川崎宿の外れについた。

総兵衛らはふたたび東海道に戻った。

六郷の渡しのせいで川崎宿の抜け参りの数はいくぶん少なくなっていた。それでも視界のいたるところに子供たちの姿があって、路傍のあちこちで喜捨の炊《た》き出しをしている女たちが見かけられた。

稲平が、総兵衛に挨拶《あいさつ》すると小走りに消えた。

大黒屋では富沢町の店と駿府《すんぷ》の鳶沢村との間で定期的に人の往来があった。そこで東海道筋の各宿場には大黒屋指定の旅籠《はたご》をもっていた。

そこに行けば、どんな場合も寝床とめしにありつけ、あとから来る者への連絡などを残しておけた。また旅籠から富沢町に、鳶沢村に急ぎの使いも立てられた。

九十年の歳月で築きあげられた鳶沢一族の〝本陣〟であり、連絡網であった。

恵三も栄吉も初めて鳶沢村から江戸に出てくるとき、この旅籠旅籠を泊まり歩いていた。もし抜け参りの道中、腹を空《す》かしたとしたら知り合いの旅籠に顔を出していないか、稲平が川崎宿の武蔵屋《むさしや》に聞きにいったのだ。

が、稲平が先行する総兵衛らに追いついてきて、

「武蔵屋には顔を出しておりません」

と報告した。

三人は川崎を出ると市場、鶴見《つるみ》、生麦《なまむぎ》、子安、新町と過ぎ、伝馬《てんま》問屋のある神奈川宿に到着した。が、総兵衛たちは大黒屋の定宿に問い合わせただけで足を休めようとはしなかった。同時にあたりに気を配りながらの旅であったが、怪しげな気配は見られなかった。

「作次郎、稲平、どうやら気の迷いであったな」

総兵衛は〝影〟の呼び出しに東叡山寛永寺《とうえいざんかんえいじ》に上った。そのせいで一睡もしていない。

徹夜の疲れと〝影〟から知らされた異変が総兵衛の五感を狂わせているのか。

保土ヶ谷宿を過ぎて権太坂《ごんたざか》を下り、やきもち坂を上る手前の茶店で一休みした。

作次郎と稲平は焼き餅《もち》と茶で小腹を満たした。

総兵衛は冷やを茶碗《ちゃわん》で一杯もらった。

日本橋富沢町から保土ヶ谷宿まで八里半（約三四キロ）を走破していた。

徹夜と旅の疲労に喉《のど》がからからに渇いていた。

運ばれてきた冷やで喉を潤《うるお》すとなんとも旨《うま》い。

「ああ、甘露甘露」

総兵衛が薄暗くなりかけた路傍に視線をやると四、五人の子供が作次郎と稲平が食べようとした焼き餅をじっと見ていた。

抜け参りの子供たちとみえて顔は日差しと埃《ほこり》に黒く薄汚れていた。

「どこから来たな、江戸か」

子供たちが黒い顔を横に振り、年長の子供が、

「鳩《はと》ヶ谷《や》」

と答えた。

「なんと江戸の先の鳩ヶ谷宿からきたか」

「へえっ」

総兵衛が、

「だれかおらぬか」

店の者を呼んだ。

女主が奥の料理場から顔を出した。

「あの子たちの腹を満たすものはないか」

「旦那《だんな》、きりがありませんよ」

と言いながらも、女主は子供たちに、

「表じゃあ、商いに差し支えが出らあ。裏手に回りな」
四、五人と思えた子供たちの背後からわあっという喚声が上がって、十人ほどが裏手に走った。
「いいのかい」

「残り物でかまいませぬ、腹一杯食べさせてくださいな」

「こりゃ、店仕舞いだねえ」

と女主が笑った。

「作次郎、稲平、頃合になったな。江戸のおばけが出るか出ないか、行こうか」

「はい」

稲平に二分ほど女主に渡しておけと命じた総兵衛は縁台から立ちあがった。

「子供たちにはめしに魚の煮付けを用意しています」

と女主が言いながら見送りに出てきた。

「釣りがございます」

「明日にもあのような者が来よう。なんぞ腹を満たしてやってくれ」

「承知しましたよ。旦那方も気をつけておいきなさい」

薄暗くなった東海道を品濃坂《しなのざか》から大山道への分岐の柏尾《かしわお》を過ぎた。

この刻限にはさすがに東海道も人通りが少なくなっていた。

稲平が用意していた小田原提灯《ぢょうちん》に明かりを入れて先に立つ。

「総兵衛様、お疲れでございましょう」

作次郎が主のことを気にかけたとき、先頭に立った稲平の足が止まった。

前方に二つの影が立って、総兵衛らの行く手を塞《ふさ》いでいた。

「やっぱり出たか」

「釣りだされましたな」

主の言葉に作次郎が応じた。総兵衛らは相手が出やすいように刻限を茶店で計っていたのだ。

「総兵衛様、ご見物を」

作次郎は手早く背の荷物を下ろして路傍に置いた。

杖《つえ》には直剣が仕込まれていた。

作次郎は鳶沢一族でも第一の怪力、薙刀《なぎなた》を使わせたら右に出る者がない武芸者だ。

稲平も荷を下ろし、明かりを掲げた。

前方の影がゆっくりと歩いてきて、稲平の手にしたぶら提灯の明かりに入った。

一人は壮年の剣客、もう一人の相棒は長身の若い浪人だった。

無精髭《ぶしょうひげ》にこびりついた埃と汗が二人の男の旅路を示していた。

「江戸から尾《つ》けてきて物盗《ものと》りでもあるまい、何用か」

江戸、と不思議そうに呟《つぶや》いた壮年の剣客が、

「そなたらに縁もゆかりもない。金で頼まれたゆえ命をいただく」

と言った。

尾行者は巧妙だった。自らは姿を見せず、道中で雇った浪人二人に総兵衛らを襲わせようとしていた。

「ご浪人、金を懐にどこぞに立ち去りなせえ」

作次郎が応じた。

「さようなことができればな、このような苦労はせぬわ」

壮年の武士が刀を抜いた。

その構えを見た総兵衛が、

「作次郎、なかなかの腕前と見た。油断するな」

と注意した。

「はっ」

とかしこまった作次郎は仕込み杖を抜いた。

相手の浪人に小さな驚きが走った。

若い浪人も後詰めの位置に立つと剣を抜いた。

総兵衛は路傍に立つ道標のかたわらで勝負の行方を見届けていた。

「参る」

壮年の武士は真剣勝負を何度も経験したことがあるとみえて、ぴたりと剣を正眼に構えた。

作次郎は直剣を八双に立てた。

間合いは三間（約五・四メートル）。

ゆっくりと壮年剣客の腰が沈んでいった。

日が落ちたとはいえ東海道での真剣勝負だ。

宿場役人に見とがめられないように相手は速戦即決で勝負《かた》をつけようとしていた。

「おおっ！」

低い姿勢から猟犬が獲物《えもの》に飛びかかるように、剣客は不動の姿勢の作次郎の肩口を狙《ねら》って斬撃《ざんげき》した。

作次郎は十分に相手を懐に呼びこむと、右肩前に立てた仕込みの直刀を袈裟《けさ》に叩《たた》きこんだ。

後《ご》の先《せん》。

怪力の作次郎が狙いすました一撃だ。

相手の攻撃よりも一瞬早く肩口を斬《き》り割った。

「ぐあっ！」

と叫びながらも相手はその場に踏みとどまろうとした。

が、腰の力が一気に抜けると、横倒しに倒れていった。

作次郎は左足を踏みこんだだけでその場から一歩も動いていなかった。

ふたたび剣は八双の構えに戻っていた。

若い仲間の浪人は立ち竦《すく》んだか、後詰めの場所から動けなかった。

「お止《や》めなせえ」

作次郎の低い声が威圧した。

その声に反応したように後退《あとじさ》りすると街道の闇《やみ》に姿を消した。

「作次郎、見事な迎撃であった」

総兵衛は、監視する目が消えていくのを感じていた。

二

戸塚宿での大黒屋の馴染《なじ》みの旅籠はかまくら屋だ。

遅い到着である。旅籠はどの部屋も客がいっぱいで満足に足がのばせないほど込み合っていた。

「おお、これは総兵衛様、鳶沢村にお戻りにございますか」

顔見知りの番頭が総兵衛に訊《き》いた。

「事情があってな、急ぎ旅です。どこぞ夜露を凌《しの》げるところはありませぬか」

「ただ今、主《あるじ》と相談して参ります。まずは汗など流してくださいな」

総兵衛ら主従は垢《あか》に汚れた風呂《ふろ》を避けて、井戸端で水を被《かぶ》って一日の埃と汗を流した。

旅籠の裏手に建つ納屋《なや》の二階の部屋を用意してくれた。

食膳の菜は江ノ島から運ばれてきたという小鰯《いわし》の煮付けに油揚と青菜の煮物だった。

総兵衛は二合ばかりの酒を飲んだが、作次郎と稲平は襲撃者を用心して酒は口に含まなかった。

「総兵衛様、剣客どもを雇った者にございますが、江戸からわれらを尾行してきたと考えてようございますか」

食事しながら稲平が主に訊いた。

「初めて気になったのは八幡塚の茶店であった。街道でわれらの姿を偶然に見かけたとも考えられる。だがな、抜け参りの混雑のなかでわれらを認めたと考えるより、江戸から尾けてきたと考えるほうが納得がいく」

「私もそう思います」

作次郎が三杯目のめしに茶をかけながら応じた。

「となれば、剣客を雇った者が丹五郎を唆《そそのか》した者と同一人物か、それとは別口かということになるな」

この答えは三人には見つけられなかった。

総兵衛は漠然と〝影〟の動きを考えていた。

神君家康の深慮遠謀によって、新しい〝影〟との任務を始めようとした矢先のことだ。〝影〟に呼びだされた鳶沢総兵衛は、鳶沢一族の頭領たる証明の火《ひ》呼鈴《これい》を持参しなかった。〝影〟は前もって一族の拠点にそれを届けていたという。

それが頭領の手に渡ってないとするならば、百年余にわたって徳川家の影仕事をしてきた一族に気の緩みが生じているということではないか。

〝影〟がそう考え、一族に密命を与えることに不安を感じたとしたら、始末に走るのではないか。

(家康様のお考えになること、凡人には理解し難し)

ありうると、総兵衛は思った。

だが、同行の二人にはそのことを告げなかった。

酒と食事を終えた総兵衛が煙管《きせる》に刻みを詰めていると、

「総兵衛様、腹ごなしに一回り旅籠《はたご》の周りを見てまいりましょう」

作次郎はそう言い残すと部屋から姿を消した。稲平も、

「今晩は作次郎さんと交替で不寝番しますゆえ、総兵衛様はお休みを」

と昨日の徹夜を気遣ってくれた。

「そうさせてもらおうか」

総兵衛は一服吸い終えると稲平がのべてくれた床に横になり、次の瞬間には眠りに落ちていた。

二日目。

街道ぞいの朝は早い。

七つ（午前四時頃）には旅の者が目を覚まし、旅籠の台所から大根と若布《わかめ》の味噌汁《みそしる》の匂《にお》いが漂った。

総兵衛が目覚めたとき、二人の供はすでに旅支度を終えていた。

「よう眠らせてもろうた、これで体も回復したわ」

総兵衛は床にごろりとなったまま、煙草盆《たばこぼん》を銀煙管の雁首《がんくび》で引き寄せて朝の一服をつけた。

「怪しげな気配はございませんでした」

作次郎が夜の散歩の報告をした。

「朝方、戸塚宿を見まわりましたが、地蔵堂も寺の境内も抜け参りの子供がごろごろと寝ておりました。抜け参りから戻ってくる子供に手当たりしだいに聞いてまわりましたが、丹五郎らと行き合った者はございません」

稲平も言いだした。

そこへ女中らが三つの膳を運んできた。

「姉さん、造作をかけるな」

作次郎が如才なく声をかけ、姉様株に心付けを渡すと、

「あれ、まあ、こんなにも」

と正直に破顔した。

「番頭さんにも頼んでいくがな、明日にもわれらを追って江戸からうちの者が姿を見せよう、よしなにな」

「へいへい、大黒屋様の衆を無下にできるものか」

と請け合った。

三人は朝めしの膳を囲んだ。

「総兵衛様、抜け参りの子供たちが江戸から戸塚宿までどれほどかかってきたか、聞いてみました。すると早い組で二日、遅い者はなんと五日も六日も要しておりました」

旅慣れない子供の足、そのうえ、路銀も満足に持たないのだ。東海道を旅する大人の二倍の時間を要したとしても不思議ではない。

「となると、丹五郎らも戸塚から箱根宿の道中にいるとみてもおかしくないな」

「さようで」

「ならばわれらも目を皿にして探しながら歩こうか」

総兵衛らはかまくら屋に連絡の文を残し、番頭らに見送られて街道に出た。

街道筋の寺の門前などで宿場の人々が抜け参りの子供たちに雑炊などの炊《た》き出しを準備していた。

稲平が炊き出しを待つ子供たちの顔を確かめて歩く。だが、丹五郎らが混じっている気配はなかった。

炊き出しは影取《かげとり》坂の向陽寺でもおこなわれていた。が、ここにも丹五郎らはいなかった。

戸塚宿から藤沢宿まで二里、作次郎と稲平が抜け参りの子供を見かけると顔を確かめていく。それだけに時間がかかったが仕方ない。

藤沢宿から平塚宿へ三里半（約一四キロ）ある。

途中から大山道に分岐して、さらに進むと川渡しの馬入《ばにゅう》川へと差しかかった。

刻限は昼に近い。

馬入川の河原では抜け参りの子供たちが水浴をしていた。

「総兵衛様、しばらくあの茶店でお待ちを」

と作次郎と稲平が子供たちを確かめに河原に走っていこうとした。

「荷物をおいていけ」

総兵衛の言葉に作次郎らが茶店に背の荷物と杖《つえ》を置き、総兵衛に会釈《えしゃく》を残すと河原へ駆け下っていった。

総兵衛は土手の松が木陰をつくる縁台に腰を下ろすと、一服つけた。

「なんぞお持ちしますかな」

老爺《ろうや》が訊いた。

「茶でよい。連れが戻ってきたらめしを頼みます」

「へえへえ。伊勢参りかねえ」

「いやさ、知り合いの子供がな、抜け参りに出ましてな、ちと急な用事ができたによって連れの者と探し歩いているところです」

「そりゃ無理だ。相模湾《さがみ》で採れるさくら海老《えび》ほど朝から晩までうごめくように往来する抜け参りの一団から、一人ふたりの子供を見つけだせるものか。諦《あきら》めて戻ってくるのを待ちなせえよ」

老爺がもっともな忠告をしてくれた。

「そなたの申すことが理にかなっておる。だがな、小僧ども三人を見つけだされとお家の大事になるのです」

総兵衛はついつい正直に胸のうちを吐露していた。

「困りなさったな」

そう答えた老爺は馬入川の河原に目をやり、

「平塚宿を西に出るとな、花水川が流れておる、そのそばに阿弥陀寺《あみだ》がある。この寺はな、抜け参りが始まった当初から子供衆を本堂から庫裏《くり》に泊まらせ、炊き出しをなさっておられる。まず抜け参りの子供なら足を止める寺じゃ、訪ねてみなされ」

と教えてくれた。

「阿弥陀寺……」

総兵衛は記憶のそこに沈潜するなにかを感じた。だが、はっきりとした記憶は蘇《よみがえ》らなかった。

「ありがたい」

そう答えた総兵衛は、

「めしを三人前、用意しておいてもらいましょうか」

と河原を走りまわる二人の腹をおもんぱかった。

作次郎と稲平が戻ってきたとき、鯖《さば》の煮付けに片口鰯と菜の膾《なます》、漬物にめしの膳が運ばれてきた。

二人の顔を見れば、首尾を聞かずとも見当はついた。

「茶店の主に平塚宿外れの阿弥陀寺のことを聞いた」

「その寺のことを何人もの子供たちが話します。私財を投げうって、抜け参りの者たちの世話を住職がなさっておられるそうで」

「訪ねてみようか」

三人は早々にめしを食べ終えると河原にある渡し舟に急いだ。

総兵衛ら三人が丹五郎を追って東海道を上っていった日の朝から、富沢町の大黒屋でも活動が開始された。

まず駒吉が長谷川町の裏長屋を訪ねなおすと丹五郎の弟の長八に会おうとした。が、長八は通油町《とおりあぶらちょう》の油屋に通いの小僧として働きに出ていた。

駒吉は油屋を訪ねると、番頭に大黒屋の用事と断って長八を入堀に架かる緑橋まで呼びだした。

「大黒屋の手代さんかえ。仕事の邪魔をしないでくんな。日銭を稼がねえと釜《かま》の蓋《ふた》があかねえからな」

と長八はまるで大人のような口調で言い、迷惑そうな顔をした。

「すまない、仕事を邪魔してな。でもな、こっちも大変なことが起こって、兄さんに急いで会わねばならないんだ」

「会うって、抜け参りにいったんだぜ。どうしょうもねえよ」

「そこだ。丹五郎に抜け参りを唆した者がいよう、そいつの名が知りたい」

「うちの長屋からはだれもお伊勢様にいった奴《やつ》はいねえよ」

と口を尖《とが》らせて否定した。

「丹五郎は一人で考えついたか」

「おお、そうともよ。おっ母さんが疝気《せんき》でよ、伊勢参りすれば元気になるというんでさ」

「だからさ、おっ母さんの病気が治ると吹きこんだのはだれだ」

「そんなの、いねえさ」

「丹五郎はなぜ栄吉と恵三を連れだしたな」

「そこだ。おれも兄さがなぜ一人でいかなかったか、不思議に思っていたのさ」

「つまり、最初は一人で行くつもりだったということか」

「おれが聞いたときはそうだったぜ」

「それがいつから変わったたな」

「さあてね、抜け参りにいく何日前からかな」

長八の記憶は曖昧《あいまい》になった。そして、

「仕事にもどらなきゃあ」

と立ち去る素振りをした。

駒吉は丹五郎と仲がよい友だちの名を聞き取り、長八をいったん放免した。

店に戻った駒吉は、丹五郎の友だちを又三郎やおきぬらと手分けして当たることにした。

夕刻、丹五郎の友だちのだれからも有力な手掛かりは得られなかった。だれもが丹五郎が抜け参りにいったことすら知らなかった。

「やはり丹五郎はおっ母さんの病気を治したい一心で伊勢参りを考えたのでしょうか」

駒吉は笠蔵、信之助、おきぬ、又三郎の顔を見まわした。

だれの口からも反応はなかった。

そのとき、台所を仕切るおよねが姿を見せて、裏口に丹五郎の弟が駒吉を名指しで訪ねてきていると言った。

「長八が……」

駒吉は勝手口に走った。

すると大黒屋の広い台所の上がりかまちに長八が幼い女の子を連れて座っていた。

「手代さん、昼間のことだがよ。妹のたけが兄さが亀井町《かめいちょう》の煮売り酒屋でだれぞに会っていたというんだ。それが関係あるかどうかしらねえが知らせにきたぜ」

「ありがとうよ、おたけちゃんはいくつかな」

駒吉が訊《き》くと、たけが片手を広げた。

「五つか。おたけちゃんよ、亀井町の酒屋で兄さが会った男ってだれだい、分かるか」

たけは首を横に振ると、

「女の人」

と言った。

様子を見についてきたおきぬが急いで座敷にとって返すとすぐに戻ってきて、たけの手に紙に包んだ京下りの飴玉《あめだま》を載せた。

「あとでお食べなさい」

「ありがとう」

「おたけちゃん、おめえは丹五郎兄さにその店に連れていかれたか」

「うん、うどんを食べた」

駒吉はおきぬと顔を見合わせ、すぐに行動を決めた。

「長八、おたけちゃんを亀井町の煮売り酒屋に連れていきたいんだがな」

長八が頷《うなず》いた。

亀井町の煮売り酒屋いづ屋は、馬方や旅籠《はたご》に泊まる旅の者が集まってくるような、安直な飲み屋兼めし屋だった。

おきぬが大黒屋の名を出して、主《あるじ》の久五郎《きゅうごろう》に丹五郎とたけと一緒だった女のことを訊くと、

「おぼえていらあ、小僧さんとこの娘の母親にしちゃあ、仇《あだ》っぽすぎると思ったからね」

「だれですね、その女《ひと》は」

「さあてな」

と首を捻《ひね》った久五郎が、

「ああ、駕籠《かご》かきの鶴三《つるぞう》がどこぞで会った顔だといっていたっけ」

と隣り合わせに座った鶴三が漏らしていたのを聞き覚えていた。

おきぬらは長八とおたけにおでんを持たせて長屋に帰すと、教えられた鶴三の長屋に向かった。だが、橋本町の裏長屋には鶴三はいなかった。

「鶴さんかえ、また博奕《ばくち》だねえ」

と同じ長屋に住む女が壺《つぼ》を振る真似《まね》をした。

「賭場《とば》はどこか分かりますかえ」

「そんなこと、堅気にゃあ、分かりませんよ」

駒吉だけが長屋でねばって、鶴三が戻ってきたのを摑《つか》まえたのは五つ（午前八時頃）に近かった。子細を聞いた鶴三は、

「本郷菊坂町の口入れ屋の十一屋《といちや》海助《かいすけ》の妾《めかけ》のいねだよ。数年前、海助の女房が死んでから家に入ったのさ。一度、乗せていったからおぼえていたのよ。それがどうかしたか」

「うちの小僧と話していたらしいが、なにを話していたか知りませんかねえ」

駒吉が言うと鶴三は手を出した。

「賭場ですっからかんでよ、朝めしを食う銭もねえんだ。手代さんよ、少し都合してくんな」

駒吉は財布を出すと有り合わせの一朱を渡した。

「ちえっ、一朱かえ」

「おまえさんが言うようにお店《たな》奉公の手代ですよ、大金を持っているわけがない。それを渡せば、私はこの先何カ月も文なしで過ごすんですよ」

「いねはよ、丹五郎が抜け参りにいくのなら、一人じゃだめだ。なんだか知らないが仲間の奉公人を誘いだせってくどいていたぜ。大勢でいくとお伊勢様のご利益《りやく》があるんだってよ」

鶴三の知ることはそんなものだった。

店に戻った駒吉の報告に、

「本郷菊坂町の口入れ屋十一屋といえば、大名家の中間小者《ちゅうげんこもの》を仲介しながらの高利の金貸しじゃなかったか」

と物知りの笠蔵が言いだした。

「大番頭さん、私も海助の悪評判は聞いたことがございます。うちの小僧を唆《そそのか》して抜け参りに行かせ、なにをしようというのでしょうか」

と信之助が応じた。

「まさか」

と笠蔵が〝影〟から火呼鈴《ひこれい》が届けられたのを承知で誘いだしたかどうかと信之助に無言のままに問うた。このことを知っているのは総兵衛の他、数人の幹部だけだ。

「それはありますまい」

信之助が否定し、そうだな、と笠蔵が応じた。

「ともあれ、丹五郎が栄吉らを連れて抜け参りにいった背後には十一屋の妾が入れ知恵したことが分かりました。大番頭さん、まずこのことを総兵衛様に知らせますか」

「いや、どうせのことだ。十一屋のいねがなぜそんなことをしたかを調べあげてから、東海道を走りましょうぞ」

と鳶沢一族の長老が決断し、

「ならば、すぐに手配を……」

一番番頭が立ちあがった。

三

平塚宿の西の外れにある阿弥陀《あみだ》寺は、東海道からおよそ一丁ばかり北に入った山腹にあった。

両側に紫陽花《あじさい》が植えられた長い石の坂道を上って山門を潜《くぐ》ると、境内に竈《かまど》がいくつもしつらえられてあるのが見えた。

まだ昼下がり、抜け参りの子供たちの姿はない。

本堂の前の日陰でがっちりした体格の僧が薪《まき》を割っていた。頭に手拭《てぬぐ》いを被《かぶ》っていたが首筋には玉の汗が光っていた。

「お坊さん、手を止めさせてすまないが、ちょいとものをお尋ねしたい」

作次郎が腰を屈《かが》めて、声をかけた。

見事な一撃で薪を真っ二つに割った僧侶《そうりょ》が総兵衛らに顔を向けた。眉毛《まゆげ》が白い、初老の顔は真っ黒に日焼けしていた。

「なんでござりましょうな」

頭の手拭いをとった僧侶は顔の汗をぬぐい、総兵衛の顔に視線を止めた。

「阿弥陀寺の住職どのか」

総兵衛が訊いた。すると相手が頷き、

「さよう、阿弥陀寺の乾龍《けんりゅう》にございますよ、大黒屋総兵衛様」

と答えた。

「御坊は私のことをご存じですか」

「そなた様には幼き頃に一度会ったきり、この寺でな。愚僧は先代どのにえらく世話になったものでな、総兵衛様はその先代様と風采《ふうさい》が瓜《うり》二つ」

「なんとなあ」

記憶の底に刻まれていたものがおぼろげに像を結ぼうとしていた。

「総兵衛様、なんぞ急用かな」

と訊いてきた。

「うちの小僧三人が連れだって抜け参りに出ました。その一人がお客様から大事なものを預かったまま、店を出てしまいましてな、困っております」

「総兵衛様、じきじきに探索に参られるとはよほどの大事じゃな」

と応じた乾龍は、

「店を出たのはいつのことで」

「六日前の夜のこと」

「となればもはや平塚宿は通り過ぎておろうな」

「小僧の名は丹五郎、栄吉、恵三の三人」

「総兵衛様、一晩に百人を超える抜け参りの子供らが一夜の宿りをしていきます。名前などとてもとても覚えきれませぬ」

「でございましょうな」

総兵衛は大竈がいくつも並ぶ光景を見たときから、そのことを予測していた。

「和尚《おしょう》様、だれが泊まったか調べる手立てはございませぬか」

稲平が我慢しきれずに訊いた。

「店奉公の小僧さんなら読み書きができますな」

「はい、三人ともに一通りの読み書きを教えこんでおります」

乾龍は総兵衛らを本堂に招き入れ、

「一夜の宿と食事を与える代わりに朝と夕べの勤行《ごんぎょう》をさせております。それが終わるとな、食事になるのじゃが、ほれ、このような帳簿を用意して泊まっていた抜け参りの子供衆に在所と名などを書きこんでもらっています。もし、大黒屋の小僧さんがこの寺に立ち寄ったのなら、名があるかもしれませぬな」

作次郎と稲平が何十冊も重ねられた帳簿に取りついた。

調べ始めて四半刻《しはんとき》（三十分）もせぬうちに作次郎が叫んでいた。

「あった、ありましたぞ！」
総兵衛に差しだされた帳簿のなかほどに、
江戸とみ沢町丹ごろう、えいきち、けい三
と三人の名があった。さらに三人の名のそばに、
はこねなんてこわくないぞ
と拙《つたな》い文字で書き込みがあった。
「栄吉の字にございます」
店の小僧の面倒をみている稲平が断言した。
乾龍が表紙を覗《のぞ》きこみ、
「一昨日、この寺を出た者たちの帳簿にございますな」
と言った。

となると二日半ばかり栄吉たちが先行していることになる。ともかく江戸を出たときの差の五日は半分に縮まったことになる。

「御坊、ようやく三人の足取りが摑めた、礼を申しますぞ」

総兵衛は乾龍に深々と頭を下げると、

「これを施しの足しにしてくだされ」

と包金（二十五両）を差しだした。

「総兵衛様のご喜捨、ありがたくおうけする」

「ではこれにて」

総兵衛らが先を急ごうと旅に戻りかけると、

「ちょいとこちらに」

と乾龍が本堂から庫裏《くり》へ案内しようとした。

総兵衛らは顔を見合わせたが乾龍に従った。

庫裏では若い僧たちが野菜を切り、米を洗い、その夜の施しの支度に余念がなかった。

「晋念《しんねん》、熱さに倒れた子はどうしておる」

乾龍の問いにたすき掛けの若い僧が、

「部屋で寝ております、今日はだいぶ加減がいいようです」

と答えた。

「総兵衛様、大黒屋の小僧さんらと同じ夕刻に寺に辿《たど》りついた抜け参りの女の子がな、旅の疲れに高熱を出して、朝方には動けぬようになった。それで修行僧たちの部屋の一室に移して寝かせてある。ひょっとしたら大黒屋の小僧さん方と会ったやもしれぬでな」

「それはご親切に」

総兵衛らは急いで草鞋《わらじ》の紐《ひも》を解《ほど》き、裾《すそ》の埃《ほこり》を払って、乾龍の後に従った。

病で臥《ふ》せっていたのは八歳の娘のみつであった。同行してきた十一歳の兄の市蔵《いちぞう》が妹のかたわらから乾龍らを迎えた。

熱さと旅の疲れに倒れたというみつは青白い顔の目だけをぎょろぎょろさせて、総兵衛らを不安な表情で見ている。

「市蔵、そなたらは江戸の住まいだったな」

「はい、和尚様」

市蔵と呼ばれた兄は、通塩町の茂兵衛《もへえ》長屋の住人だと答えた。

「こちらの方々は、事情があってお店の小僧さんを探しておられる。江戸は富沢町の大黒屋さんの小僧さんで、名はなんと言われましたかな」

乾龍が総兵衛を振り返り、うなずいた総兵衛が、

「丹五郎十七歳、栄吉十一歳、恵三は十二歳の三人でな、揃《そろ》いの古白衣を着ておる」

と市蔵に説明した。

市蔵は黙したままだ。

「丹五郎らはそなたらが阿弥陀寺に到着したのと同じ日に着いておる。本堂の帳面に名を記しておるでな、ひょっとしたら同じ江戸から来た者同士、話ぐらいしたかと思ったが知らぬか」

市蔵はそれでも黙っていた。

「丹五郎さんにおとがめがあるの」

臥せっていたみつがふいに言いだした。

「なにっ、丹五郎を知っておられるか」

総兵衛の声に喜色がこもり、みつを、市蔵を見た。

「とがめ立てなどするものですか。どうしても急ぎに確かめたいことがあってな、こうして後を追っているのですよ」

総兵衛が兄と妹に答えた。

「丹五郎さん方とは藤沢宿から一緒してきました。ねえ、兄《あん》ちゃん」

みつが市蔵を見た。

「そうか、そうでしたか。丹五郎らは、そなたらをここに残して先に行ったのだね」

「あたいが熱を出したとき、丹五郎さんたちも残るって言ってくれたんだけど、兄《あん》ちゃんがおれがついているから大丈夫だって言ったの」

市蔵が小さな息をつくと、

「大黒屋の主《あるじ》様ですか」

と訊《き》いた。話しぶりから市蔵はお店《たな》奉公をしていると考えられた。

「私が大黒屋総兵衛ですよ」

「大黒屋様、丹五郎さん方とどうしても会いたいのですね」

「そうなのです、よんどころのない事情があってね。丹五郎らはこの先どこに立ち寄るとか、そなたらに言い残してはいかなかったか」

市蔵は首を横に振り、

「抜け参りはそのときしだいにございます。今晩の立ち寄り先など持っているものはございません」

ともっともな答えをした。

「兄《あん》ちゃん、私には栄吉さんが小田原城下にいけば、めしくらい施してくださる知り合いがあるといっていたわよ」

「なに、栄吉がな」

総兵衛らは兄妹に会ってよかったと思った。

「市蔵、みつの体が回復しても無理をさせるでないよ」

そう言いきかせた総兵衛は、市蔵に非常の時に使えといくらかの銭を渡した。

「ありがとうございます」

兄と妹が総兵衛らに向かって合掌した。

総兵衛らは紫陽花の坂道を街道へ下りきった。

「大黒屋様」

今、別れたばかりの市蔵が石碑の陰から姿を見せた。裏口から先回りしたか。

「なにか言い忘れなさったか」

はい、と首肯《しゅこう》した市蔵は、

「丹五郎さんらが出立した日の昼前のことです。私が庭掃除を手伝っていると、丹五郎らと藤沢宿から一緒だったなと道中差を腰に差した旅の男が念を押して、あやつらの次の泊まり先はどこだとか根掘り葉掘り訊いていきました」

「旅の男と言いなすったな、町人ですか」

「はい。でも、目付きが鋭い江戸の男でした」

「江戸の男とどうしてわかったな」

「京橋の伊東屋《いとうや》伝七郎《でんしちろう》煙草《たばこ》店が売り出した金唐革《きんからかわ》の煙草入れをさしておられました。土地の方があのようなものは持っておられません。それに訛《なま》りも江戸……」

「そなたはお店勤めか」

「はい、伊東屋様の近くの小間物屋の小僧です」

「よう見たな。相手の年はいくつぐらいかな」

「三十七、八かと思います。顔の色の浅黒い、尖《とが》った感じの男にございます」

「その男が丹五郎らを尾《つ》けていると思いなさるか」

市蔵はじっと考えた。そして、ゆっくり頷《うなず》いた。

「男が街道に戻ると橋の袂《たもと》に二人の侍と女の人が待ち受けていて、橋を渡って小田原のほうに歩いていきなさった」

市蔵は花水川に架かる木橋を指した。


平塚から四里二十七丁（約一九キロ）、酒匂《さかわ》川を越えて大久保加賀守《かがのかみ》様の小田原城下に入ったとき日が落ちていた。

一行は松原神社の前に看板を掲げる御宿相模屋に入った。

相模屋との付き合いも大黒屋は古い。

街道の旅籠《はたご》とは異なり、さすがに込み合うことはなかった。

偶然にも三人の到着を知った番頭が、

「これは富沢町の大旦那《おおだんな》ではありませぬか」

「番頭さん、相部屋でもかまいません、どこぞに寝かせてくださいな」

「大黒屋の旦那を相部屋なんぞにお入れするわけにはまいりませぬよ。離れが空いておりますですぐに案内をいたします」

総兵衛らは井戸端に行って顔や手足を洗った。

離れに通されると、相模屋彦左衛門《ひこざえもん》がさきほどの番頭を伴い、挨拶《あいさつ》に出てきた。

「総兵衛様、お元気のご様子ですな」

「彦左衛門様も壮健と見受けました」

「鳶沢村にお戻りの途中で」

いや、と答えた総兵衛は、抜け参りに出た小僧三人を追っての旅だと作り話を交えて告げた。

「なんとお客様の書類を持って抜け参りに小僧さんが出なすったか、それはさぞお困り」

「でな、恵三と栄吉は分家の忠太郎に伴われて江戸に出るとき、こちらに立ち寄ったかもしれぬ。もしそうならば、この度も腹を満たそうと勝手口に顔を出したのではないかと思いましてな」

飲み込み顔で番頭がすぐ立ちあがった。

「相模屋さんにも抜け参りの子供たちが施しを求めて参りますかな」

「私の宿は街道から離れておりますで、まずはそのようなことはあるまいと高を括《くく》っておりました。が、この数日前から街道筋の施しを受けられなかった連中が参ります。大人なら断りもできますが、なにしろ頑是ない子供、うちでも大鍋《おおなべ》に雑炊など炊《た》き出しておりますよ」

「それはご奇特なことで」

「それにしても、この度の伊勢参りは異常でございますぞ、総兵衛様」

「さようさよう」

「ご政道に不安を感じたせいでしょうかな。街道筋はまるで熱病に憑《つ》かれたような子供が朝から晩までぞろぞろと……」

番頭がまだ若い女中を連れてきた。

「総兵衛様、私どもは存じませんでしたが、お店の小僧さんらしき三人連れが勝手口に顔を出して、このきちになんぞ施しをと願ったそうにございます」

「きちさんと言いなさるか、世話をかけましたな」

総兵衛の言葉にきちは廊下で身を縮めた。

「そなたが会った三人は白衣を着ておりましたかな」

きちはもぞもぞとしていたが、ふいに顔を上げ、

「はい、栄吉さんも恵三さんも汗に塗《まみ》れた白衣を着ておいでになりました」

と答えた。

「そなたは名を知ってなさるか」

「春先に泊まられたとき、言葉を交わしましたので」

「それは助かった」

「栄吉らが顔を出したのはいつのことですかな」

「昨日の昼過ぎにございます」

「なんぞ施しなさったか」

「はい、まだ、施しの雑炊は用意できていませんでしたから、朝の残りめしで梅ぼしを入れた握りを六つばかり渡しました」

きちは無断で握りを作ったことを恐れるように番頭を盗み見た。

「うちの小僧にようやってくださったな。総兵衛からも礼を申しますぞ」

きちが顔を赤らめ、言い足した。

「それに栄吉さんが塩を恵んでくださいと」

「塩まで……その後、栄吉らがどうしたか知りませんか」

「これから小田原を出れば箱根の山で日が暮れる、道に迷います。今日は小田原か、湯本あたりに泊まって、次の日に箱根越えをしなさいと言いました」

「なにか栄吉らは答えましたか」

「三人でひそひそ話し合っていなさったが、なんとしても湯本まではいくと言い残して、出ていこうとしました」

きちはそういうと言葉を切り、

「湯本から上がった畑宿に叔母の家がございます。それで腹を空《す》かすようなことがあれば立ち寄って小田原のきちから言われたといいなさい。そうすれば、蕎麦《そば》の一杯も馳走《ちそう》してくれましょうにと送りだしました」

と言い足した。

「きちさん、栄吉らにいろいろと気を使ってくれましたな。ところで畑宿の叔母どのはなんといわれますな」

「寄せ木職人の平吉《へいきち》に嫁いだ、はなにございます」

「分かった。ところで三人が立ち去った後、栄吉らのことを聞きにだれぞが顔を出しませんでしたか」

「いいえ、そのようなことはありません」

ときちは知っていることをすべて吐きだしたか、小さな息をついた。

同時刻、江戸の富沢町の大黒屋の奥座敷で三番番頭の又三郎と手代の駒吉が大番頭の笠蔵、一番番頭の信之助、おきぬの前に控えていた。

「これが旦那様への手紙です」

笠蔵の差しだす手紙を又三郎がかしこまって受け、背中に担《かつ》ぐ竹籠《たけかご》にしっかりと納めた。

「では、行って参ります」

おきぬが残念そうな顔をした。

「おきぬさんの出番はまたございましょう」

駒吉が慰めた。

「風神の又三郎さんと綾縄《あやなわ》小僧駒吉さんの足にはさすがのおきぬも敵《かな》いませぬ。あなたらの足手まといになっては御用に差し支えます。なんとしても一刻も早く総兵衛様らに合流してくだされ」

おきぬが二人を励ました。

三番番頭の又三郎は風神と異名をとるくらいに迅速果敢な祖伝夢想流の遣い手であり、綾縄小僧の駒吉は縄を使わせたら鳶沢一族のなかで右に出る者がない。ともかく若い二人は一日でも二日でも早足で歩き通すことができた。

「夜道を駆け通しますゆえ、明後日にも会えましょう」

又三郎と駒吉が立ちあがった。

四

三日目。

総兵衛らが目を覚ました離れに相模屋の番頭があらわれ、

「大黒屋さん、箱根は山止めにございます。しばらく様子をうちで見るほうがようございます」

と箱根越えの往来禁止を知らせてきた。

「関所が山止めですって、何事です」

「お山の上り下りが禁止でしてな、湯本の手前の風祭に臨時の関所が設けられておるそうにございます。今、うちの若い者を走らせておりますのでしばらくお待ちを」

相模屋の客は仕方なしに二度寝をする者、玄関先でうろうろしながら事情を知ろうとする者と思い思いの対応で若い衆《し》の帰りを待った。

「総兵衛様、私も見て参ります」

と稲平が言いだしたが、

「相模屋の衆が戻るのを待とう」

と稲平を制した。

総兵衛は銀煙管《ぎんぎせる》で朝の一服をつけながら、臨時の山止めの原因をあれこれ考えたが思いあたらない。

若い衆が戻ってきたのは昼前だった。玄関先で泊まり客の大半が迎えた。

「お客様、箱根越えは今日は無理にございます」

若い衆の声に一同がざわついた。

「なぜ山止めだね」

「長いこと東海道を往来しているが、こんなことは初めてだよ」

常連の客たちが口々に訊いた。

「それが関所のお役人もなぜ山止めなのかはっきりとはご存じない様子で、ただ今日は駄目だ駄目だの一辺倒にございます」

風祭の一里塚に急ごしらえの柵《さく》が設けられて、抜け参りの子供たちを含めて大勢の旅の者たちがたまって、混雑をきわめているという。

「小田原藩の道中奉行のところに使いを出しましたが、山止めは江戸からの指示と思えます。炎天下の日差しの下で待たれるよりもうちで明日を待つほうが得策にございますぞ」

「入り鉄砲と出女」をきびしく取り調べる箱根の関所は作られた慶長期の当初、幕府が直接支配した。が、万治《まんじ》（一六五八〜六一）以後は小田原藩が管轄《かんかつ》して、藩士が一月交替で山に詰めたという。

番頭が小田原藩に問い合わせたのもそういう事情があったからだ。

「大井川の川止めなら話も分かる。箱根が通れないとはねえ」

番頭の説明にぼやきを残した客たちはこの日の箱根越えを諦《あきら》め、部屋に戻った。

玄関先にとどまったのは、相模屋の主《あるじ》の彦左衛門と番頭ら、それに総兵衛主従の三人だ。

「彦左衛門様、これまでこのようなことがありましたかな」

総兵衛の問いに相模屋の主が首を捻《ひね》った。

「むろん箱根の関所止めがおこなわれるのはなくはございません。しかし私が記憶するかぎり山全体の往来が禁じられるのはございませぬな」

「旦那様、総兵衛様、小田原藩ではなんでも抜け参りの子供を探せという命で山止めになったとか話されておられました」

「確かか」

彦左衛門が番頭に念を押した。

「いえ、噂《うわさ》の類《たぐ》いにすぎませぬ」

「仕方ない。のんびりと体を休めますかな」

そう彦左衛門らに言い残した総兵衛らは離れに引き返した。

「総兵衛様、栄吉らを捕らえるために山止めがおこなわれたのでございましょうか」

作次郎が訊《き》いた。

（江戸で命令を発した者がだれであれ、栄吉が懐《ふところ》に家康様所縁《ゆかり》の火呼鈴《ひこれい》を所持しているなど承知している者はおるまい）

と総兵衛は思った。だが、箱根の山止めをさせるとは事の重大さを想像させた。その命を発した者の権力の巨大さを考えざるをえなかった。

（道三殿中《どうさんでんちゅう》か）

道三殿中とは将軍綱吉《つなよし》の寵愛《ちょうあい》厚い老中上座にして御側用人《おそばようにん》の柳沢保明《やなぎさわやすあきら》のことだ。上屋敷が城近くの道三河岸《がし》にあったことと柳沢邸に猟官を目指して高家《こうけ》旗本や大名家の使いが雲集したことからこう呼ばれた。

鳶沢一族とはこれまで幾度となく暗闘を繰り返してきたから、考えられなくもない。だが、新しい〝影〟が動いたことをどうして道三殿中が知ったか、である。

「わからぬな。ともかくこれまで以上に一刻も早く栄吉を探しだすことが肝要じゃ」

「はい」

作次郎と稲平がきびしい顔で応じた。

箱根の関所は明六つ（午前六時頃）に開いて暮六つ（午後六時頃）に閉じられる。

この日、山止めはついに解かれることはなかった。

小田原宿の相模屋の離れから総兵衛らの姿が消えたのは夕食のあとのことだ。

その報告を受けた彦左衛門はただ頷《うなず》いただけであった。

風祭の臨時関所を早川の対岸へ大きく迂回《うかい》して避けた総兵衛一行は、臨時関所の明かりと三枚橋を遠くに望みながら、湯本の先の山道に出ようとしていた。

小田原から風祭まで寺や地蔵堂や民家の軒下には数えきれない抜け参りの子供たちが死んだように眠りについていた。

一日山止めで客足の滞留した湯本宿でもすでに明日の出立に向けて、旅客たちが眠りについていた。

山中から奥湯本の旅籠《はたご》の明かりがちらちらする街道に下り立った総兵衛の着流しの腰には家康から初代の総兵衛成元が拝領した三池典太光世、茎《なかご》に葵《あおい》の紋が刻印されているところから葵典太と密《ひそ》かに伝えられる一剣があった。

作次郎も稲平も厳重な足拵《ごしら》えに変わっている。

「鬼が出るか蛇が出るか、参ろうか」

総兵衛の言葉に、

「はっ」

と頷いた二人が明かりもなく鬱蒼《うっそう》とした木立ちのなか、石畳を歩きだした。

〈はやくも聞ゆる遠寺《ゑんじ》のかねに、一睡の夢は覚めて、夜明《よあけ》ければやがておき出《いで》、そこそこに支度して立出けるに、けふは名にあふ筥根《はこね》八里、はやそろそろと、つま上りの石高道《いしだかみち》をたどり行《いく》……〉

と後年、十返舎一九《じっぺんしゃいっく》によって書かれた『東海道中膝栗毛《ひざくりげ》』は箱根の石畳をこう伝える。

総兵衛らはごろごろとした石を敷き詰めた幅一間（約一・八メートル）の暗黒の道を音もなく歩いていく。

須雲川《すくも》のせせらぎが谷底からかすかに響いてくるばかりで山中は静寂に包まれていた。

初花の滝を過ぎ、鎖雲寺を通過した頃合から総兵衛らは監視する目を感じた。

だが、三人の動きに変わりはない。ひたすら山の頂を目指す。

行く手の道がうねうねとした九十九折《つづら》りに変わった。

頭上を覆《おお》う木立ちの深い茂みに闇《やみ》がさらに濃さを増した。

女転ばし坂の難所だ。

総兵衛らの気配に目を覚まされたか、山猿が一声、きいっと鳴いた。

谷川に架かる丸太橋を稲平、総兵衛、作次郎の順で渡った。

石畳がさらに険阻になった。

杉林を抜ける胸突き八丁が待っていた。

総兵衛の前を行く稲平が肩の荷を背負い直した。

仕込み杖《づえ》を前方に差しだすようにして道を確かめ、足を出す。

峡路を抜けてようように平らで開けた地に出た。

坂上に本陣のある畑宿がおぼろに望めた。

稲平が崖《がけ》から落ちる水音に気づき、ようやく足を止めた。

総兵衛らは代わる代わるに冷水で喉《のど》を潤《うるお》し、顔を洗った。

涼気が一気に石畳を上がってきた三人を包んだ。が、それも一時《いっとき》のことだった。

「総兵衛様」

作次郎が小声で主に囁《ささや》いた。

「うーむ」

総兵衛はさきほどから監視していた目がおぼろ月に誘われるように姿を見せたのを知った。

三人が振りむくと月光の下に着流しの女が一人立っていた。

その手には一枝があった。

長い髪を背に垂らした姿は艶《えん》とも奇ともつかず、三人の行く手を阻《はば》むように立つ光景に、

「箱根山の山姥《やまんば》め、姿を見せおったな」

と総兵衛が問いかけた。

箱根山の北方にある足柄山に育った金太郎、源頼光《みなもとのよりみつ》に仕えた四天王の一人、坂田金時は山姥に育てられたという。

女の口から、

「さて人間《にんげん》に遊ぶこと、ある時は山賤《やまがつ》の、樵路《せうろ》に通ふ花の蔭《かげ》、休む重荷に肩を貸し、月もろともに山を出《い》で、里まで送る折もあり、またある時は織姫の、五百機《ほはた》立つる窓に入《い》つて、枝のうぐひす糸繰り、紡績《はうせき》の宿に身を置き、人を助くる業をのみ、賤《しづ》の目に見えぬ、鬼とや人の言ふらん……」

と謡曲「山姥」が流れでた。

総兵衛が石畳に戻って十余間先の女に呟《つぶや》きを漏らした。

「謡《うた》いの山姥にしてはちと化粧臭い」

月光が頭上から女の顔におちて、青白い顔の口の紅を浮かびあがらせた。

「山止めを知ってきやったか」

「おお、知らいでか」

「暗黒の箱根山は人間世界にあらず、われら山姥狐狸妖怪《こりようかい》の棲《す》むところ」

「さてさて、江戸のどなたかがまたまた野望にくらんでなんぞ仕掛けたようじゃな。底の知れた猿芝居もこれまでじゃ、女」

「大黒屋総兵衛、慌《あわ》てふためいてどこへ参る」

「女、そのほうがまだ愛らしいわ」

女が手にした一枝が虚空《こくう》に振られた。

すると、石畳の左右の闇から白い影がもくもくと湧《わ》きあがって、現われた。

白衣に包まれた顔も白に塗られ、目だけがかすかに月光を映していた。

総勢十余人の戦闘集団は、女を半円に囲んでゆっくりと総兵衛らの方に下ってきた。

作次郎と稲平が背の荷を下ろすと仕込み杖を握り直し、石畳の両側に半間ほど敷かれた土道の左右に分かれて控えた。

総兵衛は石畳の中央に静かに立って待ち受けた。

総兵衛は白衣、烏帽子《えぼし》の一団が鍛えられた戦闘集団であることを、同時に総兵衛らに立ち向かうのが初めてのことを察知していた。

「箱根山に不慣れな者たちよのう、西から旅してきたか」

総兵衛の問いに答えはない。

半円の輪の前に立っていた女が白衣の集団の背後に没して、襲撃者たちがいっせいに剣を抜き連れた。

「石畳を墓場としたき者、この総兵衛が地獄に送ってつかわす」

無言の行を続ける修行僧のように総兵衛の問いに何の反応も示さない。

ふいに半円が乱れて一瞬のうちに四方八方に飛び散って、闇に姿をかき消した。

「油断するでないぞ」

「おうっ！」

「心得ました！」

二人の部下が呼応した。

畑宿を目前にした石畳に総兵衛主従と女だけが対峙《たいじ》していた。

その間合いはおよそ十四、五間（約二六、七メートル）と離れていた。

きえっ！

殺気に怯《おび》えたか、山猿が鳴いた。総兵衛たちの注意が頭上にいった。

視線が石畳に下ろされたとき、女の姿が消えていた。

締めつけるような殺気が鋭く尖《とが》って膨らんだ。

ぱちん！

と音をたてて裂けたものがあった。

虚空を切り裂く音がした。

「矢じゃ！」

短矢が四方から飛んできた。三人は石畳に伏せた。

声もなく三人は石畳から転がって場所を移した。石畳に短矢が突きあたって火花を散らした。

二撃目が襲ってきた。ふたたび転がる総兵衛の肩を、腰をかすめて飛来した。

うっ！

という押し殺した呻《うめ》きが響いた。

稲平だ。

「やられたか」

「かすり傷にございます」

雲間に月が隠れた。

総兵衛らは居場所を変えた。闇が畑宿外れの坂道を覆い、ゆっくりと時が流れた。月光が戻れば、ふたたび短矢の攻撃が襲いくる。

（どうしたものか）

総兵衛が即断を迫られた瞬間、石畳を覆う木立ちから白い影が浮かびあがった。

それが虚空を右に左に旋回し始めた。

一つひとつの白衣が枝から枝を伝い動く巨大な渦に変わって、総兵衛らを幻覚の世界に誘った。

現実の距離感と空間が崩れ失われて、白い渦に頭上から飲みこまれようとした。

「作次郎、稲平、目を閉じよ」

総兵衛はそう命じると自らも両の瞼《まぶた》を閉ざした。それでも白い渦は脳裏のなかに舞いつづけていた。

（南無《なむ》八幡大菩薩《はちまんだいぼさつ》、われに力を）

総兵衛が念じると白い渦が薄れていった。すると殺気が襲来してきた。

総兵衛は両眼を閉ざしたままに立ちあがり、殺気の核心に向かって三池典太光世を抜き打ちにすり上げていた。

「げえっ！」

総兵衛の掌《てのひら》に確かな手応《てごた》えが走り、血の臭《にお》いが鼻孔をついた。

「参れ！　外道」

両眼を見開いた総兵衛の長身が白い渦の下で舞い動き、葵典太の豪剣が月光にきらめき光った。

二つ三つ……と白衣が血に染まり、白い巨大な渦に綻《ほころ》びが出ようとしていた。

作次郎も稲平も必死の剣を振るっていた。

ぴっ！

短く鋭く夜気を震わせた笛が響いて、白い渦がふたたび闇に没した。

石畳に総兵衛らが斬《き》り倒した白い影が残っていた。

森閑とした闇が戻ってきた。

作次郎が稲平のかたわらに走り寄ると、

「どこをやられた」

と訊《き》いた。

「不覚にございました」

総兵衛があたりに注意を払いつつ、稲平を見ると左の太股《ふともも》に短矢が突き立っていた。

作次郎が倒した相手の袖《そで》を引きちぎって手際《てぎわ》よく止血した。そうしておいて、

「我慢せえ！」

というと短矢を抜いた。

「うっ」

稲平の呻き声があたりに響いたとき、ふたたび頭上がざわめいた。

「来るぞ、心せよ」

総兵衛は二人の手下に白い幻覚の到来を警告して鼓舞した。

「はっ！」

総兵衛は闇から湧《わ》き出した襲撃者たちの接近に迂闊《うかつ》にも気がつかなかった。

殺気が総兵衛の眉間《みけん》に襲いかかってきたとき、初めて白の集団は黒衣と変わって忍び寄っていたことに気づかされた。

総兵衛は咄嗟《とっさ》に身を沈めつつ、三池典太を虚空に回《めぐ》せて、襲撃者の両足を両断した。

「げえっ!」

総兵衛は頭上から転落してきた相手を左手で避けると、石畳をするすると移動しつつ、右に左に上に下に葵典太を振るった。だが、総兵衛が最初に想像した数よりも襲撃者は多かった。

そのうえ、倒された仲間の綻びを新たな敵が埋めて、三人を徐々に徐々に水が湧き落ちる崖っ縁へと追い詰めていった。

作次郎は稲平をかたわらにおいて奮戦していた。が、多勢に無勢だ。さすがの総兵衛も活路を見出《みいだ》せなかった。それればかりか死さえ覚悟せねばならないほどの迅速果敢な敵の攻撃であった。

黒い輪が縮まった。

石畳に倒れていた白い影が消えていた。敵は倒れた者を収容する余裕さえあった。

総兵衛は三池典太を湧き水に浸して血のりを流した。

(さあ、参れ、鳶沢一族の頭領の戦いぶりを見せてくれるわ!)

すでに退路も逃げ場所もない。あるのは数間の生と死の間合いだけだ。

ぴいっ!

夜気を裂く笛の音が響き、輪を縮めようとした一団がふたたび闇《やみ》に身を没し去った。

「糞《くそ》っ!」

作次郎の罵《のの》り声がした。

短矢で最後の攻撃を仕掛けたうえにとどめを刺す気だ。総兵衛が典太を構えて立つかたわらに作次郎も並んだ。

(鳶沢一族の者の死に際を見せてくれる)

作次郎は胸のうちに吐いた。

静寂のなか、弦《つる》を引き絞る気配が響いた。

その弦が、

ぷつん！

という異様な音を立てて切れた。

その瞬間、石畳の上に火玉が飛んだ。

鬱蒼《うっそう》とした木立ちの闇に隠れた黒衣の集団の姿をさらけ出すように何条もの火玉が夜空を次々に飛んだ。それは火玉のあとに縄を引いて夜空を飛んでいた。

石畳は一気に明るく変わった。

畑宿の住人たちが起きてくる気配がした。

ぴいっ！

鋭く尖った笛の音が響いて、襲撃者たちが須雲川の谷へとかき消えていった。

緩やかな弧を描いた火玉が総兵衛らの前の石畳に落ちて、燃えあがった。

「助けられたな、風神、綾縄《あやなわ》小僧」

総兵衛の声に江戸から徹夜で後を追ってきた風神の又三郎と綾縄小僧の駒吉が姿を見せた。

又三郎は無銘の古刀を、駒吉は火縄を手にしていた。

「私どもが小田原城下の相模屋様に到着したとき、総兵衛様らは一刻《とき》（二時間）ほど早く出立されておられました」

又三郎が言い、

「必死で夜道を駆けた甲斐《かい》がございました」

と駒吉が言葉を継いだ。

「危うくな、箱根の山姥に射殺《いころ》されるところであったわ」

と総兵衛が笑った。

第二章　遁《とん》　走《そう》

一

四日目。

箱根湯本から畑宿を通る本道の他に江戸期に開発された道があった。湯本から十丁（約一・一キロ）で塔《とう》ノ沢《さわ》、ここから一里半（約六キロ）上がって堂《どう》ヶ島《しま》、宮《みや》ノ下《した》、底倉《そこくら》。さらに半里上がれば木賀《きが》、南に折れれば一里半で芦《あし》ノ湯《ゆ》に到着する。これらの箱根七湯をめぐる道を本道に対して温泉道と称した。

総兵衛ら一行が大黒屋と馴染《なじ》みが深い芦ノ湯の湯治宿ひょうたん屋に密《ひそ》かに入ったのは未明の時刻だ。

総兵衛らは本道から外れて二子山の東の裾《すそ》を巡って温泉道に抜けたのだ。稲平の矢傷の治療が改めておこなわれ、総兵衛らはひとまず落ちついた。街道から離れた芦ノ湯には湯治客が大半で東海道を旅する人が泊まることはまずありえない。総兵衛らは離れの一室を用意され、江戸から急行してきた又三郎、駒吉と話し合う機会がえられた。朝めし前のことだった。

四人の前に茶だけが供されていた。

「ご苦労であったな」

総兵衛の一言に主従の信頼のすべてが込められていた。

「総兵衛様、黒白の衣装を自在に変えるあやつらは何者ですか」

「まさか丹五郎らの抜け参りと関わりがあるのではありますまいな」

又三郎と駒吉が訊《き》いた。

総兵衛が顔を横に振り、

「今はしかと分からぬ」

と江戸からもたらされる情報に期待した。

「総兵衛様、まずは大番頭さんの手紙を」

と又三郎が笠蔵から預かった手紙を差しだした。

「読ませてもらう」

総兵衛は封を切った。

〈総兵衛様、急ぎ一筆参らせ候《そうろう》。丹五郎ら抜け参りに出《い》でし経緯は又三郎らより直接ご聴取下されたく候。私め信之助を四軒町に走らせ、本庄《ほんじょう》の殿様に面会、城中内外に急変あるやを尋ねさせしところ、殿危惧《きぐ》なされしは天下の一大事になりつつある伊勢への大量群参の一件にて、幕閣でも深く憂慮されおり候との御返答に御座候。此度《こたび》の抜け参りが自然の成行きにて生ぜしものと考うる事態《あた》わず、上方、伊勢、江戸など中心に売人と申す輩《やから》が扇動いたしたる事明白。なんらかの目的にて指嗾《しそう》いたせし事件との見方が大勢の模様に御座候が、一部には世情の騒乱を招き幕府転覆を図る意図ありやと危懼《きく》されし御老中もおらるるとか。大目付の本庄の殿様も日夜探索に御苦労の御様子と信之助の言に御座候。また御側用人《おそばようにん》柳沢保明様、平穏なる日々を過ごしおられ候とか、此事《この》付記申し上げ候、笠蔵拝〉

本庄の殿様とは大目付本庄豊後守《ぶんごのかみ》勝寛《かつひろ》のことであった。

総兵衛と勝寛は信頼を寄せ合う仲、その根底には互いの人間性と同時に徳川幕府への深い忠義心があった。

また笠蔵が綱吉の御側用人にして老中上座、現実には綱吉の代弁をなして老中よりも実権をもつ柳沢の行動に言及したのは、これまで鳶沢《とびさわ》一族の暗闘の背後につねに柳沢の策動の影がちらついていたからであった。

「又三郎、話を聞こうか」

総兵衛が手紙から視線を上げて、又三郎に命じた。

「総兵衛様、加賀様の上屋敷近くの本郷菊坂町の口入れ屋十一屋《といちや》をご存じにございましょうか」

「口入れ屋の十一屋とな、知らぬな」

「主《あるじ》は四十年配の海助と申しまして、色の浅黒い男にございます。この男、小金を小商人やぼて振りに貸して資金を溜《た》め、大名家や旗本屋敷に中間小者《ちゅうげんこもの》を世話する口入れ屋の株を買い取り、近ごろめきめきと力をつけてきた丹後生まれの男だそうにございます。屋号の十一屋は金を貸す際に十日に一割の高利をとったことに由来するとか。取り立てにて諍《いさか》いが起こりますと、店《たな》の近くの長屋に飼っているやくざ者や浪人を乱暴にも差し向ける手合いにございますそうな」

又三郎は江戸から夜通し駆けてきて喉《のど》が渇くのか、しきりに唇を舌先で嘗《な》めた。

作次郎が茶を注いで、又三郎の膝《ひざ》の前に置いた。それを摑《つか》んで喉を潤《うるお》した又三郎はさらに言葉を継いだ。

「この男、女房が死んだ後、品川宿の遊廓《ゆうかく》で板頭（稼ぎ頭）を張っていたいねという仇《あだ》っぽい女を店に入れて、女将《おかみ》さんと呼ばせているそうにございます。さて、丹五郎といいねがお店近くの亀井町の煮売り酒屋いづ屋で二度ほど会っておりました。いづ屋の主が申しますには一度目は夕暮れ時、丹五郎は手に薬袋を持っていたとか。おっ母《か》さんの持病の疝気《せんき》の薬を買いにいった帰りでございましょう。いねがしきりに丹五郎を元気づけていた様子であったと申します。二度目は妹のたけを伴った丹五郎といいねの三人連れでいづ屋に入っています。そのおりに伊勢参りすれば疫病《えきびょう》は平癒《へいゆ》するとか、抜け参りには、仲間が要るとかいろいろと指図していたと申します」

「又三郎、丹五郎に抜け参りを唆《そそのか》したのは十一屋海助の妾《めかけ》のいねと申すのだな」

総兵衛は首を捻《ひね》りながらも問い直した。

「はい。そのほかの人物はとあたってみましたが、おりませぬ。いねがなにかの企《たくら》みをもって丹五郎に接近したと思えます」

「となるといねの一存か」

「おそらくは十一屋海助の指図」

「口入れ屋が本業といったな」

「はい、大名家が参勤交代の際に中間槍《やり》持ちを揃《そろ》えるのに重宝している口入れ屋の一つにございます」

徳川幕府が始まって百年余、国許《くにもと》と江戸を往来する参勤交代の際に必要な供揃えを常備している裕福な大名家はほとんどない。そこで道中のときだけ臨時に人足を入れて格式を取り繕う。そんなわけで大名家への出入りを許される口入れ屋が江戸にいくつか暖簾《のれん》を上げて、それなりに多忙を極めていた。

「又三郎、十一屋とつながりがあるうさん臭い大名家があったか」

「総兵衛様、今のところ見つけられませんでした」

と又三郎が答え、駒吉をみた。

「調べ半ばで出て参りました」

と駒吉が急いで江戸を発《た》ってきたもので、調べは完全ではないと言い訳した。

駒吉は丹五郎を唆して、抜け参りにいかせたのが本郷菊坂の口入れ屋の主の愛妾《あいしょう》いねと知ったとき、又三郎、おきぬの三人で菊坂町に走った。

悠長な調べの時間はない。

又三郎とおきぬが土地の御用聞きや十一屋の出入りの店や近所への聞き込みから始めたのに対して、駒吉は危ない橋を渡ることにした。

十一屋は用心棒が住まいする長屋を持っていた。それがどこにあるのかを知ると、菊坂町に近い小石川片町の二階長屋に忍んでいった。

大名や旗本屋敷に囲まれてひっそりと長屋はあった。

用心棒たちはすでに顔を揃えているらしく、奥の二階で酒を飲んでいるざわめきが駒吉の潜む路地にも伝わってきた。

駒吉はどうしたものか思案しかねて、木戸口で粘っていた。

ふいに戸が開いて、大徳利を抱えた小男が姿を見せた。

「千丸《せんまる》、急いで戻ってこいよ」

年は三十五、六だろう。だが、頭の振子《ねじ》が一本も二本も外れたような人のよさそうな男で、若い声に命じられて、

「急いでいってくらあ」

と答えるとどぶ板を踏んで出てきた。

小石川片町は、備後《びんご》福山藩の下屋敷や御家人の屋敷に囲まれた町家《まちや》だ。酒を買い求めるためには本郷菊坂町の坂上まで上らねばならなかった。

時刻はすでに五つ半（午後九時頃）を過ぎて屋敷町は暗かった。

千丸は近道をしようというのか、備後福山藩の下屋敷の南側の塀に沿って菊坂町へ向かおうとした。

溝に沿った路地に人の通りなどまったくない。大きな榎《えのき》が枝を大きく広げているのが不気味だった。

千丸は慣れた道か、肩をすぼめて小走りにいく。

駒吉は思いきって間を詰めた。

「千丸兄い」

千丸がぎょっとしたように振り返った。

「驚くことはねえぜ。おれだよ、この前に賭場《とば》で一緒した駆け出しだよ」

駒吉は単衣《ひとえ》の裾を片手で手繰《たぐ》りあげ、まるでやくざ者のような口をきいた。

おぼろな月光を透かしていた千丸が、

「おれはおまえなんか知らねえぞ」

と空の徳利を腕のなかにぎゅっと抱えこんだ。

「千丸兄いは十一屋の若衆だろ、おめえが話したじゃねえか」

「そんなことがあったか」

千丸はなおも駒吉の顔を確かめようとしていた。

「ほれ、おれだよ」

駒吉がにゅっと顔を近づけると、懐《ふところ》に隠し持っていた小刀の柄《つか》を千丸の鳩尾《みぞおち》にたたき込んだ。

千丸の腕から徳利が闇《やみ》の地面に落ちて割れた。

駒吉は前かがみに倒れかかる千丸の腹部に肩を当てると担《かつ》ぎあげた。

二十になった駒吉は五尺八寸（約一七六センチ）を超える偉丈夫に育っていた。小男を担ぎあげることなど難ないことだ。

駒吉は千丸を担いだまま、近くの大善寺と山門に書かれた破れ寺《やでら》に入っていった。

無住になって久しいのか、境内は荒れ放題、本堂の屋根は半ば抜け落ちていた。

駒吉は恐れげもなく本堂に連れこむと、破れ畳に千丸を転がした。そして懐に用意していた蠟燭《ろうそく》に火打ちと火口《ほくち》を使って明かりを点《とも》した。

小さな光が時間に破壊された破れ寺の本堂を照らしだした。

懐からさらに細引縄が取り出されて、千丸の体が瞬《また》く間に縛りあげられた。

大黒屋の奉公人のなかでも縄を使わせたら、駒吉の右に出る者はいない。綾《あや》縄《なわ》小僧の駒吉という名の由来だ。近ごろでは総兵衛から鳶沢一族秘伝の祖伝夢想流の太刀使いを教わって、一段と落ち着きが出てきた駒吉だった。

駒吉が懐の小刀を抜くと千丸の頰をぴしゃぴしゃ叩《たた》いた。すると、

「うーん」

と唸《うな》って千丸が意識を取り戻した。

「千丸を脅しつけたか」

だんだんと自分に似てくる駒吉の行動に苦笑いを浮かべた総兵衛が訊いた。

「いえ、総兵衛様、金貸しの用心棒にはまったく不向きな男でべらべらと自分のほうから喋《しゃべ》りましてございます」

「駒吉、使い走りを脅して何になるな。たいしたことは知るまいに」

これまで何度となく死線を一緒に潜《くぐ》ってきた作次郎がからかうように口をはさんだ。

「それが金貸しには人のよい使い走りも必要なんでございますよ。それに千丸は十一屋が創業したとき以来、関わりを持ってきた男でした」

「ほお、十一屋の裏表を知っていると申すか、おもしろい男に狙《ねら》いをつけたな」

「総兵衛様、これがまったくの偶然で」

と謙遜《けんそん》した駒吉は、

「十一屋が口入れ稼業《かぎょう》に乗り出したには大伝馬塩町《おおでんましおちょう》の木綿問屋、伊勢松坂の宮《みや》嶋《じま》屋《や》様の助けがあったそうにございます」

「なにっ、宮嶋屋仁右衛門《じんえもん》の……」

総兵衛は思いがけない展開に驚いた。

木綿問屋の宮嶋屋は延宝三年（一六七五）に伊勢松坂から江戸に進出して木綿仲買の看板を上げ、木綿問屋として江戸でも有数の取引高のお店《たな》に急速に発展していた。

宮嶋屋は新もの、大黒屋は古手商いと違いはあった。が、むろん同じ布商い、主同士も顔を知っていた。

「はい、千丸が申しますにはこの半年前より宮嶋屋の番頭さんが頻繁に十一屋に顔を出されるようになったとか。どうやら今回の丹五郎の抜け参りの唆しの背後に宮嶋屋様が控えておられるのではないかと思われます」

「なんとのう」

総兵衛がうめきながらも、これは丹五郎ら三人だけの抜け参りの話ではないなと思った。

「総兵衛様、大番頭さん、一番番頭さんにこのことを報告しましたところ、気にかかることを信之助様が話されました」

「なんじゃな」

「古着買ですよ」

「古着買がどうしたな」

江戸には大黒屋などの古着商の他に古着を買って歩く古着買がおよそ二千人ほどいた。

古着商が大黒屋総兵衛を中心に六軒の問屋、その下の膨大な小売り店と組織されているのに対して、古着買は今も昔も個人の担ぎ商いとして続けられてきた。

質屋、古着屋、古着買、小道具屋、唐物屋、古道具屋、古鉄屋、古鉄買を八品商売人として、幕府では格別にきびしい監督下に置いた。これらの品物の取引には盗難品が混じるため、それについて回る裏の情報を重視したためだ。

幕府が定めにより八品商売人をさらにきびしく江戸町奉行の管轄《かんかつ》下におくことにするのは、享保《きょうほう》八年（一七二三）のことだ。

「一番番頭さんは古着買たちが組合を作るとか作らないとか、そんな噂《うわさ》が流れているのを耳にしたことがあるそうです」

「信之助は古着買の組合組織の背後に宮嶋屋がおると申すか」

「総兵衛様、そこまではっきりとは……ですが、一番番頭さんは私の報告を考え合わせると抜け参りなどという大騒動の背後で、なにやら蠢《うごめ》きだしたお方がおると申されました」

総兵衛は信之助の推測は当たっていようと思った。

なぜなら新しい〝影〟が鳶沢一族に使命を与えようとした最中のことだ。このことを考え合わせるとき、抜け参り騒ぎを企てた者の矛先がすでに鳶沢一族に、中でも栄吉、恵三ら子供衆《こどもしゅう》に向けられていると思われた。

「駒吉、千丸をどうしたな」

「寺の古井戸に眠ってございます」

「ようやった」

とだけ総兵衛は駒吉の非情を褒め、

「さて、昨日の箱根山止めの一件じゃが」

と江戸から駆けつけてきたばかりの又三郎と駒吉に説明した。

「総兵衛様、丹五郎、栄吉、恵三の三人を摑《つか》まえるために山止めがおこなわれたと申されますか」

駒吉が途方もないといった顔で訊《き》いた。

「駒吉、丹五郎が最初考えていた抜け参りに出る日はもっと後であったと申したな」

「弟の長八の話だと三、四日後を予定しておりましたそうな。が、店に住み込みの栄吉、恵三のことを考えますれば、更衣《ころもがえ》の夜に抜けだすのがやりやすいのではと急な抜け参りになったと申しておりました」

「そこよ。いねとか申す女は抜け参りをさせた栄吉ら三人を府内にてすぐにも拉致《らち》する気であったと考えよ。ところが丹五郎らが予定を変えて、何日も早く抜け参りに出た。そのうえ、われらがあたふたと後を追っていく。おそらくあの夕刻、〝影〟が栄吉を通じて大切な届け物をしてきたなどとはいねらも想像もしなかったであろう。われらが動きだしたゆえに、なにやら小僧たちが大黒屋の大事なものを持ちだしたと推量をつけて、丹五郎、栄吉、恵三の追跡劇、さらには大掛かりの山止めになったのではないか」

「いくら江戸の豪商とは申せ、宮嶋屋と十一屋では箱根の山止めなどできませぬ」

又三郎が反論するように言った。

「そこよ、本庄の殿様が危惧《きぐ》なされるように宮嶋屋の背後に大物が控えておられるのよ」

しばし座を沈黙が支配した。

四人の脳裏にはいちように道三河岸《どうさんがし》の主、柳沢保明があった。綱吉の信頼を一身に受ける保明なら箱根の山止めも無理ではない。

「総兵衛様、抜け参りも栄吉らの追跡もすべてわれら鳶沢一族に仕掛けられた巨大な罠《わな》とおっしゃるので」

「いや、そうではない」

総兵衛は上方、伊勢、江戸に同時に多発して扇動が始まったという抜け参りが直接に鳶沢一族に向けられたものとは考えてはいない。

（なんぞ狙いがあってのこと……）

それがはっきりとはしなかった。

「だれぞが幕府転覆を画策しているかもしれぬ、あるいは別の狙いかもしれぬ。この熱病の裏にはわれらがまだ承知せぬなにかが隠されておる。おそらく鳶沢一族潰《つぶ》しは、その一環であろうよ」

四人は鳶沢一族がおかれた宿命を思って顔を見合わせた。

「総兵衛様、宿の主人に山止めの一件を聞いて参ります」

と作次郎が離れから姿を消した。

が、作次郎はすぐに主の光次郎《みつじろう》を伴い、戻ってきた。

「総兵衛様、すぐに朝餉《あさげ》の支度をさせますでな」

未明に予約もなく怪我人《けがにん》を伴って顔を出した大黒屋主従の行動を聞こうともせずに光次郎が如才なく言った。

芦ノ湯のひょうたん屋は、江戸の大黒屋とも駿府《すんぷ》の鳶沢村の分家とも先祖代々の付き合いで厚情が重ねられてきたのだから、いちいち事情を問い質《ただ》さずとも信頼が損なわれることはなかった。

「総兵衛様らも小田原宿にて足止めに遭われたそうにございますな」

「相模屋で退屈を持てあましておりましたよ」

総兵衛の口調はすでに商人のそれに変えられていた。

「急な山止めでしたな」

「どうやら山止めのお指図は江戸からきたそうにございますよ。関所に詰める小田原藩士がぼやいておりました」

「ほう」

問題は江戸のどこから命が発せられたのか、だ。

「して、山止めの理由と狙いはなんですかな」

「そこです。なんでも抜け参りの人数を箱根山で調整するということだそうでございます。たしかにこの数日、抜け参りの人数が膨らんで箱根の関所は人別改めができない状態にはございました」

一日何万もの抜け参りがむろん手形もなく関所に押しかけるのだ。いちいちそれを足止めして正式な人別改めをしていたら、箱根山は身動きがつかなくなる。

なんといっても箱根の関所は東海道の難所であり、要衝であった。大名行列も通れば、朝廷の使者も旗本の御用旅もあった。さらには物品流通の要衝としても機能させねばならなかった。

小田原藩では抜け参りの子供は見て見ぬふりをして通過させる、それしか手立てはなかった。

それが一転抜け参り調整と称して山止めしたのだ。

「総兵衛様、なんでも三島と湯本を止めて、そのとき山に差しかかっていた抜け参りの子供衆のうち、三人を探しまわったということですがね。箱根山をご存じない方の浅知恵ですよ」

光次郎がせせら笑った。

やはり丹五郎らを探しまわるための山止めか。

「おはようございます」

ひょうたん屋の女将《おかみ》ひさがにこやかな顔を見せて、

「今、膳《ぜん》を運ばせます」

と言うと、

「なんでも白衣を着た三人の抜け参りの子供衆が役人に追われて芦ノ湖に転落、

水死したそうにございますよ」

と新しい情報をもたらした。

「それはまたかわいそうに。女将、どこでかな」

「湖尻《こじり》近くと聞きましたが」

その言葉を途中まで聞いた作次郎ら三人が立ちあがり、

「総兵衛様、朝めし前にちょいと」

と驚くひさらを残して姿を消した。

二

芦ノ湖は箱根火山の噴火でできた火口原湖である。

南北に長い湖岸線はおよそ五里（約二〇キロ）余である。

駿河《するが》の深良《ふから》村の名主大庭源之丞らは芦ノ湖の豊かな水を火山台地の村に引こうと、寛文《かんぶん》三年（一六六三）、湖が御手洗《みたらい》池としてその管轄の下にあった箱根権《ごん》現《げん》に願文《がんもん》を出して、幕府より三年後に許可された。

この箱根用水は四年の歳月と七千余両の費用を投じて、水の足りない駿河郡深良村へと掘削された。このために八千石の増収がもたらされたのだ。

さて湖尻峠の下を暗渠《あんきょ》で抜ける箱根用水から南に数丁ほど離れた小さな入江に箱根関所の役人と武家らが水死体の検死をしていた。

水辺には一隻《せき》の船が止まって、小者たちが手伝いをしていた。

検死の役人らは芦ノ湖を縦断してきたのだろう。

入江の上には元箱根から湖尻に向かう山道が通っていた。だれに追われたか、三人はこの山道から足を踏み外して、湖に転落したようだ。

湖の漁師が三人の水死体を見つけたという。

作次郎、又三郎、そして駒吉の三人は崖《がけ》の途中の藪蔭《やぶかげ》から検死の様子を眺め下ろしていた。

三つの亡骸《むくろ》が丹五郎らかどうか、遠すぎて判断できなかった。が、関所役人に同行している武家の油断のない挙動が作次郎らが接近することを阻《はば》んでいた。

「どうしたもので」

駒吉が行動を促すようにいった。

「まあ、待て」

年長の作次郎が制し、又三郎も同意した。

ふいに武家が身軽に船に飛び乗った。二人の関所役人も武家に同行する様子で乗船し、船頭が竿《さお》を手にした。

船は三つの水死体を乗せていくには小さすぎた。武家と役人たちが関所に戻り、改めて船を差し向ける様子だ。

水死体のそばに残されたのは一人の役人と小者二人だ。

船影は三人の視界から小さく遠のいていた。

「私が確かめます」

駒吉が作次郎と又三郎に許しを乞《こ》うた。

「よかろう。あやつらをわれらが引き離す」

作次郎が応じ、三人は二手に分かれた。

急崖を下った駒吉は、二十間（約三六メートル）まで接近した。

水死体は狭い岩だらけの岸辺に俯《うつぶ》せに行儀よく並べられて、顔を確かめられなかった。

駒吉は物音を立てないようにさらに下った。

落葉松《からまつ》の大木が崖から水辺に枝を伸ばしていた。駒吉がその幹に手をかけたとき、入り江の向こうの崖で騒ぎが起こった。まるで関所破りが岸辺にいる役人の姿を見かけて逃げだしたかのように藪がざわついた。

「あやしげな、ついて参れ」

役人が小者に命じた。

「死体はどうします、斉藤《さいとう》様」

「馬鹿者《ばかもの》、死んだ奴《やつ》が逃げだすか」

役人に怒鳴られた二人が岩だらけの岸辺を走っていった。

そのあとを役人が追っていった。

駒吉は木の蔭《かげ》や岩場を伝って、水死体のそばに接近した。

追っ手は岸辺から崖を這《は》いあがっていこうとしていた。

駒吉は手近な水死体の顔に手をかけた。

冷たい感触が駒吉を怯《おび》えさせた。

(栄吉、恵三、丹五郎……)

駒吉は思い切って顔を返した。恐怖を浮かべた顔は駒吉の見知らぬものであった。さらに二人の顔を確かめた。が、どの顔にも覚えがなかった。

小さな体にへばりついた白衣の背には下手な字で、

天照大神

おっ母さんのせん気へいゆ

と書いてあった。さらに襟下に富沢町大黒屋丹五郎とあった。

駒吉は他の白衣の名を調べると、三人の懐《ふところ》を探った。が、役人たちが調べて、持ち物を持ち去ったか、なにも残ってはいなかった。

作次郎らがひょうたん屋の離れに戻りついたとき、湯治宿に山止めが解かれたという知らせが入り、山をおりる湯治客が一斉に支度にかかっていた。

三つの朝食の膳が部屋に残されていた。

「総兵衛様、栄吉らではありませんでした」

駒吉が手早く報告した。

総兵衛は銀煙管《ぎんぎせる》を弄《もてあそ》びながら、駒吉の報告を聞いた。ものを考えるときの総兵衛の格好であった。

「白衣は笠蔵が丹五郎に与えたものだな」

「はい、下手な字は丹五郎の手に間違いございません。それに富沢町大黒屋とあって、それぞれ三人の名が記されてました」

総兵衛が頷《うなず》く。

「そなたらは道々見知らぬ抜け参りがなぜに丹五郎が用意した白衣を着ていたか、話し合ってきたであろうな」

「はい」

と答えたのは作次郎だ。

「駒吉の話によれば、水死した三人は丹五郎らより年上に見えたと申します。ならば第一の可能性は旅の途中に丹五郎らが盗まれたか、強奪された」

「うーむ」

「ですが、着たきり雀《すずめ》の抜け参りが着ている物を盗まれるのはおかしい。それに総兵衛様、栄吉と恵三は幼いとはいえ、鳶沢の者にございます」

「そうよのう」

「第二は腹が空《す》いた丹五郎らがなにがしかの代償にあの三人に売った」

「食い盛りの子供に空腹は苦しいからな、なくもあるまい」

「ですが、丹五郎は母親の病気平癒《へいゆ》の抜け参りに出たのです。それを腹が減ったからといってあっさり売るのは頷けませぬ。またそれに抜け参りには街道のあちこちで炊《た》き出しなどの施しがある」

「小田原宿では相模屋で握りめしをもらっておるしな」

「さようにございます」

「まだ考えがあるか」

作次郎が大きく頷いた。

「丹五郎らが自分たちに追っ手がかけられたと考えたとしたら、違った対応をとるかもしれませぬ」

「追っ手とな」

「そのときは白衣を抜け参りの仲間に譲り渡して、江戸を出たときの格好とは違った姿に身をやつし、時を稼ごうとしたのではと考えられます」

総兵衛が作次郎の顔を見た。

「丹五郎らが三人を代役に立てたということか」

「はい。実際に三人の水死体が発見されたことで山止めが解けておりますれば……」

と作次郎が言い、又三郎も頷いた。

「食事をせえ。そなたらの推量を考えようか」

総兵衛が三人の部下に許しを与えた。

「はっ」

その言葉を待っていたように温め直された味噌汁《みそしる》とめし粥《がゆ》が運ばれてきた。

作次郎らは白布巾《しろぶきん》のかけられた膳の前に座った。女中が三人のめしをよそって離れから退室した。

開け放たれた隣室の寝床から稲平が四人の会話を聞いていた。

潤《うる》んだ顔は傷が原因で熱を発したことを示していた。

総兵衛は銀煙管に刻みを詰めると、煙草盆《たばこぼん》の火種で火を点《つ》けた。

紫煙がゆるやかに立ち上った。

総兵衛は瞑想《めいそう》しながら、ゆっくりと煙草をふかした。

「そなたらは追っ手と申したな。われらのことか」

「総兵衛様、抜け参りに追っ手をかける店はありませぬ。丹五郎らは自分たちを監視する危険な人間を悟ったのではありませぬか」

作次郎が応じた。

「ならば三人のうち、だれが身に降りかかる危難を察知したと思うな」

総兵衛の問いに今度は又三郎が箸《はし》を休めて、

「年長の丹五郎の知恵かと思います」

と答えた。

「丹五郎のう」

総兵衛は何度か供を命じたことのある丹五郎の挙動を思い起こした。

「私もやはり十七の丹五郎の勘かと考えます」

作次郎も同意した。

丹五郎よりも恵三は五つ、栄吉は六つ年下であった。

「駒吉、そなたは」

総兵衛が会話に加わらなかった手代に訊《き》いた。

「私はなんとなく栄吉の機転のように思えます」

「栄吉とな」

「はい」

「駒吉、栄吉は更衣《ころもがえ》の祝い膳に気をとられて、大事な届け物を番頭さんにも渡さずに抜け参りに出た、まったくもって迂闊《うかつ》千万な子供ではないか。それに女中に聞いたことじゃが、栄吉はいまだ寝小便癖があるそうな」

又三郎が反論した。

「番頭さん、おっしゃるとおりにございます。しかし……」

と駒吉は考えをまとめるように箸を宙に浮かしたまま、止めた。

「総兵衛様、番頭さん、栄吉はどこか捩子《ねじ》が抜けたようで寝呆《ねぼ》け癖もある小僧です。ところが、ときおり突飛とも思えるひらめきを見せるのでございます」

「駒吉、たとえばどんなことか」

「三年前、私が鳶沢村に戻ったことがございましたな」

「おれに手紙を届けにきたときのことだな」

総兵衛は敵対する勢力を騙《だま》すために、湯治場行きと偽って鳶沢村に引き籠《こ》もったことがあった。

「はい、あのおり、私は思いがけなくも元服の儀をここにおられる又三郎さんの烏帽子《えぼし》親で執りおこなっていただきました」

「覚えておる。それがどうしたな」

「あの昼前、私は家康様の御神廟《しんびょう》にお参りしたのでございます。連れは八つの栄吉でした。久能山《くのうざん》の下り道、栄吉がぽつんと、駒吉兄《あに》やんもいよいよ前髪を落とされますな、おめでとうございます、と突然妙なことを言いだしたのでございます。私は寝ぼけたことをと信じませんでした。が、その夕刻に成人の儀式を催していただきましてございます」

「予告のことを栄吉に確かめたか」

「はい。元服した翌日、栄吉を呼んで元服の儀のこと、だれぞに教えられていたかと尋ねてみました。すると栄吉は顔を横に振って、家康様から教えていただいたと奇妙なことを答えました」

家康様が……と呟《つぶや》いた総兵衛は又三郎に視線を向けた。

「元服の儀はあの場で決まったことであったな」

「はい、分家のるり様が駒吉はまだ元服前ゆえに総兵衛様を囲んでの男衆《おとこし》の宴席に出られぬとおっしゃられたので、総兵衛様がならばと突然に決められたことにございました。だれも予測など……」

「……できぬな」

しばし十一歳にしては体格もひ弱な栄吉のことを四人は思った。

「総兵衛様、私が小僧に上がったのは八つの年でしたが、背丈は五尺（約一五二センチ）は越えてがっちりしておりました。なぜご分家の次郎兵衛様は十一でもまだ体もできておらぬ栄吉を富沢町に送ってこられたのでございますかな」

駒吉が主《あるじ》に訊いた。

「忠太郎の言葉では本人が望んだといっておったがな」

駒吉が言外ににおわせたように栄吉の不思議な能力を知って、体格はともかく、分家は江戸へ早奉公に送りこんだのであろうか。

（次郎兵衛どのに問い質《ただ》さなければ）

と総兵衛は思った。

「さて、白衣をあの三人になんらかの理由で譲り渡した丹五郎らはどこにおるな」

総兵衛の問いに駒吉が、

「小田原宿の相模屋で握りの施しを受けた栄吉はまだ白衣姿であったと申されましたな。小田原宿から湯本はすぐにございます。素直に考えれば、箱根越えに向かったと考えられる。でも、私は箱根を避けたような気がするのです」

と言いだした。

「われらのなかで一番年が栄吉らに近いのはそなたじゃ、やつらの考えも分かろう。言うてみい」

「花水川の阿弥陀《あみだ》寺に栄吉が、はこねなんてこわくないぞ、と書き残したと総兵衛様は申されましたな」

「言うた」

「栄吉はまだ夜中に小便に一人で起きるのを怖がる子供にございます。それで寝小便をもらしてしまうのです」

「なんと鳶沢一族の者が」

作次郎が呆《あき》れたように呟いた。

「荷運びの頭にも闇《やみ》を怖がるような幼い日がありましたよ」

「駒吉のやつ」

作次郎が平然とした駒吉の反論に苦笑いした。

「栄吉の本音と願いがついもれたのが、あの落書きではありませぬか。つまり強がってはみたものの小田原宿で抜け参りの三人に白衣を譲った後、怖くなって結局山には入らず、海に回ったのではありませぬか」

箱根越えを避けて三島に出る街道があった。

真鶴《まなづる》から熱海に出て、熱海峠で伊豆半島の北を横断して三島宿に至る道だ。

「駒吉、だれぞにつきまとわれていると栄吉が察知して白衣を脱ぎ捨てたのならば、素知らぬ顔で箱根越えをする手もあるぞ」

又三郎が言いだした。

「むろんその道もございます」

駒吉が総兵衛の判断を仰ぐように見た。

「栄吉に奇怪な才能があるとすれば、われら大人が思いもかけぬ道を辿《たど》っているのかもしれぬな」

「熱海へ下りますか」

駒吉が主に結論を求めた。

「いや、山を探す」

と総兵衛が言った。

「又三郎と駒吉は二日二晩まともに眠っておらぬ。おれも作次郎も昨夜は徹夜しておる。ここで無理すれば、先でツケが回ってこよう」

「体を休めると申されますか」

又三郎の問いに頷いた総兵衛は、

「三人の水死体を発見した直後に山止めが解かれたことも気にかかる。未明にわれらを襲った一団を思い起こしてみよ。なかなかの知恵者に指揮された一騎当千の兵たちだ。そやつらが簡単に反応したのが気にかかる」

「山止めは解いたが警戒は怠ってないと申されますか」

「おお、関所にはきびしい目が光っておろう。ここで丹五郎らにしろ、われらにしろ動いてみよ。やつらの思う壺《つぼ》に嵌《は》まるやもしれぬわ」

たしかに、と又三郎が納得した。

「ならば、だれが箱根山中で丹五郎らの行方を探すのです」

駒吉が総兵衛に訊く。

「山のことは山の者が一番よう知っていよう。ひょうたん屋の光次郎どのの知恵を借りてな、土地の人間を雇うのじゃ。そこであたりがないとなれば、われらは一気に峠を海に下る」

総兵衛が財布を風神の又三郎に渡した。

「湯本で山止めを解かれた抜け参りらが山に入ってくるまでが勝負じゃ。金を惜しむな」

山止めを解かれたとなれば、足止めを食っていた抜け参りの大群が箱根の関所を目指して一気に上ってくることが予測された。その渦に飲みこまれれば、丹五郎ら三人を捜索することなど不可能なことだ。

「それに迂闊にも忘れていたことがある。小田原宿の相模屋の女中のきちが栄吉らに握りめしを与えたときな、山で腹が空いたら畑宿に叔母の家がある。蒼《そ》麦《ば》の一杯くらいご馳走《ちそう》してくれようと親切にも言ってくれたそうな。山姥《やまんば》が現われたせいで、つい尋ねもらしていたわ。だれぞ一人を畑宿の寄せ木職人平吉とはなの家に走らせて、栄吉らが顔を出したかどうか問い合わせてくれ」

「かしこまりました」

又三郎が立ちあがった。

ひょうたん屋の光次郎の口利《くちき》きで箱根の杣人《そまびと》や駕籠《かご》かきや漁師が集められた。一つは関所の動きを、もう一つは丹五郎、恵三、栄吉という名の三人組の抜け参りが箱根をうろついてはおらぬか、探索がおこなわれることになった。

芦ノ湯のひょうたん屋は箱根七湯でも老舗《しにせ》の湯治宿、代々の主は箱根の名主の一人だ。土地の人間にとっては幕府の役人や小田原藩士よりも絶対的な存在だ。

その光次郎から命じられ、日当一分が与えられたのだから、

「光次郎旦那《だんな》、丹五郎などという抜け参りが山にうろついているんならさ、絶対に探しだしてきますぜ」

と張り切って請け合い、散っていった。

総兵衛ら四人は、さっそく湯に浸《つ》かると離れにのべられた床に入って、ぐっすりと熟睡した。

夕刻、総兵衛が目を覚ますと、すでに又三郎らの姿はなかった。

離れには稲平一人が伏せっている。

「稲平、気分はどうか」

「はい。もう起きられます」

「まだ顔がほてっておるわ。あの矢尻《やじり》にはなんぞ毒が塗ってあったに相違ない。無理するでない」

「申しわけございません」

主従の会話を聞きつけたか、又三郎が離れに顔を見せた。

「総兵衛様、丹五郎らの行方は突きとめられてはおりませぬ」

予測されたことだ。

「関所の動きはどうか」

「関所には役人の姿しかございませんそうな。そこで駒吉を走らせましたところ、なにやら尖《とが》った監視の目があちこちに張り巡らされているそうにございます」

「足止めを食っていた抜け参りの一陣は関所を通過したか」

「はい。湯本の山止めが解かれたのが四つ（午前十時頃）であったとか。抜け参りの先頭が関所に差しかかりましたのが、昼過ぎの八つ（午後二時頃）前、暮れ六つ（午後六時頃）の閉門まで雲霞《うんか》のような大群が押しかけて、もはや関所の役目は果たしておりませぬ」

箱根の関所付近には明日の開門を待つ抜け参りの子供たちが野宿しているという。

「畑宿の平吉とはなの家には栄吉と名乗る三人組は姿を見せておりませぬ。総兵衛様、栄吉らは箱根越えをしなかったのでしょうか」

「分からぬ」

と総兵衛は正直に答えた。

「又三郎、山は探した。それにきちが親切にも教えてくれた畑宿にも寄ってない。ならば、われらはいったん山を下り、小田原外れまで戻ろうぞ」

総兵衛が決断した。

三

五日目。

小田原の西の外れで箱根から流れくる早川が相模《さがみ》湾へと注ぎこんでいる。

この早川の右岸から海に沿って真鶴半島、さらには熱海に向かう海岸の道が熱海道と呼ばれて、江戸から湯治に行く者たちに利用された。

この熱海道にも関所があった。この根府川《ねぶかわ》の関所は、女の通行の調べがきびしいところとして知られていた。

総兵衛ら四人は稲平の介護をひょうたん屋に頼むと、深夜の山道を小田原外れまで下ってきた。

夜明けの熱海道にはもう抜け参りの子供たちがぞろぞろと歩いていた。だが、箱根越えほど多くはない。三島宿までどうしても遠回りになる。それにどのみち熱海峠で峠越えするのなら、本道の箱根山を越えようという気持ちが働いてのことかもしれない。

「駒吉、そなたがこれからは道案内せえ」

海を眺める駒吉に総兵衛が命じた。

「なぜ私が道案内をするのですか」

「そなたが一番栄吉らの考えに近いでな」

「小僧っけが抜けぬと申されますか」

「そんなところだ」

「おまかせください」

根府川の関所では江戸富沢町の大黒屋主従が熱海湯治ということで通された。

そうでなくとも連日押し寄せる抜け参りに役人たちはうんざりしていたから、調べも簡単だった。

関所を抜けると真鶴半島が海に突きでて霞《かすみ》がかかって見えた。

海に浮かぶ岬の樹影は濃く深く太古から歳月を降り積もらせて神韻縹渺《しんいんひょうびょう》としていた。半島の先端、岬が海と交わるあたりに鳥居のようなものがかすかに望める。

主従四人は真鶴の原生林の緑と海の青を視界にしながら、海辺の道をさらに南へと下った。

視界が箱根の山並みで閉ざされた本道と異なり、広々と開放的で気宇が壮大になる。

だが、風光明媚《めいび》な風景とはうらはらに抜け参りたちの足はだらだらとしたものになった。熱海道には小さな漁村が散見されるばかりで、施しをうけるところがないのだ。

朝方から歩く子供の足はしだいにのろくなり、ついには路傍や海岸でへたりこんで休む姿が増えてきた。

「熱海まで村らしき村があるところは真鶴にございますな」

「抜け参りもそこまでは我慢我慢だな」

根府川の関所からおよそ一里半、海にそって小さな上り下りが続いて、大根から真鶴へと長い下りが伸びていた。

総兵衛一行の前後を行く抜け参りたちの足の運びが早くなった。

真鶴での善根宿の施しを期待してのことだ。

だが、眼下に見る真鶴の浜にはその昔、江戸城の石垣に使われた名石、根府川石を運ぶ船が止まっているばかりで、どこにも施しの煙など上がっていなかった。

「兄ちゃん、次の村にいったら施しがあるといったじゃないか」

「そう思うたがないな。仕方ない、熱海まで我慢せえ」

「もう足がいうことききかぬ」

抜け参りの兄弟が言い合いを始め、路傍にばったりと腰を落とす子供たちが増えた。

総兵衛らにも手の施しようがない。黙って先を急ぐと、熱海道は小さな三つの辻《つじ》に差しかかった。

右手のゆるやかな坂を上れば、吉浜を経由して熱海へ辿《たど》りつく本道だ。左に折れれば、真鶴の浜と岬に出る小道だ。

駒吉の足が三叉路《さんさろ》で止まり、

「総兵衛様、道草を食ってようございますか」

と振りむいて、主に許しを乞《こ》うた。

「好きにせよ、そなたが道案内じゃ」

「ちょっと山路を辿ります」

駒吉は左手に主ら三人を導いた。

半間ほどの山道は蛇行しながら、浜へと落ちるように下っていた。

「駒吉、いくらなんでも抜け参りの者がこんなところに迷いこむものか」

又三郎が異を唱えた。

「風神、われらの道案内は駒吉じゃ」

「はっ、はい」

総兵衛も言ってみたが、

（まさに道草じゃな……）

と思った。

四半刻《しはんとき》（三十分）もかけて石ころだらけの浜に下りた。

海からの烈風に備えて石を板屋根に載せた家が崖《がけ》っぷちに数軒へばりついているばかりで寂しげな浜だ。

痩《や》せた犬が日向《ひなた》ぼっこをしていた。その姿から漁村の貧しさが想像された。

「あ、あそこに人影が」

正直にもほっとした声を上げた駒吉が網を繕う漁師のところへ走っていった。

「総兵衛様、これはいくらなんでも無駄にございますな」

作次郎まで言いだした。

「まあ、そういうな」

駒吉が走り戻ってきて、

「抜け参りの連中がときおり道に迷ってくるそうです」

と報告すると、

「先を進みまする」

とふたたび先頭に立とうとした。

「えっ」

「なんと」

作次郎と又三郎が顔を見合わせた。が、総兵衛が駒吉に任せたのだ、従う他はない。

「駒吉、どこへいく気か」

「真鶴の山は御留山《おとめ》、なかなか立派な樹木があるそうにございます」

「そんなこと見ればわかるわ」

又三郎の問いに駒吉が答え、作次郎がふてくされた。

「岬には海神様を祭る祠《ほこら》があるそうです」

「まさか岬の先までいこうというわけではあるまいな」

「行きます」

三人は言葉をなくして、ただ駒吉に従い、黙々と海辺から山道へと上がっていった。

強い初夏の日差しを遮る鬱蒼《うっそう》とした太古からの林を彷徨《さまよ》うこと半刻（一時間）、薄暗い視界がふいにひらけて、眼前に海が広がった。

「総兵衛様、海に鳥居が見えます」

駒吉が喚声を上げて、真鶴岬の先端のしめ縄を張られた夫婦《めおと》岩上にある小さな鳥居を指した。

「どこぞに下り口があるはずでございます」

駒吉はさらに真下に見える波打ち際《ぎわ》へ下りる決心だ。

もはや総兵衛らは抵抗しなかった。

蔦《つた》を伝い、汗をかきかき、崖を下った。

岩場は引き潮の刻限、浅い潮辺に蛸《たこ》や貝などが動いているのが見えた。

総兵衛ら三人は岩場に腰を下ろした。駒吉だけがあちらこちらと飛びまわっている。

「総兵衛様、あれが熱海の湯の煙にございますかな」

又三郎が元気なく呟《つぶや》く。

相模の海を越えて遠くに白い湯煙が立ち上っているのが霞んで眺められた。

「そうであろう」

「遠くに見えますな」

「地の果てのようにみえるな」

主《あるじ》と番頭が詮《せん》のない会話を交わしているかたわらで、作次郎が黙って顔の汗を拭《ふ》いていた。

「総兵衛様、みてください。とこぶしの貝殻です。まだ新しい」

「とこぶしなんぞめずらしくもない。子供の頃から鳶沢の海でお目にかかっておる」

作次郎が力なくぼやいた。

「だれぞが食べた跡がございますよ」

そう叫びかけた駒吉の姿が岩場から消えた。

「総兵衛様、大番頭様の口癖が頭に浮かびました」

「笠蔵の口癖？　作次郎、なんであったかな」

「旦那様は駒吉にことさら甘い」

総兵衛が苦笑いした。

海風に吹かれる時間が流れた。

「そ、総兵衛様！」

しめ縄の張られた夫婦岩あたりから駒吉の喜色《きしょく》に溢《あふ》れた叫びが上がった。

「あやつ、まだわれらを引きまわす気か」

総兵衛が呟き、作次郎と又三郎が仕方なく立ちあがった。

主従が荷を引きずるように岩場の蔭《かげ》に歩いていくと、そこには一隻《せき》の釣舟が漁をしていた。

独り気ままに漁をする老漁師だ。

「尻掛《しりかけ》ノ浜《はま》まで送ってくれるそうです」

と駒吉は舟を引き寄せた。

総兵衛らは尻掛ノ浜がどこかも分からないまま、ただ鬱蒼とした原生林を戻りたくない一心で、舟に乗りこんだ。

菅笠《すげがさ》を被《かぶ》った老漁師が巧みに櫓《ろ》をさばいて流れがぶつかる岩場を離れた。

「駒吉、そなたはわれらを岬の先端まで何刻にもわたって引きまわしたすえに、わずかばかりの喜びを与えてくれようというのか」

総兵衛は魚の匂《にお》いがする漁船の中央にへたりこんで恨みがましい声を上げた。

「笠蔵の考えは正しかったかもしれぬ」

駒吉が破顔して、

「総兵衛様は駒吉にことさら甘い、ですか」

「おお、そのことよ」

「この仲七《ちゅうしち》さんから昨日の昼過ぎにあの岩場から三人の抜け参りを舟に乗せたと聞かされてもそうおっしゃいますか」

駒吉の言葉に総兵衛らは頭を鈍器で打たれたように沈黙した。

「ま、まさか駒吉、その三人が丹五郎、恵三、栄吉とはいうまいな」

「作次郎さん、どうしてそう決めつけられます」

「おい、ほんとの話か」

「仲七さんにお尋ねなされませ」

「なんと」

三人はふたたび絶句した。

「ご老人」

櫓をのんびりと漕《こ》ぐ老漁師に総兵衛が声をかけた。

「うちの手代の話はほんとにございますか」

破れた菅笠の下には赤銅色《しゃくどういろ》に焼け、皺《しわ》だらけの顔があったが、

「へえ」

とだけ答えた。

「ご老人、もしそなたが乗せた抜け参りの子供が丹五郎、恵三、栄吉という名であれば、その三人は、私の店の小僧たちです。ちょいと子細があって、急に

三人に会わねばならない、確かかどうかご返答くだされ」

「嘘《うそ》ではねえ」

老人の答えは憤然としていた。それが実直な人柄を表わしていた。

「なんとのう」

総兵衛はまた絶句した。

「ご老人、丹五郎らはあの岩場でなにをしていたのです」

又三郎が代わった。

「番頭さん、そんなことは知れてますよ。われら駿府の海近くで育ったものが腹を空《す》かしたとき、海に恵みを求めたのを又三郎様はもはや忘れられましたか」

駒吉が答えた。

「そなたが見せた貝殻は栄吉らが食べたあとか」

「むろんそうでございますよ」

「駒吉、そなたはそれを承知でわれらを岬の先まで引きまわしたか」

「確信はございませなんだ。ですが、荷運びの頭、根府川から海を横目に見ながら腹を空かせて歩いていたとき、栄吉なら、いや、私なら腹を満たすためにどうするか、考えたのですよ」

「駒吉、降参じゃ。なにやかやとぼやきまくって恥ずかしい」

作次郎が大声で叫んだ。

「私もです」

「総兵衛もじゃ」

又三郎と総兵衛が素直に白旗を上げた。

「へ、へへえっ」

と駒吉が照れたように笑った。そして、

「仲七さん、栄吉たちは昨日のうちに熱海に向かったのですね」

「ああ、うちのばあ様がめしを作ったのをかき食らってよ」

「仲七さん、このとおり礼を申しますぞ」

総兵衛が深々と頭を下げて、老人が三人になしてくれた親切に感謝した。

「丹五郎たちはなんぞ礼を残していきましたか」

作次郎が訊《き》いた。

丹五郎たちの足跡をふたたび捕らえた余裕が声にあった。

「礼……」

仲七が作次郎を訝《いぶか》しそうにみた。

「抜け参りから銭もらう非道者はおらんぞ」

「まことにもっておっしゃるとおりにございます。しかしなあ、抜け参りの街道を大きく外れて磯遊びに興じていた子供を舟に乗せ、めしまで振る舞われて送りだす御仁はそうおりますまい」

根府川からの道々、一つとして施しの煙に接していなかった。

「わしも初めてのことだ」

「どうして施しをなされようと考えなされました」

作次郎が食いさがった。

仲七老人は櫓に手をかけたまま、動きを止めた。そして、考えを整理するように目を細めて近づいた尻掛ノ浜を眺めた。

五人を乗せた舟は波間に大きく揺らいだ。

「屛風《びょうぶ》岩のところからあの子供《こども》衆が顔をのぞかせたとき、わしは吸い寄せられるように舟を岩場に漕ぎ寄せていた……」

仲七の顔には不可思議な表情が漂っていた。

「あの子供衆《こどもし》とはだれのことで」

「栄吉さんのことよ」

当たり前のことを訊くなという顔で仲七が作次郎を見た。

「わしはまた海神様のお子が姿を見せなさったと思ったくらいだ」

「寝小便たれの栄吉をな」

仲七が作次郎を睨《にら》んだので、鳶沢一族のなかでの豪の者も首を竦《すく》めた。

小舟の舳先《へさき》が波打ち際《ぎわ》から戻ってきた波を乗り切ると、小石混じりの尻掛ノ浜に乗り上げた。浜自体が小さな入り江になっていた。

駒吉が素早く浜に飛び、小舟を押さえた。

作次郎と又三郎も続き、最後に総兵衛が下り立った。

四人が手伝い、舟は浜に上げられた。

仲七が櫓を担《かつ》ぎ、駒吉が獲物《えもの》を入れた籠《かご》を下げて、浜近くの老漁師の家に向かった。

「ばあ様、今戻ったぞ。客人が四人《よったり》、なんぞ食わせてくれんかえ」

仲七が叫ぶと奥から、

「めしの用意はできておるぞ」

と叫ぶ声が返ってきた。

総兵衛らは裏手に回って、井戸水で顔と手足を洗った。

陽の位置からみて刻限は八つ（午後二時頃）近くかもしれない。

明るい光の下から暗い勝手に入ると視界が閉ざされた。すると鼻孔に磯の香りと味噌《みそ》が絡《から》み合った匂《にお》いが漂ってきた。

「おっ、うまそうな」

駒吉が思わず漏らしたとき、土間の向こうの板の間の囲炉裏《いろり》の自在鉤《かぎ》に大鍋《おおなべ》がかかってぐつぐつと煮上がっているのが見えた。

「浜鍋じゃ、これしか馳走《ちそう》はねえ」

「ありがたい」

四人はさっそく囲炉裏端《ばた》に上がった。

「仲七さん、そなたの家は大人数か」

総兵衛が家の調度品などを眺めながら訊いた。

「ばあ様と二人暮らしよ」

仲七が丼《どんぶり》に山と盛られた大根の煮付けを抱えて、総兵衛のかたわらにどっかと腰を下ろしながら答える。

「それにしては大鍋の料理じゃが、だれぞ訪ねてこられるのではないか」

「おめえらが来ておろうが」

「お待ちくだされ。われらがここへこうして訪ねて来ることなどそなたらは知らぬはず」

「来ておるではないか。栄吉さんは主様が追ってこられようと予測しておったわ」

「な、なんと！」

「まさか」

「そんな」

さまざまな驚愕《きょうがく》の言葉が発せられた。

「われらが追ってくることを承知していたといわれるか」

仲七が当然という顔を総兵衛に向けた。

「栄吉がですね」

「ほかにだれがおる。なあ、ばあ様」

ふいに仲七が立ちあがった。

神棚からなにか紙切れを持ってきた。

「おめえさん、大黒屋総兵衛様への置き手紙よ」

鳥肌が立つ思いで紙片を受け取った。

〈大黒屋そうべいさま、ぬけまいり、すいませぬ、ゆるしてくだされ。おっかさんのせんきがなおるようにいせにいかしてくだされ　丹ごろう、けい三、えいきち〉

「家を出ていくときな、栄吉さんが丹五郎さんに命じてかかせたものですぞ」

「仲七さん、三人のなかで一番小さいのが栄吉です。丹五郎は十七にございます。われらは丹五郎が先達と思うておりました」

「栄吉さんはちびじゃ。が、いつもなにかを決めるとき、あとの二人は栄吉さんの顔をうかがうようにみるのよ」

「なんとしても不思議なことで」

総兵衛はしばし呆然《ぼうぜん》としてふたたび沈黙した。

(栄吉はどうしてわれらの追跡を予測したか)

「総兵衛様」

駒吉が言いだした。

「これで栄吉が神がかりの子というのがお分りですか」

「分からぬ」

総兵衛が思わず呟《つぶや》く。

「ささっ、大黒屋さん、浜鍋を食ってからのことじゃ」

総兵衛は差しだされた浜鍋の椀《わん》を無意識のうちに手にしていた。

栄吉が総兵衛の追跡を確信したうえで伊勢への旅をしているとしたら、

(神がかりの行動をどう予測して、阻止できるか)

それに、

(栄吉が預けられた火呼鈴《ひこれい》は鳶沢一族の証《あか》し……)

と知ったうえで握っていることも考えられないか。ともあれ〝影〟との約束の日限の半分を切ろうとしていた。江戸へ戻らねばならぬことを考えれば、捜索に使える時間はせいぜい三日……。

（どうしたものか）

このことだけが総兵衛の脳裏に渦巻いていた。

四

豆州熱海を前にして総兵衛は作次郎ら三人の連れを熱海へと先行させ、しばし独りの時間を持った。

海に突きでた弁天岩の岩頭に座した総兵衛の手に三池典太光世があった。

雑念が生じていた。

夕暮れ前の相模の海が広がっていた。

すっくと総兵衛は立ちあがった。

心を平らに典太を抜いた。

岩の上で舞でも舞うようにゆるやかにゆるやかに動きだした。

祖伝夢想流の秘伝は連環した円の動きにあった。

どこが起か結か、判然としない動きにこそ戦いの活路があると教えた。

円運動を一定の律動をもってなす、永久の運動から無限の力が生みだされる。

狭い岩場を無限の円に見立て、総兵衛は剣を振るい、動きつづける。

時が流れ、動きが大気と同化して、重さすらも失った。

汗が流れて、筋肉が緊張を解いてなめらかに滑る、舞う。

総兵衛は祖伝夢想流の教えにくわえて、落花流水の秘剣を独創した。

活《い》きてある花が天命を知って枝から離れ落ちるときを悟り、落ちた花が流れにまかせて動いていくように天然自然の法則に逆らうことなく、剣を使うのだ。

総兵衛が半刻《はんとき》、一刻と動きつづけるうちに肉体は宇宙に預けられていた。ただ、迷う心にざわめきが起こり、おぼろな像を結んだ。

（なにが不安か）

像が問う。

（家康様、われら鳶沢一族に鬼っ子が生まれましたぞ）

(小童《こわっぱ》が害をなすというか)

(はっ、すでに……)

(わしが残した水火の呼鈴の一つを持って逃げたことか)

(家康様、われらは武人にして商人、神がかりにご託宣を授ける子は要り申さぬ)

(子はときに神がかりの言動をなすわ)

(それが一族を破滅の淵《ふち》に招きそうで恐ろしゅうございます)

(総兵衛らしくもない)

家康が声もなく笑った。

(家康様、われら鳶沢一族が滅びるとき、徳川ご一門もまた滅亡するときにございます)

(神童は老いて駄馬と化すものよ。さほどに恐れることはあるまいに)

神君家康公がふいに黙った。そして総兵衛を試すように、唆《そそのか》すように言い放った。

(そのときの決断、鳶沢総兵衛勝頼、存じておろうな)

（はっ）

（ならば己の心に従え）

総兵衛の返事を待たずに胸の内の家康が消えた。

遠く岩場にきらめく光を遠望した一団があった。

頭領の無言の命で熱海へと海沿いの道を下る剣客たちが散った。

総兵衛は一抹の迷いを残したままに岩場から立ちあがった。

ふと見れば縮緬皺《ちりめんじわ》の海は夕暮れの光に黄金色に染まり、漁から戻る舟が白帆を上げて、黄金色の水面に一条の線を伸ばしつつあった。

総兵衛は腰に三池典太光世を差し落とした。

ゆるやかに、が、たしかに潮が満ちて、弁天岩を海上に孤立させようとしていた。

海辺の道へと岩から岩を総兵衛は伝った。

すると暮れなずむ残照から殺気が生まれでた。

「おれの迷いが箱根山の一団を呼んだか」

総兵衛の呟きにも似た問いに答えた者がいた。

「畑宿では見物に回った。いずれ大黒屋総兵衛の始末はと考えていたが、たまさかに熱海道を通りかかったは鬼神の加護、よい潮であろう」
七、八人の剣客団の列を割って、深編笠《ふかあみがさ》の男が現われた。
中背ながら胸厚く、足腰がどっしりして、足場の悪い岩場に根が生えたように立つ姿は並々ならぬ剣の技を想像させた。

「山姥《やまんば》の一団とは違うようじゃな、名を聞いておこうか」

「丹石流大曲刑部左衛門無心《たんせきりゅうおおまがりぎょうぶざえもんむしん》」

丹石流は天台東軍流とも称し、永禄《えいろく》年間（一五五八〜一五七〇）に出た衣斐《いび》丹石入道宗誉が流祖であった。

この衣斐は戦国時代、美濃の斎藤家に仕え、西美濃十八将に数えられる家柄であったという。

総兵衛のかすかな知識によれば、祖伝夢想流同様に戦場往来の具足剣法、荒っぽいものであった。

祖伝夢想流は具足剣法を脱し、活人剣を目指していた。

言動を聞くに、丹石流は殺人剣に活路を見出《みいだ》したか。

「大曲刑部左衛門、そなたの主《あるじ》はだれじゃな」

「総兵衛、そなたは大黒屋の仮面を剝《は》ぎとれるか」

「ふふふふふっ」

総兵衛の口から忍び笑いが漏れた。

「黒白の忍びまがいの者たちはどうしたな」

「われら武芸者とは考えを異にする者どもよ、伊勢に走ったわ」

大曲刑部左衛門の口振りには反感があった。

「伊勢にな」

総兵衛がさらに問おうとすると、

「斬《き》れ」

と大曲が静かに命を発した。

総兵衛の立つ岩場は四尺（約一・二メートル）四方、満ちてきた潮のなかに碁石のように岩が散っていた。

大曲の立つ岩は一間半（約二・七メートル）の幅を持っていた。

大小の岩場に独りずつ立ち塞《ふさ》がった剣客たちは、一人を除いて剣を抜き、得意の構えをとった。

総兵衛は大曲一統が控える碁石と大曲の大石を抜き去らないかぎり、熱海道に戻れなかった。

「参る」

総兵衛はさきほどまで虚空《こくう》の大気と同化するように振るっていた剣をふたたび抜いた。

濁った光が典太の豪壮な刀身に映った。

一剣を総兵衛は正眼においた。

潮が音を立てて満ちてきた。

日没の刻限、無限の対峙《たいじ》が続いた。

気配もなく総兵衛の左手の岩に立った長身の剣客が宙へ飛んだ。

その手の長剣は背につくほどに隠され、高く上がった体の落下とともに頭上に現われて総兵衛の眉間《みけん》に鋭く、速く叩《たた》きつけられた。

（剣の巧妙は遅速にあり）

と心得た遣い手の攻撃に迷いはなかった。

満ち潮が岩場に当たって砕け、飛沫《しぶき》が虚空に散って飛来する剣客を襲った。

が、攻撃に一瞬の迷いもなかった。

総兵衛の注意の六分は右の岩場にあった。

そこに立つ小男の剣はいまだ独りだけ鞘《さや》のなかにあった。

総兵衛の牽制《けんせい》が小男の動きを封じていた。

が、総兵衛の全神経が第一の襲撃者に向けられたとき、連動して動くことは承知していた。

死が虚空から殺到した。

総兵衛は四分の注意を研ぎ澄まして、鋭く落ちてきた長剣に典太がゆるやかな弧を描いて差しのべられた。

虚空からの速い落下とすり上げられた剣の舞。

長剣に典太がからんだとき、
きぃーん！

と乾いた音を発して長剣が切っ先から一尺四、五寸のところで断ち切られ、さらに典太が縮められた二足を両断して斬り飛ばした。

「きえっ!」

怪鳥の鳴き声にも似た悲鳴を残して、第一の剣客は満ち潮に落ちた。

総兵衛は岩場を離れて、小男剣客のいる岩場へと飛んだ。

小男も宙へ舞いあがりつつ、腹前の剣を抜き放った。

総兵衛は虚空に身をおきながらも、舞扇を使うように典太を反転させて振りおろした。

その動きもまたゆるやかに弧を描いているように思えた。

岩場と岩場の上空で総兵衛と小男はぶつかり、飛び違った。

その瞬間、典太が小男剣客の首筋を断ち切り、小男の剣は虚空に流れた。

血しぶきが最後の残光に光った。

小男は声もなく海に落ちた。

そのとき、総兵衛は小男がそれまでいた岩場に下り立っていた。

同時に二方から殺気が殺到した。

総兵衛は幅三尺（約九〇センチ）に満たない岩の上に腰を沈めながら見た。

三人目の剣客が虚空を飛んでいた。

その体の下からかすかな残照を映した脇差《わきざし》が飛来してきた。

総兵衛の沈んだ腰が伸びあがりつつ、回転し、脇差を弾くと三人目の刺客の首筋を撫で斬った。

着流しの左袖《そで》がひらひらと夕暮れに舞い、さらに右手一本で保持された三池典太光世二尺三寸四分（約七〇センチ）がふたたび反転して、襲いかかってきた四番目の剣客の内股《うちまた》を続けざまに斬り割った。

「うっ」

押し殺した呻《うめ》きを上げた四番手が満ち潮の海に落下した。

総兵衛は次なる襲撃に備え、構えを直した。

その瞬間、刺客たちのなかから、

「大黒屋総兵衛、借りは必ず返す！」

と大曲刑部左衛門の声がして、総兵衛の眼前から消えた。

潮風が殺気を吹き払うように吹いてきた。

総兵衛独りが死と孤独に包まれた岩に残されていた。

典太に血ぶりをくれると懐紙で血のりを拭《ぬぐ》いとり、鞘に戻した。

海辺の熱海道にもはや往来する人影はなかった。

日没の残照も消え果て、山の端《は》に上がった月が総兵衛の孤影を引いてみせた。

総兵衛はひたひたと歩く。

伊豆山下の道を熱海へと辿《たど》る。

〈此里のさま後に山めくり前に海近くして……〉

と紀行文(『鶉衣拾遺《うずらごろもしゅうい》』)に記されたように、熱海は、箱根連山、十国峠、熱海峠の山々を背後に、前には初島、大島を浮かべた相模湾に面して、夏は涼しく、冬は温暖の地として知られていた。

その湯の歴史は古く天平勝宝《てんぴょうしょうほう》年間(七四九〜五七)、孝謙天皇の御代《みよ》、浜の海水が熱されて魚が多く死んで浮かんできた。海底から温泉が吹き出していたのだ。ゆえに熱い海、熱海になったと言い伝えられる。

江戸時代に入ると家康も熱海に来湯して保養した。また三代将軍家光以降、熱海の湯は江戸城に献上されたところから江戸の人々に親しまれた湯であった。

古くは熱海七湯と称され、大湯、清左衛門湯、小沢湯、風呂《ふろ》湯、左次郎湯、河原湯、野中湯と源泉があった。

総兵衛はひたひたと熱海へ下っていった。すると七湯から上がる湯煙が月明かりに白く浮かんだ。熱海では湯量豊富、高熱のために湯を冷却して湯壺《ゆつぼ》に流した。その冷却する際に生じるのが、熱海名物の湯煙だ。

「うーむ」

総兵衛は足を止めて、熱海を眺めた。

湯の里全体をなにやら異様な空気が押し包んでいた。

（なにが起こったか）

大曲刑部左衛門らがもたらしたものではあるまい。

彼らもまた熱海を目指していて、偶然に総兵衛を発見、戦いを望んだばかりであった。生き残った大曲らが熱海に到着してなにか仕掛けたにしては時間がなさすぎた。

総兵衛は歩みを再開した。

切り通しの下に一つの影が待ち受けていた。

「総兵衛様、お待ちしておりました」

闇《やみ》を伝わってきたのは駒吉の声だ。

主の到来を何刻も待っていたか、ほっと安堵《あんど》の思いが声ににじんでいた。

「待ちくたびれたか」

「少々」

と正直に答えた駒吉の声がふいに止まって、

「何事がありましたか」

と訊《き》いた。

鳶沢一族の若き戦士は、闘争の匂《にお》いを敏感にも嗅《か》ぎつけたようだ。

「山姥の残党とは別の者たちが出おったわ」

「それは残念……」

と駒吉はその場に居合わせなかった不運を嘆いた。

笠蔵が不安に思い、総兵衛が気に入る駒吉の性格そのままの反応だ。

「湯の里もまた怪しげだな」

「さようにございます」

駒吉が総兵衛を案内するように先に立った。

「どこぞに連れていく気か」

「はい」

湯の香が強く漂い始めたところに三叉路《さんさろ》があった。

右手にとれば山側へ、真《ま》っ直《す》ぐに進めば海から山に一直線に抜ける熱海の本通町にぶつかった。

この辻《つじ》から熱海の家並みが始まっていて、本通町に向かうところに石の常夜灯がほのかな明かりを差しかけていた。

「総兵衛様、こちらへ」

駒吉が指したのは辻の路傍にある小さな地蔵堂だ。

堂といっても御身丈二尺五寸（約七六センチ）余りの野仏を覆《おお》う建物、花や銭や食べ物が上げられてある。そして、歳月を経た地蔵菩薩《ぼさつ》の前には浜辺で拾ってきた小石が積まれてあった。

駒吉は一つの石を摑《つか》むと常夜灯の明かりに向けて、総兵衛に見せた。

総兵衛が丸い小石をのぞくと願文《がんもん》が書かれてあった。

おっかさんのせんきなおりますように　江戸丹ごろう

とあった。

「小僧め、大人をからかってのことか」

「総兵衛様、私には丹五郎の一心としか映りませんが」

「ならばよいが」

駒吉の手から小石をとると総兵衛は懐《ふところ》にしまった。

「網元屋に参ろうか」

熱海は東海道から外れた湯治場、大黒屋の連中が御用で往来するときに使う旅籠《はたご》はなかった。が、大黒屋の持ち船明神丸が上方、駿府鳶沢村沖、江戸と往来するとき、風待ちや嵐のときに熱海に立ち寄ることがあった。

そんな際に旅籠として使うのが海縁《うみべ》りの回船問屋であり、水夫《かこ》宿の網元屋だ。

そんなわけで総兵衛らの宿も網元屋と打ち合わせがなされていた。

主従は肩を並べて本通町に入っていた。

すでに時刻は遅い。

湯治客を呼びこむ客引きの姿はない。

幅五間（約九メートル）と広い通りの左右に湯治宿が軒をならべて、二階の手摺《てす》りには手拭《てぬぐ》いが干されていたりした。

二人の足は海に向かった。

山からゆるやかに下ってくる本通町の十間おきに丸太が横に敷かれて、階段をなしていた。

「総兵衛様、栄吉が預かったままに抜け参りに出たものとは、私どもにとって大事なものにございましょうな」

駒吉が遠慮がちに訊いた。

「駒吉、それがなにかは申せぬ。じゃが鳶沢一族の命運を左右するものであると心得よ」

「はっ」

と答えた駒吉が首を捻《ひね》った。

「栄吉はそれがそのようなものとは知らずにやったのでしょうか」

総兵衛の返事はしばらくなかった。

駒吉は主の迷いを感じとった。

「私は栄吉が空恐ろしい子供とは考えませぬ」

二人の歩みはじつにゆるやかなものとなった。

「栄吉の父親は、鍛冶《かじ》の松蔵《まつぞう》であったな」

「はい、八年も前に魚釣りにいって海に落ち、亡《な》くなりましてございます。私が富沢町に上がる三、四年前のことにございました」

そう答えながら、駒吉は三つの栄吉が釣りに同行していたことを思い出し、総兵衛に話した。

「あやつは父の死を見たか」

「と思えます」

松蔵は左足が生まれつき不自由で、そのために江戸の富沢町に奉公に上がれなかった男だ。そのことを悔やんだ松蔵は、性格がねじ曲がり、暗かった。

そんな松蔵を分家の当主の鳶沢次郎兵衛は、

「奉公は江戸でも鳶沢村でも変わるものではないぞ」

と諭して、鍛冶屋の島吉《しまきち》じいに預けた。

駒吉は幼い頃、農機具を鍛造する鍛冶場が好きでよく見にいった。島吉じいは亡くなり、松蔵が跡を継いでいた。松蔵は暗い顔で黙々と吹子《ふいご》を使って、赤く熱した炭に鍬《くわ》の刃などを差し入れ、金槌《かなづち》で叩《たた》き延ばしていた。駒吉は手妻でも見るように松蔵の作業ぶりをいつまでも見物していたものだ。

松蔵は酒に酔うと荒れた。

女房のはつを傷ができるほど殴りつけ、叩きのめした。その度に酔いが覚めた松蔵は次郎兵衛の前に引きだされて、

「そなた、江戸に上がれなかったことを根にもって、かような仕儀を何度繰り返せばすむ。松蔵、禁酒をせえ」

とさんざんに叱《しか》られた。

そんなとき、松蔵はただ放心したように頭《こうべ》を垂れているばかりで暗いまなざしにうんざりした次郎兵衛が根負けして、

「この次、このようなことがあれば村から放逐する」

と宣言して終わった。

松蔵の楽しみが鳶沢村の海での釣りであった。

あの日、松蔵は初めて一人息子の栄吉を釣りに同行させた。

おりから二百十日の嵐が過ぎ去ったばかり、海は荒れていた。

夕暮れ、海から戻らぬ親子を心配してはつが海岸の岩場に行ってみると、栄吉だけが独り海を眺めていたという。

「栄吉、お父《とう》はどうした」

岩場に釣竿《つりざお》が残されていた。

栄吉ははつの顔を見返ると黙って海を指した。

「どうした、まさかお父は海に落ちたでねえな」

栄吉はまた荒れる海を指した。

はつは、

「はああっ！」

と叫ぶと栄吉を横抱きにして、村へ急を告げに走っていった。

「総兵衛様、村じゅうの男衆が海に出て、松蔵さんを探しましたが、ついに松蔵さんの亡骸《なきがら》は見つかりませんでした。私も浜を探して歩きましたが、大きな波が次々に打ち寄せてきて、怖かったことを思い出します」

「足が不自由なうえに泳ぎができなかったと聞いたが」

「はい、そのとおりにございます。ですが、少々の泳ぎができたといって、あの波に逆らえるものではありませぬ」

総兵衛は鳶沢一族の頭、分家からその死の知らせは受けた。が、これまで詳しく死の模様を聞くことがなかった。

「その後、栄吉は松蔵が不自由な足を踏み外した経緯を話したか」

「いえ、だれが聞いても首を横にふるばかりにございました。それに松蔵さんは村での嫌われ者、亡骸もない葬式がすむとすぐに忘れられたのでございます」

「なんとのう」

「おっ母さんのはつさんは父親が江戸に上がれなかっただけに栄吉が富沢町へ奉公することに人一倍熱心でございました。おりをみては次郎兵衛様や忠太郎様にお願いに上がられておりました」

「そんな経緯があったか、迂闊《うかつ》にも知らずにきたわ」

と総兵衛が嘆きを漏らしたとき、本通りのどんづまり、海縁りに出た。

暗い海から波の音が穏やかに響いてきた。

「作次郎と又三郎を待たせた」

総兵衛は心に栄吉の父親の最期《さいご》を刻みつけながら、明かりが外に漏れる網元屋の前に立った。すると網元屋の主《あるじ》の八兵衛《はちべえ》が、

「総兵衛様もひさしぶりにございましたな」

と海で鍛えた胴間声で迎えてくれた。

「世話になる」

「作次郎さんと又三郎さんは最前にな、外から戻られたところじゃ、ささ、なかへお入りくだされ」

八兵衛に尻押《しりお》しされるように網元屋の戸口を潜《くぐ》って、総兵衛はほっと安堵の吐息を漏らした。

第三章　神　童

一

湯の里を見下ろす山裾《やますそ》に来宮《きのみや》神社があった。

日が落ちた社殿の階《きざはし》に大黒屋の小僧の丹五郎と恵三が所在なげに座っていた。

「恵三、栄吉は戻ってくるのか」

「食べ物を探しにいったんじゃ、戻ってこようが」

十二歳の恵三の応答に不安があった。

（あの寝小便たれの栄吉が抜け参りに出て変わった）

初め抜け参りに行ってくると言いだしたのは、通いの丹五郎だ。兄さんの代わりに勤めに出た丹五郎は大黒屋でも年長の小僧だ。

「おっ母さんの疝気《せんき》がどうにも治らねえ、ひどくなるばかりだ。伊勢参りにいくとよ、御利益《ごりやく》があると聞いたからな、おれはいく」

丹五郎が年下の住み込みの小僧二人に打ち明けたのは、二十日も前のことだ。

そろそろ店終《みせじま》いの刻限、丹五郎ら小僧三人は、入堀に造られた大黒屋の専用の船着場の掃除をしていた。そこは小煩《こうるさ》い手代の駒吉らの目が届かない場所だ。

「抜け参りか」

富沢町でも小僧たちの伊勢参りが噂《うわさ》になり始めていた。

「いいな」

恵三は伊勢参りよりも鳶沢村《とびさわ》が恋しくて呟《つぶや》いていた。

栄吉は二人の会話をただ黙って聞いていた。

「こら！　また手を休めておるな」

手代の駒吉が河岸から三人の小僧を見おろしている。

「わあっ！　駒吉さんだ」

と叫んだ丹五郎が慌《あわ》てて箒《ほうき》を動かし始めた。

それから四、五日後のことだ。

寝床のなかから栄吉が恵三を小声で呼んだ。

「恵やん、抜け参りにいきたいか」

「お伊勢様はどうでもよい。村を見てえ、おっ母《かあ》に会いてえ」

「恵やん、丹五郎の連れになるか」

「栄吉もいくか」

布団《ふとん》が動いて、

「いかねばならねえ」

と言ったものだ。

翌日、話を聞いた丹五郎は渋った。

抜け参りから戻ったときを考えたからだ。年下の小僧二人を唆《そそのか》して同行したとあっては、大黒屋に復帰できるわけもない。

「おりゃ、一人でいく」

突き放すようにいった丹五郎に栄吉が、

「丹五郎さんは私らを連れていかれます」

と変心を予告するように言った。

栄吉の予測は二日後に判明した。

船着場のごみを箒で入堀に掃き捨てながら、

「恵三、栄吉、一緒に行くか」

「ほんとか」

喜色を表わす恵三を無表情に見た栄吉が、

「最初から決まっていたことです」

と言い放った。

三人の抜け参りの日は更衣《ころもがえ》が終わって、店が落ち着いた日ということになっていた。

だが、更衣の祝い膳《ぜん》の席で栄吉が二人に囁《ささや》いた。

「丹五郎さん、抜け参りに店を抜けだすのは今晩がいい」

広い板の間では大番頭の笠蔵以下四十余人、普段は同席することのない台所の女衆《おんなし》までが顔を揃《そろ》えて、酒の飲めるものは酒を、甘いものが好きな女衆は料理の合間に白玉を啜《すす》っていた。

酔いがそろそろ回ってきて、およねの歌も出て、座も賑《にぎ》やかになっていた。

「栄吉、おっ母さんがまだよくねえ」

丹五郎は母親が長屋で伏せっていると言った。

「いいや、丹五郎さんが抜け参りに出れば治ります」

栄吉が請け合った。

「ほんとか、嘘《うそ》じゃねえな」

「丹五郎さん、天地神明に誓って請け合う」

栄吉が大人びた口調で言い切った。

丹五郎の膳は汁ものを除いて、ほとんど手がつけられていなかった。

病気の母親や弟妹らに持ち帰りたいためだ。

空の汁椀《しるわん》をうらめしそうに眺めていた丹五郎が、

「栄吉、おまえの言うとおりかもしれぬ。恵三と栄吉の二人がお店を抜けだすにはまたとない機会だ」

そう言った丹五郎は、台所の若い女中の一人、すえに頼んで残った料理を重箱に詰めてもらった。

「丹五郎さんは感心ねえ。食べずにおっ母さんに持って帰るなんて」

恵三と栄吉の膳は見事に空になっていた。

「二人も丹五郎さんを見習うのよ」

「はーい」

二人の小僧が返事した。

「恵三、抜け参りに出てよ、栄吉が変わったぞ」

丹五郎の口調はどこか、恨みがましかった。

大黒屋の小僧の年長は十七歳の丹五郎だ。奉公に入ったばかりの恵三や栄吉には大先輩といえた。それに丹五郎は江戸育ち、通いの小僧だから流行《はやり》ものなどに敏感で鳶沢村から出てきたばかりの二人に教えた。

丹五郎はいわば三人兄弟の長男、五つ下の恵三は次男、さらに一つ下の栄吉は末っ子、旅に出ても丹五郎は二人を保護する立場にあった。そして、そう決意してきた。

それが微妙に変わってきたのは旅も三日目、夕暮れ前、藤沢宿手前の遊行坂《ゆぎょうざか》のことであった。

街道には戸塚宿で施しを受けた抜け参りの一団がその夜のねぐらを求めて、この辺りでは八丁並木と呼ばれる美しい松並木をぞろぞろと歩いていた。

戸塚宿から藤沢宿までは二里（約八キロ）。

ようやく旅に慣れた丹五郎らはなんとか藤沢まで辿《たど》りつきたいと考えていた。

藤沢宿が夕暮れに見えてきたところに、遊行坂が旅人の足をのろくした。

この遊行坂の由来は、藤沢山《とうたくさん》無量光院清浄光寺《しょうじょうこうじ》、俗に遊行寺があったので名づけられた坂だ。一遍上人《いっぺんしょうにん》によって開かれた時宗《じしゅう》は諸国を遊行、つまりはへめぐり歩いてひたすら踊り念仏を勧めた一派である。

この遊行坂から江ノ島、鎌倉へと向かう鎌倉道の分岐があった。

「丹五郎さん、恵やん、追っ手がかかった」

栄吉が突然言いだし、抜け参りの群衆から二人の手を引いて抜けると松並木の背後の土手の窪《くぼ》みに隠れさせた。

「栄吉、追っ手とは駒吉さんか」

恵三の問いに栄吉が首を振った。

「総兵衛様らはまだあとです」

「なにっ！　総兵衛様自ら追ってこられるのか、栄吉」

恵三が目を丸くして驚きの顔を作った。

「小僧三人が抜け参りに出たといって、追ってくる大店《おおだな》の主《あるじ》がいるものか。江戸じゅうの物笑いの種になるぞ」

丹五郎が松並木の幹元に座りこんで反論した。

「丹五郎さん、私が総兵衛様をお呼びしました」

「そんな馬鹿《ばか》なことが小僧にできるわけもない」

「そのうち分かりますって」

栄吉は平然と答えると街道を下ってくる数人の一団を指した。

慣れた道中支度の中年の鋭い目つきの町人に指揮された一団には、三人の剣客に鳥追い姿の女が混じっていた。

「あれが追っ手か」

丹五郎が訊《き》き、栄吉がしいっ、と黙るように言った。

追い抜いていく伊勢参りの子供らに鋭い視線を送って確かめながら歩く女が

笠《かさ》の縁を上げて、

「私に黙って出かけるなんて、丹五郎には腹が立つよ」

とふいに言った。

「いね、そこがまだ甘いな」

堅気とも思えない道中差の町人が上方訛《なま》りで答え、三人の眼前を通りすぎた。

「あっ！ あれは」

「丹五郎さんに抜け参りを勧めた女《ひと》ですね」

栄吉が言った。

「どうしてそれを」

丹五郎は驚愕《きょうがく》の目で栄吉を見た。そこには寝小便たれの栄吉とは違う小僧がいた。

さらに十数人の剣客団が来ると栄吉は、

「あれも十一屋の連れです」

と言ったものだ。

「……あんとき、おれは鳥肌が立った。栄吉が恐ろしく見えたぜ」

丹五郎が正直に告白し、

「私もあんな栄吉を初めて見た」

と恵三が応じた。

栄吉の目は透き通って二人を今にも飲みこみそうだった。

「栄吉はなんでもお見通しだ」

「お狐《きつね》様が憑《つ》いたか」

二人の小僧は言い合った。

なにか異変が起こっていた。

そのことを丹五郎も恵三も意識しながら、栄吉がそばにいる間は口にできないでいた。

「どうしておれがいねを知っていると栄吉は見抜いたか」

「丹五郎さんはあの女とどこで知り合うたんで」

「おれがおっ母さんの病気が治るように使いの帰りに神田明神に寄ってお参りしたときよ、話しかけられたんだ。いねとは何度か会ってよ、伊勢参りを勧められたんだ。おれはこのことをおまえたちに喋《しゃべ》ってないぞ」

「私は今知りました」

「どうしてよ、いねがおれたちを追いかけてきてさ、危害を加えようとするんだ」

恵三の脳裏に鳶沢一族に向けられた刃《やいば》か、という考えが浮かんだ。が、一族の者ではない丹五郎には話せないことだ。

「分かりません」

だが、栄吉は二人に行く先々で血相を変えた十一屋海助一統が丹五郎らを探し歩いているところを見せた。

小田原宿外れでは通りの辻《つじ》で危うく出くわしそうになった。

そのとき、もらったばかりの握りめしと塩に気をとられてぼんやりとしていた栄吉は、ぎりぎりのところで気づくと路地裏に二人を連れて逃げこんだ。

そのとき、栄吉が命じた。

「丹五郎さん、白衣を脱ぎすてるときがきた」

「おれが苦労して誂《あつら》えたんだぞ。これがあるからよ、施しをだれよりも早くにもらえるんだぞ」

「あいつらに摑《つか》まって殺されてもいいんですか。十一屋には侍の他にもおんしの一団が従っているのですよ」

栄吉の静かな口調には丹五郎にうむを言わせない響きがあった。

（おんしとはなにか）

丹五郎は分からないまま、栄吉の気迫に押されて白衣を脱ぐことに同意した。

栄吉は、江戸の浜松町から来たという抜け参りの三人組に着衣の交換を申しでた。

相手はびっくりして、

「いいのかい、白衣なんぞもらってよ」

「その代わり、丹五郎さんのおっ母さんの病気が治るようにおまえ様方からもお伊勢様に祈願してくださいな」

「おお、いいとも」

と白衣の代償が死とも知らずに請け合った。

白衣から棒縞《ぼうじま》のお仕着せに変わった三人は、これも栄吉の考えで箱根越えを選ぶことなく根府川関所を抜ける熱海道を選んだのだった。

「あいつは狐憑きみてえにこっちの胸の内が読めるぞ。なにかこの先、恐ろしいことが起こりそうだ」

丹五郎がさきほどの考えを繰り返し、恵三は黙って頷《うなず》いた。

「おれは一人になりてえ、いや、なる」

「そんな」

「ならば恵三もおれと一緒にいくか」

恵三は迷った。

沈黙の後、恵三は大きな息を吐いた。

「夜道を進みますか」

「ああ、熱海峠から三島宿に抜けよう」

と言った二人の小僧は立ちあがった。

そのとき、栄吉は来宮神社の石段を下っていく二人の様子を平然と見ていた。

網元屋の座敷に大黒屋総兵衛以下、荷運び頭の作次郎、三番番頭の又三郎、手代の駒吉の四人の追跡者が集まっていた。

名物の湯に浸《つ》かって汗を流し、用意された夕餉《ゆうげ》を黙々と食べ終え、女中たちが膳を下げて去った。

「総兵衛様、熱海をなんぞ不穏な空気が包んでおります」

作次郎がこう切りだした。

「湯の里に入りこんだのはだれか」

「はい、甲州街道の大月宿から富士の裾野《すその》を回って来たという浪人者十三人が新宿の久太夫屋《きゅうだゆう》に二日前より入り、江戸からくる仲間を待ち受けていた様子にございます」

「頭領の名は分かったか」

「浪人らの頭分は壮年の碧川甲賀と申す巨漢剣客にございます。が、こやつが頭領とは思えませぬ」

「江戸からくるという仲間はまだか」

「それが参りましてございます。中背の剣客が頭分の四、五人連れが総兵衛様がお着きになる前に」

「それがちとざわついた様子なので」

又三郎は一行の体に緊張と憤怒《ふんぬ》が漲《みなぎ》っていたことを総兵衛に告げた。

「闘争の匂《にお》いか」

「そんなようなもので」

「一行の頭は丹石流大曲刑部左衛門無心と申す剣客であろうよ」

総兵衛は弁天岩での戦いを告げた。

「なんとさようなことが」

総兵衛の五体からはまったく闘争の名残りは感じられなかった。

「畑宿で襲いきた一統の別派と思える」

総兵衛は畑宿の夜襲と弁天岩とでは攻撃の仕方も剣風も異なっていることを告げた。

「そうでございましたか」

作次郎は総兵衛の疑念をよそに合点した。

「あやつらは熱海で合流して、なにをいたそうというので」

「それはまだ分からぬ」

「総兵衛様、今ひとつ気がかりなことが」

又三郎が言いだした。

「栄吉らのことか」

「はい、丹五郎を頭にした三人が湯治宿の勝手口に現われて、食べ物をねだっております。どうやら今も三人はこの熱海におるような気配にございます」

頷いた総兵衛の手が開かれた。

そこには地蔵堂に捧《ささ》げられた願文を書いた石があった。

総兵衛の手から石が畳に転がされた。そして、鳶沢一族の頭領は、自慢の銀《ぎん》煙管《ぎせる》に刻みを詰めて一服吸った。

「われらが相手をしているのはただの小僧ではなさそうだ」

「栄吉のことにございますか」

又三郎が訊いた。

「おお、あやつ、どうやらわれらのみならず、あちらこちらをたぶらかしているようじゃ」

「総兵衛様、すると十一屋海助の一行も栄吉に誘いだされたとおっしゃるので」

「妾《めかけ》のいねはなんぞ企《たくら》みをもって丹五郎に接近し、抜け参りを唆《そそのか》した。丹五郎は母親の疝気《せんき》を治したいばっかりに女の口車に乗ったのであろう。最初、丹五郎は病気平癒《へいゆ》の抜け参りに一人でいく気であった。それがいねの唆しか、あるいは栄吉の口車に乗ったか、二人を同行して抜け参りに、それもじゃ、急遽《きゅうきょ》更衣《ころもがえ》の夜に出かけることになった。驚いたのは十一屋海助やいねよ、おのれらの指図どおりに動くと思った丹五郎らがふいに先んじて抜け参りに発《た》った。それで慌《あわ》てて後を追う羽目になった」

「総兵衛様、十一屋は仕掛けをしておきながら、反対に丹五郎らに振りまわされているとおっしゃるので」

「作次郎、そのとおりよ。それも十七歳の丹五郎を動かす十一の栄吉の手によってな」

思いがけないことを聞かされたという表情で作次郎と又三郎が総兵衛の顔を見た。

総兵衛は自ら答えを出すように松蔵の死の前後を二人に語り聞かせた。

重い沈黙が漂い、それを振りはらうように作次郎が口を開いた。

「ひさしぶりに松蔵の拗《す》ねたようなまなざしを思い出してございます。そう、栄吉は松蔵の子にございましたな」

「総兵衛様」

と呼びかけたのは又三郎だ。

その口調は慎重を極めていた。

「鍛冶《かじ》の松蔵さんの死と栄吉の性格が関わりをもつとおっしゃるので」

総兵衛は吸い終えた煙管の雁首《がんくび》を煙草盆《たばこぼん》の縁に打ちつけ、灰を落とした。

「なんともいえぬ。じゃがな、栄吉が異能の持ち主であることは間違いあるまい」

総兵衛は十一の栄吉が超能力の才能の持ち主だと言明した。

「その異能がわれらを、また十一屋海助一行を抜け参りが往来する東海道に吊《つ》りだしたとおっしゃるので」

総兵衛が作次郎の問いに頷いた。

「な、なんとのう」

「鳶沢一族にはそのような鬼っ子は要り申さぬ」

思わず鳶沢の戦士の言葉に変えた風神の又三郎が宣言した。

「われらは神君家康様のご命令を奉じて、鳶沢総兵衛様のもとに代々結束してきた一族。それを邪《よこしま》な考えを頭に持つ小童《こわっぱ》が掻《か》きまわすことなど断じて許されませぬ」

「風神、そのことをいまだ決めつけてはならぬ。栄吉が異能の持ち主であれ、鳶沢村にて一族の者たちの腹から誕生したは紛れもない事実じゃ」

総兵衛は信頼すべき三人の部下に栄吉が鳶沢一族の証《あか》しの火呼鈴《ひこれい》を持ち逃げしていることを告げられないもどかしさに苛立《いらだ》った。

「重ねて伺いまする」

「なんじゃ、駒吉」

「総兵衛様は栄吉の異能が松蔵さんの死と関わりをもつと推量されるので」

「考えざるをえまい」

「これより私めが鳶沢村に走り、次郎兵衛様にお目にかかってそのことを問い質《ただ》して参ります」

駒吉が夜道を駆ける決意を見せた。

いや、と総兵衛が顔を横に振った。

「すでに稲平が鳶沢村を訪ねていよう」

矢傷を負った稲平に総兵衛は別命を授けていたのか。

「なんと総兵衛様は芦ノ湯ですでに栄吉のことを怪しまれておられましたか」

「駒吉、そうではない。だがな、なぜ次郎兵衛どのが母親に嘆願されたとはいえ、十一になったばかり、夜尿症の癖をもつ栄吉を富沢町に送ってきたか、気になったでな。稲平が動けるようになりしだい、村に走るように命じておいたのじゃ」

「そうでございましたか」

「総兵衛様、お尋ねしてようございますか」

腕組みした作次郎が訊《き》いた。

「小童《こわっぱ》はなにをしようとしているので」

「それが分からぬ」

と総兵衛は正直に答え、

「あやつが抜け参りを指揮しているのではと疑っておる」

「な、なんと申されましたな。栄吉が街道じゅうに溢《あふ》れる抜け参りの子供たちの心まで操っていると申されるので」

「そうでなければよいが」

「総兵衛様、お言葉を返すようですが、なんぼなんでもあの小便垂れにそのような力が備わっているとは思えませぬ。考えすぎにございます」

「駒吉、そうであることを願っておる」

二

そのとき、廊下に足音が響いた。

「お邪魔いたします」

と声をかけながら障子が開かれた。

網元屋の若い番頭だ。

「番頭さん、なんぞ」

又三郎が聞いた。

「臆病窓《おくびょう》から紙飛礫《つぶて》が三和土《たたき》に投げこまれておりました。紙の端に書かれた宛《あて》
名《な》は大黒屋そうべえさま、とございますので持参しました」

小さな紙飛礫を又三郎が受け取った。

「ご苦労でしたな」

番頭が下がるのを見届けた又三郎が主に渡した。

「栄吉からの誘い文か」

呟きながら、総兵衛がひねられた紙を開いた。

十一屋かいすけ一行、久だゆうやにとうちゃく
と栄吉の字であった。

総兵衛は三人に告げ文を広げて見せた。

「小童《こわっぱ》め、役者が揃《そろ》ったといってきおったわ」

「なんと」

作次郎がうめいた。

「風神、駒吉、栄吉からの誘いじゃ。そなたら二人が久太夫屋に忍んでこい」

頭領の命に二人の部下はかしこまって頷き、立ちあがった。

熱海新宿の久太夫屋は、この地に暖簾《のれん》を掲げて、百余年も湯治客を送り迎えしてきた。

新宿の通りに面して二階建ての母屋《おもや》があり、広大な敷地には常連の湯治客のためのいくつもの離れが用意されてあった。

甲州街道から中山道を歩いてきたという巨漢の剣客碧川甲賀に率いられた総勢十三人が姿を見せたのは二日前のことであった。

久太夫屋では、一般の湯治客とは遠く離して、一番奥の離れ二棟をこの者たちの部屋にあてた。

さらに今日になって江戸から来訪したのは大曲刑部左衛門無心一行と、これまた湯治とは似合いそうもない剣客たちだった。こちらは暖簾を潜《くぐ》った途端、危険な匂《にお》いを玄関先に振りまいて、母屋の部屋に押し通った。

そして、日没後、江戸は本郷菊坂町の口入れ屋十一屋の主《あるじ》、海助一行四人が到着した。

久太夫屋ではこの三組が知り合いなどとは夢にも考えなかった。

が、江戸からの客、十一屋海助が部屋に二日前から逗留《とうりゅう》する碧川甲賀一統の一人と大曲刑部左衛門を呼び寄せたとき、久太夫屋では三組の客がここで落ち合う手筈《てはず》になっていたことに気づかされた。

「番頭さん、湯治宿にはえらく不釣り合いの二本差しの集まりやな」

久太夫屋の主の喜三郎《きさぶろう》が番頭に言いだしたのは、女中たちが酒を運んでいった後のことだ。

「まさか、私もあの方々が知り合いやなんて考えもしませんでした」

「知り合いやないな、ありゃ、初対面じゃ。うちで落ち合っただけです。なんぞ厄介事が起こらんといいが」

主の危惧《きぐ》に番頭も答えられなかった。

「それにさ、あの大酒飲みの巨漢が一行の頭領ではなかったとはな」

海助に呼ばれたのは巨漢の碧川甲賀ではなく、眠りこけたような風貌《ふうぼう》の初老の小暮蜉太郎実厚《こぐれふうたろうさねあつ》であった。

「あの小さなじい様が頭領とは驚き入ったしだいですねえ」

「巨漢の頭分がえらく部屋で息巻いて荒れているそうな。なにも起こらねばいいがな」

十一屋海助の部屋では女中たちが酒の膳《ぜん》を運び終えると、早々に出ていくよう命じられた。母屋の十畳と六畳の続き部屋は一階のどんづまりにあって、六畳間は控え部屋になっていた。江戸からくる金持ちの湯治客のために用意されたものだ。

その部屋に集まったのは十一屋海助とその連れの女いね、そして、大曲と小暮の二剣客の、四人であった。

「小暮先生、お待たせしましたな」

眠ったような目が小さな瞬《まばた》きをして、ぼそりと言った。

「湯疲れしてしもうた」

十一屋海助が視線を巡らし、

「大曲様、なんぞありましたか」

と敏感にも大曲の気持ちの高ぶりを見咎《みとが》めた。

「熱海に来る道中、海に突きでた弁天岩できらきらときらめく光を目に止めてな」

「ほお、光をね」

「大黒屋総兵衛が独り刀を振るう姿であった」

「なんとまあ。で、どうなされた」

結末は分かっている風情《ふぜい》の海助がからかうように訊いた。

「箱根ではそれがしには出番がなかったでな」

「それでちょっかいを出された」

「今宵は総兵衛独りであった。絶好の機会と襲ってみた」

「敗れなすったな」

大曲が舌打ちして、

「油断いたした」

と吐き捨てるように弁解した。

「岳村参右衛門《たけむらさんえもん》ら四人を一瞬のうちに失った」

小暮の細い目に小さな光が点《とも》った。が、それは一瞬だった。

「大曲様、あやつを甘くみるとそのような仕儀に相なります」

「この次はおれが立ち合う。手下どもの借りは返す」

大曲が勢い込んでいった。

「お断りします」

「なにっ！　十一屋、おれでは敵《かな》わぬと申すか」

「いえ、これからは私の差配でお願いいたしますと申しあげているので」

「断ったらどうなるな」

「大曲様、私が命じているのではありませぬ。それがお分かりにならないと言われるのでしたら、どうぞこの場からお引取りを願いましょうか」

十一屋海助の言葉は自信に満ちていた。

海助は十一屋に仕事を求めてきた大曲刑部左衛門を用心棒として何度か使ったあと、本格的な腕試しをさせた。

内藤新宿の武州屋乾次《かんじ》に用立てた八十両が半年余りも滞った。

金を貸した武州屋は香具師《やし》と口入れ屋の二枚看板でのし上がった男、強引な商いが左前になったとは聞いていない。ただ払う気がないだけだ。

海助はこの取り立てに大曲刑部左衛門一人を同行させたのだ。

武州屋は新宿追分の辻《つじ》で堂々とした商売をやっていた。

「ごめんなさいよ」

海助が帳場にいた番頭に声をかけ、

「武州屋の旦那《だんな》はおられますかな」

「これはこれは十一屋さん、本郷からまた遠出ですか」

と油断のない目で見返した。

「半年も前にお貸しした八十両と利息の二十六両と二分を忘れておられるようだ。それで海助がわざわざ内藤新宿くんだりまでのしてきたってわけだ」

「それはご足労なことで」

と奥へ視線を送った番頭は、

「本日はあいにくと主人が他出していましてね。またにしてくださいな」

と愛想もなく言い放った。

「番頭さん、小僧の使いじゃないんだ。十一屋海助自身がこうして顔を出しているんだ。へえへえとかしこまって、本郷菊坂町まで引きさがれるわけもない」

武州屋の番頭は十一屋の目つきが鋭く尖《とが》ったのを見ながらも、

「そうでもございましょうが主が留守、またのお越しを願いますかな」

とあしらおうとした。

海助が上がりかまちから帳場に駆け寄ると、いきなり番頭の頬桁《ほおげた》を張りとばした。

「なにをするんで！」

「武州屋がいるかいないか確かめようじゃないか」

海助は番頭の首ねっこを摑《つか》むと、奥へずかずかと入っていった。

「ひえっ！　先生方」

番頭の悲鳴を聞いて、奥座敷が騒がしくなった。

海助は草履履きのままに廊下を押し通り、閉め切られた障子に番頭の頭を突っこませた。

「十一屋、乱暴じゃないか」

留守のはずの武州屋乾次が声を張りあげた。

廊下の奥からおっとり刀で用心棒の浪人が三、四人顔を出した。

それには構わず海助は番頭を座敷に突き転がし、

「居留守を使わせるなんぞ、この十一屋海助を嘗《な》めたかえ」

と武州屋を睨《にら》んだ。

「番頭さんの勘違いだ。十一屋さん、許してくださいな」

武州屋の目配せが浪人にいった。

「ここをどこと心得ておる！」

浪人たちが海助に殺到しようとして動きを止めた。が、頭分が方向を転じると刀を抜きざま、店のほうへ廊下を走った。その姿が海助からも武州屋からも一瞬消えて、

「ぎえっ！」

という凄《すさ》まじい絶叫が響きわたった。

武州屋の奥座敷が森閑とするほど、恐怖に塗《まみ》れた叫びであった。

廊下に立つ仲間の浪人たちも身を竦《すく》ませて凍りついていた。

「な、何事が……」

畳に転がった番頭が声を振り絞った。

障子の向こうにゆらりゆらりとした影が映って、海助らの視界に用心棒の頭分が後退《あとずさ》りしてきた。

「せ、先生」

武州屋が声をかけた。

硬直して突っ立つ先生の手から刀が廊下にがらりと落ちた。

海助は先生の喉仏《のどぼとけ》から盆《ぼん》の窪《くぼ》に刀が突き通っているのを見た。

「な、なんってこった」

武州屋が驚愕《きょうがく》の声を上げたとき、突き通った剣が引かれた。するとくたくたと先生の体が崩れて、庭に転がり落ちた。

「十一屋の旦那、これでよいな」

のっそりと大曲刑部左衛門が姿を見せた。

「へいへい、口で分からねばこうするしか致し方ございませんでな」

そう言った海助がじろりと武州屋乾次を見据えた。

「武州屋、主じきじきに出張《でば》ってきた費用を乗せてもらって二百両、耳を揃えて払ってくれるな」

荒ごとに慣れた武州屋乾次ががくがくと頷《うなず》いた。


その騒ぎから三月後、十一屋はさる西国の武芸好きの大名が江戸藩邸で催した木剣試合の相手、剣客探しを頼まれた。

その大名は腕自慢の五人の家臣を選び、諸国を漫遊する武芸者五人と対決させることを希望したのだ。

口入れ稼業《かぎょう》の海助はこの五人に丹石流の大曲刑部左衛門無心を加えた。

大名家が選りすぐった五人の家臣と十一屋海助が探してきた五人の木剣試合の結果は、四対一、大名家側の圧勝であった。

海助側では丹石流の大曲刑部左衛門だけが無傷で勝ち残った。

この日以来、大曲は十一屋の別格として裏の仕事に携わってきた。

この大曲をして十一屋海助の得体がしれないときがある。

海助のそばには姿も見せない奇怪な黒白衣の戦闘集団が控えていた。

その実態に初めて接したのは箱根路、畑宿外れの夜の闇《やみ》だ。大黒屋総兵衛主従を大曲刑部左衛門らだけで襲うかと思いきや、闇から生まれでるように黒白の者たちが現われて、総兵衛たちに襲いかかったのだ。

「大曲様、無理にとは申しませぬ」

と言った海助は、

「ただし、そなた様が江戸に戻りつけるかどうかは保証しかねますな」

とじろりと見あげた。

「分かった」

「それが賢い」

と応じた海助は、

「さて、私どもが熱海で会ったわけをお話しせねばなりませんな」

と言いだした。

綾縄《あやなわ》小僧の駒吉はそのとき天井裏からかすかに伝わってくる話し声を必死の集中力で聞き取っていた。海助ら四人がいる部屋の真上に接近できるなら、会

話もっと聞き取りやすいことであったろう。だが、四人のうちの一人が発する気が、

（並々ならぬ遣い手）

であることを教えて、それ以上の接近を危険と拒んでいた。そこで控え部屋の六畳間の天井から神経をこらしていたのだ。

風神の又三郎は、床の下に潜りこんでいた。だが、風神もまた会話を聞き取るために十分な接近ができないでいた。

「小暮先生、甲州街道から中山道の具合はどうだすか」

「われらが騒ぎたてることもない。伊勢へ向かう者たちがすでに歩いておってな、どこの村も宿場も抜け参りに出る者たちで街道はあふれておる」

「江戸から出向く子供たちも増えましたな。じゃがまだ足りまへんな」

「松坂の隠居どのも今の三倍から五倍の抜け参りが伊勢に詰めかけたとき、行動を起こすといっておられる。十一屋、そのためには江戸をもっとかき回してな、どこの店からも抜け参りが現われるように動かさねばなるまいな」

「これから夏の盛りですわ。なあに、三倍や五倍の数、なんとでもなりますっ

て」

「なんぞ仕掛けがあるか」

「へえへえ、江戸では準備を終えてます。まあ、仕掛けをごろうじろというところで」

十一屋海助の声に自信と不安が綯《な》い交ぜにあった。

「なにか気がかりか」

「へえ、一つふたつございます」

「大黒屋と申す古着屋だな」

風神の又三郎も綾縄小僧の駒吉もその言葉に緊張した。

(やはり抜け参りの流行は大黒屋の存在と関わりがあった)

「はい、さようにございます。事を成就《じょうじゅ》させるためには富沢町の大黒屋総兵衛を押さえよとくれぐれも宮嶋屋の大旦那からの注文や。それで大黒屋の小僧を三人抜け参りに吊りだそうとしたが、こやつらが抜け駆けして東海道を伊勢に向かっておりますんや」

「まだ摑まえられんのか」

小暮が訊《き》いた。

「箱根で山止めまでして小僧三人を追い詰めました。ところがや、三人は人違いでしたわ」

「なんと間の抜けた話ではないか」

「そこだすわ、小暮先生」

うーむ、と小暮が訝《いぶか》しそうな声を上げた。

「三人のなかで一番小さいのんが十一歳の栄吉だす。この小僧がどうやら年上の小僧を顎《あご》で使って、わてらの追っ手を巧みにまきますんや。始末した箱根の三人はな、大黒屋の小僧たちが江戸から着てきた古白衣を着ていましたんや。それでわての手下も間違えよった」

「そんな細工を十一の小僧がいたすというか」

「へえ、そうだすわ。それにこの小僧、大黒屋から店の大事なもんを持ちだしたとみえて、総兵衛自ら追っ手となって、必死に探し歩いていますんや」

「なんとそやつが主《あるじ》の大黒屋も慌《あわ》てさせているのか」

「はい、さようで」

「大曲どのが大黒屋総兵衛と剣を交えた背後にはそんな行きがかりが隠されておったか」

「どうやら大黒屋も手こずっている様子、わてらと競争だすわ」

「待て、十一屋。その大黒屋が東海道筋を外して、熱海道に入ってきたには抜け参りの三人が紛れこんでおるということではないか」

「さようにございますよ」

十一屋海助が答え、しばし沈黙が十畳間を支配した。

同じ刻限、湯治宿久太夫屋の離れの部屋に紙飛礫《つぶて》が投げこまれ、さきほどから押し黙って酒を飲む碧川甲賀の下に届けられた。

「だれからか」

碧川は紙飛礫を開いて読み下し、にたりと笑った。

「十一屋め、この碧川甲賀を虚仮《こけ》にしおって、ちと酔い醒《ざ》ましに暴れようか」

碧川は仲間たちに戦いの支度を命じた。

「甲賀どの、だれを襲うので」

「鳩首《きゅうしゅ》会談しておる者たちが狙《ねら》っておる相手よ」

「抜け駆けをしようというので」

「腹ごなしにわれらの力を示しておく。それがな、高く売るこつじゃ」

碧川甲賀は刃渡り四尺（約一二〇センチ）になんなんとする自慢の長剣を掴んだ。

配下の十一人の剣客も手早く戦《いくさ》の身支度を整え、広大な湯治宿の裏口から通りへと抜けでていった。

母屋では十一屋海助の愛妾《あいしょう》のいねが男たちの会話に初めて口をはさみ、

「旦那は栄吉という小僧が私どもや大黒屋のみならず抜け参りの子供衆まで操っていると考えてなさるのですよ」

と二人の剣客に説明した。

「そんな馬鹿《ばか》げたことができようか」

即座に大曲刑部左衛門の反論が返ってきた。

「そう江戸を始め全国から伊勢まで抜け参りにいく何十万何百万もの子供衆の

考えを操ることなど至難のことや。わてらが今度の抜け参りを企てたには何年もの準備の時間と莫大《ばくだい》な金と上方、伊勢、東海道筋、江戸と散らした売人や小暮先生方の働きがあってのことだす。が、そのわてらも動きだした抜け参りの群衆を自在にあやつれまへん。ところがや、本郷菊坂町を発《た》って熱海に来る道中な、わてはわてらの意思とは関係なく群衆を動かす目に見えない力を感じましたんや」

「そのようなことができるものがあろうか」

小暮が呟《つぶや》いた。

「先生方、箱根の山止めもあのお方の力があったればこそできること。それをあの小僧、いとも簡単にはぐらかして熱海道を通ってきおった」

「十一屋、この熱海に栄吉なる小僧と、大黒屋総兵衛一行が入りこんできておるのは確かじゃな」

「へえ」

と答えた十一屋海助が、

「今もわてらはどちらかによって見張られているやもしれませんのや」

「なんと」

大曲刑部左衛門が仰天し、天井裏の駒吉もぎゅっと身を竦《すく》めた。その微妙な気配は天井裏の澱《よど》んだ空気を揺るがした。

三

十智流《じっちりゅう》の達人、小暮蜉太郎実厚《こぐれふうたろうさねあつ》は姿勢を崩すこともなく目玉だけが十畳間のあちこちを這《は》いまわった。そして一点に止まった。

小暮の十智流は尾張藩士松井市正宗郷《まついいちのかみむねさと》が興《おこ》した流儀だ。松井市正は今川義元の臣松井五郎八の末裔《まつえい》で、尾張藩松井角左衛門《かくざえもん》の分家七太夫某の子といわれる。号は甫水《ほすい》。

松井市正は尾張の藩祖、徳川義直《よしなお》の小姓《こしょう》として召しだされ、慶安《けいあん》四年（一六五二）、御腰物番頭《おこしものばんがしら》で四百石をいただいた。ついで御用人として八百石に、さらに同心頭として千五百石にと順調に出世した。

市正は貫流《かんりゅう》の津田信之に剣術の手解《てほど》きを受け、神道流《しんとう》にも通じた。さらに竹林派弓術を学んだ後に江戸に出て、二天一流の古橋惣右衛門氏香《ふるはしそうえもんしこう》の門人となって辛酸をなめた後に十智流を興した。

数年後、市正は尾張藩を去って江戸牛込《うしごめ》の行願寺の住持となり、慈雲と号した。剣信一如《いちにょ》を称《とな》え始めた慈雲の剣術観は当然変わってきた。

小暮蛘太郎実厚は尾張藩の同心の出で、上司が市正だった関係から十智流の一番弟子になった。さらには師が尾張藩を離れるときも行動をともにした。が、市正が慈雲と号したとき、蛘太郎は剣術家として師匠に疑問を抱いた。そして、後継の争いが起こった。

市正は尾張藩士を辞してまで市正に従った小暮蛘太郎を選ばず、江戸にて弟子となった若い木村奥之助《きむらおくのすけ》を後継に指名した。

蛘太郎は卒然と師のもとを去り、故郷の尾張に戻ろうとした。

蛘太郎は初老の域に達して尾張藩を辞したことを悔いていた。もはや戻れるあてはなかった。だが、一縷《いちる》の望みを胸に伊勢神宮に参宮して、帰藩を祈願した。

その熱心な態度に関心をもった一人の隠居が蛘太郎に話しかけた。

伊勢神宮の神域の林のなかであった。鬱蒼《うっそう》とした老杉《ろうさん》の間から木漏れ日が落ちて、鳥が光と影のなかを飛び交っていた。

延宝三年（一六七五）に伊勢松坂で木綿問屋を始めた宮嶋屋理八《りはち》であった。一代で江戸の大伝馬塩町に出店を構えるほどになった理八は倅《せがれ》の仁右衛門に代を譲って、伊勢松坂で次なる秘策を考えているところだった。

蜉太郎はそんな理八につい境遇を漏らしていた。

「小暮様、尾張への復帰など考えめさるな。私どもも大名家との取引もございますから、大名方がどんなに懐《ふところ》が苦しいかよう存じてます。帰藩を望まれても、召し抱えはまず無理、およそ望みは適《かな》いますまい」

蜉太郎ははっきりと理八に指摘されて、がっくりと肩を落とした。

「ところでそなた様の師はなぜ若い弟子を後継に選ばれましたな。腕がそなた様より上でしたか」

理八はずけずけと訊いた。

「木村奥之助は心貫流を学んだなかなかの才人であったが、それがしの足下にも及ばなかった。ところが師匠は木村の剣に清廉《せいれん》風格があるといわれて譲られた」

「そなた様の剣には清廉風格がかけるというわけで」

「ご隠居、剣の真骨頂は相手を倒すことにある。十智流の神髄は相手の意表をついて勝つ技を得意とした。師匠は江戸に出られて、徳や信を説かれるようになった。それは剣術家として堕落じゃ」

「小暮様、そなた様の剣は相手を倒すこと、つまりは殺人剣ですかな」

理八はずばりと訊いた。

「剣の機能の第一は相手の動きを、命を絶つことにある」

小暮もまた迷いなく答えた。

「なんとも壮快なお考えで」

「悪いか、ご隠居」

首を横に振り、遣い道がございますと不遜《ふそん》に言い放った理八が、

「大名家に仕えるという望みを適えてあげてもよい」

「ほう、できるか」

「世の中を動かすのは金にございます。今の宮嶋屋理八にできぬことはございません」

「なにをすればよい」

「そなた様の腕前を知っておきたい」

黙って頷《うなず》いた小暮蛘太郎は理八のそばから離れた。

両足を左右に広げた。柄《つか》に手をかけ、腰を沈ませると不動の姿勢を保った。

長い刻限が流れた。

蒼古とした森を静寂が支配していた。が、どこからともなく番《つがい》の雉《きじ》が飛来して、二人の頭上高く木漏れ日の虚空《こくう》を横切ろうとした。

「けえっ！」

小暮蛘太郎の口から気合いが洩《も》れて、柄にかかった手が動き、一条の光が宙に白い円弧を描いた。新たな光は神域を支配するほどの力を放射した後、

「ぱちん」

と乾いた音を立て、元の鞘《さや》に収まった。

刀身が光になった瞬間、番の雉は羽ばたくことを止《や》めて理八の足下に落下し

てきた。

「なんと」

番の雉はすでに絶命していた。

「児戯じゃ」

小暮蜉太郎が呟き、理八が、

「そなた様の腕、確かめました。高い売り先を探してあげましょ」

と宣告した。

以来、二年、小暮蜉太郎実厚は伊勢松坂にあって理八の影仕事を助けてきた。

二月前、理八に呼ばれた小暮は、

「先生、松坂ばかりにじっとしていては退屈にございましょう。うちに飼っておる浪人団と一緒に中山道から甲州筋を歩いてきてくだされ」

「仕事はなにかな」

「伊勢から派遣されておる売人を助けて、子供たちを抜け参りに誘いだすことですよ。まあ、皆さんにはちと物足りない仕事かもしれませんが、この企《たくら》みの根幹をなすのがこの抜け参り騒動、せいぜい働いてきなされ」

と送りだされたのだ。

その蜉太郎の視線が一点に、控え部屋の天井付近に集中していた。

それは綾縄小僧の駒吉が息をこらして理八らの会話を聞き取ろうとする場所だった。

駒吉はじんわりとわが身を包んで動きを封じた気にようやく気づいた。

(なんと)

部屋から放射される目に見えない力の網を破って逃れようとした。が、手も足も金縛りにあったように一寸たりとも動くことは適わなかった。

(どうしたということだ)

駒吉は焦《あせ》った。

「小暮先生、どうなされましたな」

十一屋海助が一点を凝視する小暮蜉太郎に潜み声で訊いた。

小暮が手で制止すると、脇差《わきざし》に手をかけた。

「忍びか」

大曲刑部左衛門の発した声に床下にいた風神の又三郎が異変を悟った。咄嗟《とっさ》に動いた。

頭上の根太《ねだ》と畳を押しあげ、控え部屋の空気をかき乱した。

「何奴《なにやつ》！」

大曲が立ちあがると控え部屋の襖《ふすま》に殺到して押し開いた。

又三郎の行動と大曲の叫びが駒吉の金縛りを解いた。

「ふうっ」

と息を吐いた駒吉が天井裏から後退しようとしたとき、殺気が飛来した。

梁《はり》から梁へ飛びさがったのと天井板を突き破って、駒吉がいた場所に脇差の切っ先が突き立ったのはほぼ同時だった。

駒吉は暗い天井裏に投げ打たれた脇差の投げ手の腕前に恐怖を抱きながら、するすると後退して逃走に移った。

「曲者《くせもの》めが！」

大曲が控え部屋に飛びこんでいった。が、なんと畳が空に舞って、どさりと落ちたのが見えただけだ。

「出会え！」

と警告を発する大曲刑部左衛門を冷ややかに見た十一屋海助が、

「大曲さん、もう遅うございますよ」

と制すると、座に同じ姿勢で座ったままの小暮に畏敬《いけい》の目を向けた。


「又三郎様、危ういところを助けられました」

駒吉が心からの言葉を漏らしたのは、久太夫屋から離れた海岸際《ぎわ》であった。

潮騒《しおさい》が駒吉に生きてあることを教えてくれた。

「駒吉、迂闊《うかつ》であった」

「あの老人、油断のならない相手にございますな」

「恐ろしい人物じゃ。このことをとくと総兵衛様に申しあげねば」

相槌《あいづち》をうった駒吉が、

「それにしても栄吉の奴、われらを走らせてなにをしようというのか」

と矛先を小僧の栄吉に向けた。

又三郎は黙って頷き、網元屋への道を辿《たど》り始めた。

その二人の行動を確かめるように凝視していた人物がいた。当の栄吉だ。海岸の岩場に隠れていた栄吉は、

（一仕事終えた）

という風情《ふぜい》で海辺の道を南へ足を向けた。


熱海から南にわずか山道を下ったところに相模灘《さがみなだ》に突きだすように魚見崎があった。さらに歩を進めれば、眼下に遠く白く岩場に当たった波が砕ける光景が見えた。

錦ヶ浦《にしきがうら》だ。

長剣電撃流と名付けた強腕の剣法を創始した碧川甲賀と十一名の仲間たちは月光に光る相模灘の波を見ながら、錦ヶ浦に到着した。

碧川の背には刃渡り四尺（約一二〇センチ）余の長剣が背負われていた。

月の位置からして九つ（午前零時頃）前のことであろう。

だが、険阻な崖《がけ》っ縁《ぷち》の山道に人の気配などなかった。

「碧川どの、いたずらに吊りだされたのではないのか」

腹心の秋葉《あきば》三右《さんう》があたりを見まわした。

「いたずらじゃと、だれがさようなことを考えるな」

錦ヶ浦を睥睨《へいげい》するように巨漢の碧川も月光を透かしみた。

碧川甲賀と宮嶋屋理八が知り合ったのはまだ宮嶋屋が江戸に出店を出す以前の話、二十数年も前のことだ。

当時、初代の宮嶋屋仁右衛門を名乗っていた理八は、担《かつ》ぎ商いからようやく伊勢松坂に木綿商いの看板を上げたころのことだ。

理八の商いが急速に拡大したには強引な手法があった。伊勢各地の木綿店に目をつけると言葉巧みに接近して、わずかなつなぎの資金などを貸しつけては信頼を得た。そんなことが二度三度と繰り返されるうちに貸し出す金額が増していく。

ある日、突然木綿店は元金と利息が膨大にかさんだ借金の返済を迫られることになる。

諍《いさか》いが起こると理八は碧川を供にして、腕ずくで相手を屈伏させ、返済に応じられないとなると店を乗っ取るという阿漕《あこぎ》なことを繰り返してきた。

この手法によって、宮嶋屋は潰《つぶ》れた木綿店の得意先を得て、急速に販路を拡大させてきたのだ。

理八の動くところ、必ず碧川甲賀の巨体があった。

それが疎《うと》んじられるようになったのは息子が二代宮嶋屋仁右衛門を継いで、江戸に進出したころからだ。二代目は碧川を遠ざけ、江戸に呼ぶことはなかった。

隠居となった理八の用心棒が碧川の仕事であった。

そんな碧川が不満を理八にもらすと、

「甲賀様、そなたの出番はこれからですよ。なあに倅《せがれ》を江戸にやったのは布石の一つにしかすぎませぬ。宮嶋屋理八は天下を望んでおります。そのときのためにな、力を溜《た》めておきなされ」

といなされてきた。

半年も前、理八が碧川を呼ぶと百両の小判を渡して、

「秋《とき》が来ましたぞ。この金でな、腕の立つ浪人を集めて、そなたの下において

おきなされ」

と命じられた。

それが十一名の仲間たちだ。

が、ただ一人、理八が、

「この方をな、碧川様の配下に加えてくだされ」

と初老小柄な剣客の参加を頼んできた。

「理八どの、老人を加えるほどわれらは困っておらぬ」

「まあ、そうおっしゃらずに」

こうして小暮蜉太郎老人が碧川の配下の一人になった。

碧川が理八に中山道から甲州街道での抜け参り扇動の旅を命じられたのは二月も前のことだ。

「中山道で売人の下働きか、理八どの」

「街道でのお膳立《ぜんだ》てが整えば、豆州熱海に下ってな、江戸からの一行と落ち合いなされ。あなた様の出番はそれから」

二日余り前に熱海に到着し、湯治宿で待たされたすえに呼び出しがきたのは一統のお荷物であった老人剣客小暮蜉太郎だった。

（おのれ、二代目の仁右衛門め、碧川甲賀を侮《あなど》るにもほどがある）

　この憤慨が錦ヶ浦に走らせたといえる。

「甲賀どの、われらの相手はどこにおる」

　腹心の秋葉三右が不審げに問うた。

「いや、誘いにははっきりと大黒屋総兵衛の名があったわ」

　二月前、伊勢松坂を発《た》つとき、碧川は理八に、

「ご隠居、この度の企ての真の敵はだれか、二十余年の交遊に免じて教えてくれ」

　と談じたことがあった。そのとき、理八はしばらく考えたすえに、

「ようございます、お教えしましょう。差し当たっての相手は、江戸は日本橋富沢町に古着問屋の看板を上げる大黒屋総兵衛にございます」

「商人《あきんど》か」

「碧川様、この者をただの商人と甘くみられるとえらい目に遭いまする。倅もこのことをきびしく言ってきておりますれば、理八の餞別《せんべつ》と思うて肝に銘じな

されよ」

「承った」

と返答はしたものの、一介の商人とは、

(なんと二代目の臆病《おくびょう》なことよ)

と仁右衛門の慎重ぶりを腹のなかであざ笑ったものだ。

錦ヶ浦に碧川甲賀一統十二名が到着して、四半刻《しはんとき》(三十分)が過ぎた。一統の緊張が途切れ、

(また山道を戻るのか)

という弛緩《しかん》した気持ちになった。

「どうしたもので」

秋葉三右が帰りを碧川に迫った。

海と山を照らしていた月光が雲間に隠れて、月明かりを映していた相模灘が漆黒の闇《やみ》にかき消えた。そしてゆっくりと雲間を割ってまた弦月が姿を見せた。

「あっ!」

十二人の一人が錦ヶ浦を背にして立つ二つの影を認めて、叫んだ。

「おおっ、出おったな」

碧川甲賀は二つの影の前に走った。

配下の者たちもあとに続いた。

二対十二の数が碧川一味に緊迫を欠かせていた。

「大黒屋総兵衛か」

着流しの影の前、四間（約七メートル）のところで走りを止めた碧川が訊《き》いた。

「おれの名を知っておるか、碧川甲賀」

商人が武家言葉で応じた。

腰に一剣が指し落とされ、連れの者も六尺余の杖《つえ》を持参していた。

「互いに名乗り合ったな」

碧川が余裕を見せた。

総兵衛はその瞬間、甲州街道の大月宿から富士の裾野《すその》を回って熱海に来たという碧川らの出立地が伊勢松坂ではあるまいかと思いついた。

「伊勢松坂の宮嶋屋は抜け参り騒ぎに迷惑しているであろうな」

「理八様は天下をおとりなさる商人、すべては深い考えがあってのことじゃ。古着屋風情といっしょにはならぬわ」

碧川甲賀が引っ掛かった。

「どうやら、そなたの死に場所は豆州錦ヶ浦に決まった」

「広言は長剣電撃流の一太刀をみてからにせえ」

その言葉を合図に十一人の剣客が刀を抜き連れ、総兵衛と作次郎を半円に囲んだ。そして、その半円の前に碧川甲賀が自慢の長剣の柄《つか》を左の肩上に突きだしたまま、立っていた。

それは左利《き》きということを対戦者に教えていた。

「古着屋、どこぞで棒振りを習ったようじゃが、流儀はあるか」

「祖伝夢想流」

碧川甲賀からなんの反応も返ってこなかった。

「参る」

総兵衛は三池典太光世《みいけでんたみつよ》二尺三寸四分（約七〇センチ）を静かに抜いた。

月光の下、葵《あおい》典太をまるで扇子でもかざすように胸の前に片手で構えた。

刀身が左に斜めに傾いて構えられていた。

碧川はまだ背負った長剣を抜こうとはしない。

〈なほなほ巡る盃《さかづき》の　度重なれば有明の……〉

総兵衛の口から謡曲「大江山」がこぼれた。

それに誘われるように碧川甲賀が巨体を敏捷《びんしょう》にも動かして突進してきた。同時に左手が背の長剣の柄にかかり、するすると抜きあげようとした。

電撃と名づけられただけの素早さをもった太刀筋だ。

それに対して総兵衛はゆるやかに横に動いた。

まるで能舞台でシテ役が滑り動くようにゆったりしたものであった。

直線と曲線。

間合いは一瞬のうちに切られた。

長い剣が大きな円弧を描きつつ、総兵衛の頭上に落ちてきた。

総兵衛が葵典太を翳《かざ》して、巨漢の懐《ふところ》に踏み入ったのはまさにその瞬間だ。

秘剣落花流水剣が一指し舞われたとき、碧川甲賀の喉首《のどくび》から血しぶきが、

「ぴゅうっ」

と上がって、巨漢武芸者はたたらを踏んで、突っ走り、錦ヶ浦に悲鳴を残すことなく落下していった。

〈……天も花に酔へりや……〉

「おのれ！」

秋葉三右らが総兵衛と作次郎に殺到した。

番《つがい》の蝶《ちょう》が夜のしじまを舞い動くようにひらりひらりと飛翔《ひしょう》し、旋回した。が、番の動きはまるで対照的であった。

総兵衛のそれが柔なら、作次郎の動きは剛であった。

主従に共通していることは動きに無駄がなく、どこにも無意味な力が加わっていないということだ。

数瞬のときの経過の後、十二名の剣客たちのことごとくが錦ヶ浦から相模灘へと姿を消して、しばらくの間、あたりに死の臭《にお》いが漂っていた。

その光景を遠く山の上から、寝小便垂れの栄吉が黙念と眺め下ろしていた。

四

六日目。

総兵衛と作次郎は網元屋の湯に体を沈めていた。

湯にきらきらとした朝の光が差しこんでいた。

二人の他には客はいなかった。

「風神と駒吉はどこに参ったのでございましょうか」

作次郎は五体に染《し》みた血の臭いを洗い流すように手拭《てぬぐ》いでごしごしとこすった。

二人は久太夫屋の探索から戻った気配があった。が、ふたたび出かけたようだ。

「待つしかあるまい」

昨夜来の箱根の出立以来、四人は一昼夜以上も体を休めていない。湯に浸《つ》かっているとついうとうととした眠りに落ちそうになった。

湯に近づく人の気配がして、

「総兵衛様、作次郎さん」

と声がして、裸の駒吉が姿を見せた。そのあとに又三郎も従っていた。

「おおっ、戻ってきたか」

作次郎が叫ぶと、

「どこにいっておった。心配したぞ」

「それは私どもも一緒ですよ」

又三郎が総兵衛のそばに寄ってくると湯から上げた総兵衛の手に、持っていたものを、

「総兵衛様、まずこれを」

と差しだした。

小石には、
三しまじゅくにむかう　えい吉
とあった。

総兵衛が又三郎の顔を見た。

「われらの行動、申しあげます」

湯には四人しかいなかった。

又三郎は久太夫屋の十一屋海助の部屋に忍びこんで聞いた四人の会話から、小暮蜉太郎という老人剣客の術に嵌《は》まり、危うく駒吉が手に落ちようとしたことまで話した。

総兵衛は二人が探りだしてきた会話の重要性を頭において、

「先を続けよ」

と命じた。

「はい、われらがここに戻って参りますと総兵衛様らがおられませぬ。どこに行かれたものかと思案しながらもついうつらうつらしておりますと、その小石が障子越しに投げこまれましたので」

又三郎から駒吉に代わった。

「栄吉のやつ、大人をからかうにもほどがある。そこで又三郎さんと相談して今一度久太夫屋に戻ってみました。するとえらい騒ぎが起こっておりました」

「長剣電撃流の碧川甲賀に率いられた十一人が久太夫屋から姿を消した騒ぎ

か」

「やはり総兵衛様と関わりがございましたので」

「駒吉、栄吉にわれらも伊勢松坂から参った碧川一派も錦ヶ浦に誘いだされたのよ」

「なんとなあ」

駒吉が驚きの声を上げ、

「始末なされましたそうな」

とようやく得心がいったように又三郎が言いだした。

「ほう、栄吉がわざわざ知らせていきよったか」

「総兵衛様、おっしゃるとおりにございます。慌《あわ》てた十一屋海助らが錦ヶ浦に走ったところにございます」

「さてさて小僧の栄吉に右往左往させられるわ」

「どうしたもので」

と作次郎がこれからの行動を主に訊いた。

「もはやわれらに残された刻限は四日……」

と瞑想《めいそう》した総兵衛が呟《つぶや》いた。作次郎らは鳶沢一族の命運に関わる刻限が迫っていると承知しているだけで、真《まこと》の危機の意味を知らされていなかった。

(江戸に戻る時間を差し引けば、栄吉捕捉に使える余裕はせいぜい今日一日……)

鳶沢一族は追い詰められていた。

それも敵ではない、一族の血を引く十一の小童《こわっぱ》にだ。

総兵衛は両手で顔を何度かこすり、両手を湯に下ろした。

「われらが栄吉に操られていることは明白、逆らっても詮《せん》があるまい」

「熱海峠を越えますか」

「いや」

と総兵衛が湯舟から立ちあがった。

「朝飯を十分食して二刻(四時間)ほど休む、峠へ走るのはそれからじゃ」

「はっ」

と三人がかしこまったとき、湯治の老人が湯に入ってきた。

熱海からの山道で三島宿までおよそ六里（約二四キロ）あった。

昼前まで二刻余り熟睡した総兵衛らは網元屋に別れを告げると熱海峠までの山道を半刻（一時間）足らずで一気に上がってきた。

相模灘を見下ろす峠で一息入れるために四人は足を休めた。

「又三郎、駒吉、十一屋海助らは抜け参りが意図されたものと喋《しゃべ》ったのじゃな」

自慢の銀煙管《ぎんぎせる》で一服する総兵衛が訊く。

「はい、たしかに聞きました。『隠居どのも今の三倍から五倍の抜け参りが伊勢に詰めかけたとき、行動を起こすといっておられる。十一屋、そのためには江戸をもっとかき回してな、どこの店からも抜け参りが現われるように動かさねばなるまいな』と老剣客の小暮が答えておりました」

駒吉も頷《うなず》く。

「ご隠居とは、伊勢松坂の木綿問屋宮嶋屋の隠居のことであろう。十一屋は伊勢松坂と江戸の宮嶋屋の意を受けて、江戸での抜け参り扇動の準備を終えたということか」

「そう聞きましてございます」

「又三郎、宮嶋屋の背後に箱根を山止めにするほどの力を持つ〝あの方〟がおられるというわけか」

「はい」

〝あの方〟とはだれか？

天下の関所の箱根を山止めできる人物は幕閣のなかでもかぎられていた。

このところ動きを見せぬという道三河岸《どうさんがし》の主《ぬし》、綱吉の側用人《そばようにん》にして老中上座の柳沢保明その人ではないか。

総兵衛の脳裏に浮かんだ答えだ。

（だが、保明は抜け参りを企ててなにをしようというのか）

そこが総兵衛にも考えつかなかった。

総兵衛は沈思したあと、話題を転じた。

「十一屋海助も栄吉の異能に気がついておるか」

「そのような様子にございました」

駒吉が答えた。

総兵衛は一つひとつ二人から報告された情報を口にしつつ、自分の考えを導きだそうとしていた。

「駒吉の姿を見ずして金縛りに遭わせたのは小暮蜉太郎と申す老剣客じゃな」

「総兵衛様、気がついたときには、術中に嵌まっていたので。どう動かそうとしても指一本動きませんでした。又三郎さんが騒ぎたてて、老人の集中をかき乱したゆえになんとか逃げだすことができました」

「こやつとはいずれ対決するときがこよう」

そう言った総兵衛はふたたび考えこんだ。

「よし、栄吉の裏をかくにはこの手しかあるまい」

という呟きが洩《も》れたのは、時刻がだいぶ経過したあとのことだ。

「栄吉の裏をかくと申されますと」

作次郎が訊いた。

「われらも宮嶋屋、十一屋の敵方も十一の小僧の心に操られて、伊勢を目指して西に向っておることは確か。まるでお釈迦《しゃか》様の掌《てのひら》で謀反《むほん》心を抱いた小人のようじゃ、どう足掻《あが》いたところで相手の術中は抜けられぬ。となれば」

総兵衛は銀煙管の火口《ほくち》から吸いさした刻みの灰をぽんと地面に落とした。

「もはやわれらが縋《すが》るは家康様のお力と栄吉の母親はつの情を借りるしかあるまい」

総兵衛は異能を持つ栄吉に対抗するために一族の護《まも》り神家康の啓示と母親の血の説得に頼ろうとしていた。

「鳶沢村に一気に下るとおっしゃるので」

「駒吉、そのとおりじゃ」

総兵衛が銀煙管を煙草《たばこ》入れにしまうと立ちあがった。

熱海峠から三島宿まで残りが五里余り。さらに三島から沼津、原、吉原、蒲《かん》原《ばら》、由比、興津《おきつ》、江尻《えじり》と通って東海道を外れ、久能山裏手の鳶沢村までおよそ十七里、総計二十二里（約八八キロ）を一気に走り通すために四人は熱海峠を後にした。

丹五郎と恵三は夕暮れ前に三島大社の境内で施される粥《かゆ》の行列に並んでいた。

抜け参りの仲間たちはまたいちだんと数を増していた。

三島大社は伊豆は賀茂《かも》郡白浜村にあった伊豆三島大社の新宮といわれ、移されたのは平安時代のなかごろか、終わりごろと推測された。

伊豆に流された源頼朝が源氏再興の兵を挙げて戦勝を祈ったところから世に知られる社《やしろ》となり、参詣《さんけい》人を集めるようになった。さらに江戸時代、海道一の神社として、旅の安全を祈る旅人が訪れるようになっていった。

この大社の祭神は事代主神《ことしろぬしのかみ》、大山祇神《おおやまつみのかみ》の両神とされる。

抜け参りが流行《はやり》の兆《きざ》しを見せはじめた当初から三島宿の人々は大社の境内にいくつもの竈《かまど》を築いて、雑炊や粥の炊き出しをして善根を施してきた。

丹五郎と恵三が並んだのもその施しの列だ。

二人は青竹を切った椀《わん》に注がれた粥を社殿のかたわらで黙々と啜《すす》った。

「丹五郎さん、栄吉は無事じゃろうか」

「恵三、あいつは人間じゃねえ、怖いもんなんかあるものか」

二人は深夜の熱海峠越えで恐怖に身も足も凍りつき、峠道の地蔵堂で震えながら夜が明けるのを待って動きだしたのだ。三島宿に到着したのは、風のように山道をかけ下ってきた総兵衛ら一行と相前後していた。が、総兵衛らは三島宿には見向きもせず、ひたすら西に向っていった。

「そうじゃな、栄吉はわれらと違うもんな」

「ありゃ、狐《きつね》が憑《つ》いとる。別れてみてようわかった」

「そうじゃろか」

「間違いない。いいな、なんとしても抜け参りは二人でやりとげるぞ」

うん、と答えた恵三は、

「丹五郎さん、今晩、どこに泊まろう」

「三島はな、なんといっても女郎衆が有名じゃ、旅籠《はたご》の集まるところにいってみようぞ。なんぞ残り物でもありつけるかもしれぬ」

十七歳の丹五郎が言いだし、二人は空になった竹椀を手洗いの水で洗った。

一杯の粥に腹が満たされたわけではない。が、施しは一杯が決まり、それすら貰《もら》えぬ者たちもいたのだ。

「丹五郎さん、なんぞ食べたいな」

「これでは腹の虫がおさまらぬな」

丹五郎は背の風呂敷《ふろしき》に竹椀を包みながら思案した。

箱根越えの宿場として三島は栄え、戸数は五百軒を数え、住人は四千人にも上ったという。

「旅籠で物乞《ものご》いしてみるか。三島宿は女郎衆を大勢揃《そろ》えた海道一の宿場じゃから景気もよかろう」

二人は箱根路へ少しばかり戻って、飯盛旅籠が軒を並べる東見附あたりに戻ってみた。

丹五郎がいうように三島宿はどこの旅籠も飯盛女をおいて、男の旅人の胸をときめかせた。

〈此宿飯盛女郎五百文なり。いにしへより名高し……〉

だが、抜け参りの子供に商いを邪魔された旅籠はどこも素っ気なく、施しをくれるところはなかった。二人が舞いこんだ旅籠の辻々《つじつじ》にも抜け参りの先客がいて、残り物をもらえる雰囲気どころではない。二人が体を休める軒下すらない。

「恵三、これでは寝る場所もない。先に進むしかあるまい」

丹五郎の提案で二人は疲れた足を引きずって、また西へと引き返した。

三島宿の西の外れが西見附だ。

二人が宿場を出かかる前に水音を聞いた。

抜け参りの子供たちにとって食事と同じくらいに大事なのが水場だ。

二人が暗くなりかけた明かりで水音を探すと幅一間余の木樋《とい》の疏水《そすい》が町家の間を抜けていた。そして、疏水と町家の軒先には半間ほどの空き地があった。

「ここに泊まるか」

丹五郎が水辺を指した。

偶然にも迷いこんだ疏水は、三島の千貫樋《せんがんどい》という。これは、

〈……伊豆の水を駿河《するが》へとりて田園の料とす。はじめ青銅一千貫をもつて水の料に贈りけるに此《この》名あり〉

また千貫樋を境に豆州と駿州《すんしゅう》の境をなすともいわれた。

「そうじゃな、もう足が棒じゃ」

二人は町家の板壁に背を持たせかけた。

熱海から峠を越えてきた丹五郎と恵三はすぐに眠りに落ちた。

その刻限、二人のかたわらの街道を十一屋海助といねを乗せた駕籠《かご》二丁と徒歩《かち》で従う大曲ら一行が通り過ぎていった。

企てが根底から覆《くつがえ》されようとしていた。

十一屋らの前面に立ち塞《ふさ》がったのはなんと大黒屋潰《つぶ》しのために抜け参りに誘いだしたはずの小僧たちだ。三人の小僧は示し合わせて、さっさと抜け参りに出たかと思うと十一屋海助らの意図の裏をかいて、勝手な暴走を始めた。

そのうえ、栄吉という十一の小僧は、三人を追ってきた大黒屋主従すらをも操って、熱海に誘いこみ、碧川甲賀ら十二人を錦ヶ浦で対決させることまで仕掛けてきた。

海助らがそのことを知らされたのは、明け方、投げこまれた紙飛礫《つぶて》によってだ。

紙飛礫を書いた主は、まだ字も満足に書けない栄吉自身だ。

〈にしきがうら下のうみをみよ　えい吉〉

海助は熱海に集まった仲間の所在を確かめた。すると伊勢松坂から来た碧川甲賀ら十二人の姿がなく、老剣客小暮蜉太郎実厚だけが離れに休んでいた。

「小暮様、碧川様らはどこに行かれました」

寝床から海助を寝たまま見つめる老剣客にせき込んで訊《き》いた。

「十一屋さん、探しても無駄じゃ」

と一言だけ答えた。

「無駄とはどういうことにございますか」

床に起きあがった小暮蜉太郎は、何万光年の彼方《かなた》を望むようなまなざしを海の方角に送った。が、なにも答えない。老剣客は碧川らが被《こうむ》った運命を知っている。それはそのまなざしが教えていた。だが、老剣客は海助にそのことを知らせようともせず平然としていた。

海助は離れから母屋《おもや》に戻ると大曲刑部左衛門といねを伴い、熱海の海岸に走った。そして、今しも漁にでようとしていた漁師に金を掴《つか》ませると漁師舟に同乗させてもらった。

「旦那《だんな》、舟をどこに向けますねえ」

「錦ヶ浦に近づいてくれ」

「旦那は、錦ヶ浦を知ってなさるか。こんな小舟で近づけるもんじゃねえ。死にに行くようなもんじゃ」

海助は近寄れるところまでと漁師を説得して、魚見崎を回った。

その瞬間、漁師の言葉が大袈裟《おおげさ》でないことを知った。

切り立った岩場に相模灘の波がぶつかって白い波頭を作る光景は、丹後生まれの海助をしても空恐ろしかった。

「これは……」

いねが絶句して胴ノ間にへたりこんだ。

大曲も沈黙したまま、聳《そび》え立つ錦ヶ浦を見ていた。

「旦那、おめえさん方の探すもんじゃねえかえ」

目のいい漁師が波間に浮かぶ死体を指差した。

舟に引き寄せられた死体には見事なまでの斬撃《ざんげき》の跡が残されていた。

「旦那、碧川様の手下の一人ですよ」

いねが小声で言い、海助が頷いたとき、

「十一屋、あそこにも死体が浮かんでおるぞ」

と大曲が大声を上げた。

二番目に発見された死体は巨漢剣士碧川甲賀の斬殺体だった。

「なんと凄《すさ》まじい」

斬《き》り口を確かめた大曲が感嘆の声を上げた。

「旦那方よ、死体はいくらでも浮かんでおるぞ、どうする気だね」

海助はいったん引き寄せた碧川らの死体を海に放つと、

「心当たりがないな」

と言い放ち、漁師の手に小判数枚を握らせて、

「おまえさんも忘れたほうがいい」

と睨《にら》んだ。

久太夫屋に戻ってみると小暮蜉太郎実厚は、

「江戸に参る」

と宿の者に言い残して、出立していた。

「なんてこった。どいつもこいつも」

しばらく考えた十一屋海助は、

(ここは宮嶋屋のご隠居に会ってしっかりと話し合ったほうがいい)

と考えを固めた。それに今一つ、

（大黒屋の鼻を明かさねば十一屋海助の立場がないわ）

と考えを固めた海助は首に下げた犬笛を吹き鳴らした。それは聴覚の鋭い訓練された犬を呼ぶ笛であったが、その無音の音を感じた者たちがいて行動を開始した。


用事を終えた十一屋海助が熱海を発《た》ったのは総兵衛らが出発して四半刻《しはんとき》（三十分）後のことだ。

いねと自分のために山駕籠を仕立てて、三島宿を目指した。

ようよう到着したのは六つ半（午後七時頃）のことだった。


「十一屋、今晩は三島泊まりであろうな」

と飯盛女が頭にちらつく大曲を、

「いえ、少しでも先へ進みます」

と急《せ》き立てて、夜道を沼津へ進んでいった。

第四章　攪《かく》　乱《らん》

一

駿河国《するがのくに》富士郡吉原宿は江戸から十四番目の宿場、本陣二、脇《わき》本陣三、旅籠《はたご》は六十余軒を数え、宿内人別はおよそ三千人といわれていた。

この宿場はまた、

〈右に富士本宮口の道あり。富南館と額掲し茶店あり……〉

と富士山の登山口としても知られていた。

この夜、富士の高嶺《たかね》から駿河湾へ北東の強風が吹き下ろしていた。

この季節、滅多に吹くことのない強風に後押しされて、四人の男たちが東海道を上っていた。

五つ半（午後九時頃）過ぎ、汗みどろの総兵衛一行が吉原宿に到着して、さらに風のように駆け抜けようとする姿であった。

「ちょいと四人さん、お泊まりな。食べ物もよければ、女もいいよ」

砂埃《すなぼこり》を避けてなかば閉じられた大戸から顔だけを覗《のぞ》かせて街道を見張っていた飯盛女が四人に声をかけた。

遊女の揚代は五百文、同じ名でも江戸の吉原とは雲泥《うんでい》の差、だが、吉原宿の飯盛にはひなびた風情《ふぜい》があった。

一行は見向きもしない。そして、四人から抜けだして先行しようとしたのが駒吉だ。

若い手代は大黒屋の馴染《なじ》み宿の鈴掛屋《すずかけや》に向かって走り、鳶沢《とびさわ》村からの連絡《つなぎ》が入ってないかどうか、問い合わせようとしたのだ。

「駒吉」

走りだした駒吉に旅籠と旅籠の間の暗がりから声がかかった。

駒吉の足がぎくりと止まり、先輩手代の稲平が姿を見せた。

「稲平さん」

駒吉に追いついた総兵衛らに稲平が、

「お待ちしておりました」

と言った。

総兵衛らと稲平は箱根で別れて以来の再会であった。

頷《うなず》く総兵衛に、

「分家の忠太郎《ちゅうたろう》様も鈴掛屋におられます」

と稲平がいった。

「会おう」

総兵衛の応答に稲平が案内に立った。

それから半刻《はんとき》（一時間）後、総兵衛一人が鈴掛屋を出ると旅籠の番頭に案内されて、浜に出た。そこにはすでに一隻《せき》の漁師舟と三人の屈強な男たちが待ち受けていた。

総兵衛を送るために鈴掛屋が手配してくれたものだ。

舟は総兵衛を乗せると富士の高嶺から吹き下ろす風を満帆にはらんで、一気に鳶沢村のある久能山《くのうざん》沖まで夜を徹しての帆走だ。

吉原から久能山沖まで海上およそ七里（二八キロ）、強風に後押しされた漁師舟は白波にもまれながら走りつづける。

胴ノ間に座す総兵衛の全身は波飛沫《しぶき》に濡《ぬ》れそぼった。

舟は木の葉のように揺れつづけたが駿河湾を知り尽くした男たちは波風にひるむことなく舳先《へさき》を三保松原に向けつづけた。

夜明け前、ようやく波が静まった久能山沖の根古屋の浜に舟をつけた三人の漁師に総兵衛は約束した報酬とは別に酒代を与えた。

「大黒屋の旦那、ありがたいこって」

「吉原に戻ったら鈴掛屋にな、総兵衛が礼を申していたと伝えてくれまいか」

浜に上がった総兵衛は暁闇《ぎょうあん》の聖地久能山を見上げた。

ここは神上がりした徳川家康が最初に埋葬された地であった。

海からそそり立つように神廟《しんびょう》を頂に抱く山が屹立《きつりつ》していた。

総兵衛は十七曲がり千百五十九段の石段を一歩一歩に感じつつ上りきった。

それは舟で揺られて萎《な》えた足腰をふたたび蘇生《そせい》させる運動にもなった。

七日目。

腰から抜いた三池典太光世を神廟前の石畳に置き、総兵衛は静かに座した。

瞑想《めいそう》した鳶沢総兵衛勝頼は、

（家康様との約定を果たせぬ事態に立ちいたりました）

と話しかけた。

第二の〃影〃との約束の日限まで三日と迫っていた。もし今日じゅうに栄吉と出会い、一族の証《あかし》として届けられた火呼鈴《ひこれい》を取り戻したとしても江戸に駆け戻ることができるかどうか、ぎりぎり瀬戸際《せとぎわ》まで追い詰められていた。

（われらはもはや隠れ旗本の御役目を果たせず）

総兵衛の煩悶《はんもん》と嘆きにどこからも答えは返ってこなかった。なにより家康の墓前に座って得られる明鏡止水の境地に到達しなかった。

一族の出の小僧栄吉の意表を衝《つ》く行動に翻弄《ほんろう》され、いまだはっきりとした正体を見せぬ敵と暗闘を続けつつ東海道を走ってきた総兵衛の心はざわついていた。

総兵衛は波立ち騒ぐ心を鎮《しず》めて、無念無想に心身を導こうと苦悩した。

四半刻も過ぎたころか。

平穏を見出《みいだ》しえない総兵衛の心に新たな雑念が生じた。

神廟に接近する者がいた。

一族の者か。

総兵衛は苛立《いらだ》ちを強引に沈めると手に葵典太《あおいでんた》を下げて、石畳から立った。

海の方角がわずかに白んでいた。

だが、鬱蒼《うっそう》とした樹木に覆《おお》われた久能山はいまだ薄闇《うすやみ》のなかにあった。そして、深い朝靄《あさもや》が神廟を包みこんでいた。

気配は石段から接近してきた。

朝靄が風に吹き流されて、石段の一角を見せた。

島田髷《まげ》に紫香《むらさきこう》の小袖《こそで》をきた若い女が呆然《ぼうぜん》と立って総兵衛を見た。

「美雪《みゆき》か、深沢《ふかざわ》美雪《み》じゃな」

「総兵衛様」

とうすく化粧を掃いた女が呟《つぶや》いた。

「分家を訪ねてくれたか」

総兵衛がかつての敵に声をかけた。

女剣士深沢美雪とは一年ぶりの再会だ。

総兵衛と美雪は江戸は今井の渡し付近にある浄興寺の境内、琴弾松《ことひきまつ》の下で尋常の果たし合いをおこなった。

そのおり、総兵衛は美雪に約束させていた。

美雪が勝負に敗れたとき、総兵衛の命じることを果たすということをだ。

総兵衛は不幸な星の下に生まれた美雪を生まれ変わらせたいと思った。そこで一族の者には内緒で鳶沢村の分家当主鳶沢次郎兵衛にその身柄を預けることにした。だが、そこを訪ねるかどうか、美雪の心持ちしだいであった。

次郎兵衛からなんの連絡もなかった。

総兵衛は美雪が流浪《るろう》の女武芸者に戻ったかと諦《あきら》めていた矢先だった。

「三月前、迷いに迷ったすえに次郎兵衛様にお便りを差しあげましたところ、次郎兵衛様が府中宿まで面会にこられて、総兵衛様の手紙を何度も読み返されたあと、古宿《ふるやど》村の月窓院《げっそういん》の澄水尼《ちょうすいに》様にわが身を託されたのでございます」

美雪に母親の記憶はない。旅の道中に美雪を生んで、産後の疲れから亡《な》くなったからだ。美雪は諸国漫遊の武芸者の父深沢秦之助《しんのすけ》との放浪が幼少期の思い出のすべてだ。

その父も仙台城下で道場破りをしたあと、門弟たちになぶり殺しにされた。

美雪が十五のときだ。

以来、美雪は父が教えた小太刀の腕で身過ぎ世過ぎを立ててきた。

米沢藩の江戸家老色部又四郎《いろべまたしろう》が腕自慢の剣客を集めていると知って応募した美雪は、高家吉良上野介義央《こうけきらこうずけのすけよしなか》を仇《かたき》と狙《ねら》う元赤穂《あこう》藩士、大石内蔵助《くらのすけ》らとの闘争のなかで鳶沢一族の総帥《そうすい》大黒屋総兵衛と敵対した。

美雪はこのおりの戦いと琴弾松の果たし合い、二度にわたって総兵衛に挑み、敗れていた。

（悔しい、仇を討たねば）

という気持ちと、

（なんと巨《おお》きな人物か）

という二つの考えが交錯して、素直に総兵衛との約束を果たせなかった。

だが、この冬、母が亡くなった丹波福知山城下の、とある寺の行き倒ればかりを集めた墓に参った。そこが美雪の母が埋葬された地であった。二尺（約六〇センチ）余と降り積もった雪をかき分け、自然石に、

「無」

と刻まれた墓石に香華《こうげ》を手向《たむ》けたとき、無性に涙が流れでて止まらなかった。

美雪は寺房に泊まらせてもらい、一月余り母の眠る墓石と対話した。

雪が消えかけた季節、美雪は母の声を聞いた。

（美雪、秦之助どのは意地を通して無駄死になさった。それもよし、母に悔いはありませぬ）

（…………）

（ですが、他人の言葉を聞くのも人の世の習い。心にかかる人あらば、その人に従うのも運命《さだめ》です）

美雪は丹波福知山に雪が消えた朝、その地を去った。そして、江戸を通り過ぎると仙台の城下外れの河原を訪ねた。

（父上、美雪は剣を捨てまする）

吹く風が答えた。

（人間、そうそう考えは変えられぬ）

物心ついたときから腰にあった小太刀を布に包むと肩に背負った。

剣を封印した美雪は一気に仙台から駿府に下って、府中宿から鳶沢村に使いを立てたのだ。

「なんとうれしき話よな。美雪、そなたの話を聞かせてくれぬか」

総兵衛が言いかけると美雪が、

「総兵衛様がにわかに鳶沢村に戻ってこられたには火急の理由がございましょう。私のことよりも総兵衛様の身に起こったことを美雪にお話し願えませぬか」

「なに、そなたがこのおれの迷いを散じてくれるか」

「できますかどうか」

昔の尖《とが》った言い方が美雪の物言いから消えていた。

運命に殉ずる潔《いさぎよ》さ、素直さがあった。

「美雪、そなたは神廟の主がどなたか存じておるな」

「はい」

「われらの役目もか」

「推測にしかすぎませぬ」

美雪は大黒屋総兵衛と一族の者たちがただの商人ではないことを察していた。

戦国時代が終わりを告げ、安定期に入った徳川時代、剣を算盤《そろばん》に代えた武家たちがいた。江戸の大店《おおだな》のいくつかはそういう出自を持っていた。

大黒屋とその一族が今も武家の心魂を隠し持ち、影の任務に従事していることは、これまでの総兵衛との戦いを通して教えられてきたことだ。

そのことは鳶沢村近くの月窓院に預けられ、無聊《ぶりょう》の徒然《つれづれ》に久能山にお参りしてその裏手に鳶沢村があると知ったとき、確信に変わっていた。

(総兵衛様らは神君家康公と関わりを持つ一族、そして今も任務に殉ずる武士《もののふ》……)

「おれが一族以外の者をこの地に送ったは二人だけ、手代の清吉《せいきち》とそなただけじゃ。清吉はわれらと生死をともにする運命《さだめ》を選んだ」

「美雪にもそれを望まれますか」

総兵衛との戦いに敗れた後、九カ月の間、煩悶しつづけた女がさわやかに訊《き》いた。

「おれがそなたを分家に預けたことで推測せえ」

「美雪は剣を捨てました」

「なんと」

「ですが、総兵衛様と一族に危難が迫っておるのなら、美雪の一命、役に立ててくだされ」

総兵衛は美雪を見た。

美雪も見返した。

もはや言葉は必要なかった。

「聞いてくれるか」

総兵衛は身辺に起こっているすべての現象を美雪に告げた。

長いときがゆるゆると流れ、話が終わった。

話を終えたとき、総兵衛の胸のうちに一陣の風が吹き抜けた。

（鳶沢一族が壊滅することが運命《さだめ》なら、それに殉じよう。われらは一族の総力を結集して最後の戦いをまっとうするだけじゃ）

いつの間にか、戦いの覚悟が生まれていた。

二人の周りに新たな気配が生じた。が、それはすぐに遠のき、去っていった。

四半刻後、総兵衛一人が鳶沢村に入っていった。すると広場に鳶沢次郎兵衛ら一族の全員が顔を揃《そろ》えて、

「お帰りなさいませ」

と頭領を出迎えた。

恵三は水のせせらぎに目を覚ました。恵三は人家の板壁に背をもたせかけたまま、丹五郎の脇腹に頭をくっつけるように眠っていた。

すでに夜は白んで千貫樋《せんがんどい》の水流も光って見えた。

「恵三さん、西見附で施しがある。早ういかんと食いはぐれる」

恵三は栄吉の声に仰天して、飛び起きた。

熱海でおいてきぼりにした栄吉が恵三を見ていた。

「た、丹五郎さん」

恵三の声に丹五郎が眠い目を開けて、

「なんじゃ、恵三」

と振り見て、驚愕《きょうがく》した。

「え、栄吉」

栄吉がにっこり笑い、

「二人ともよう眠っておった」

と言うと、

「早うせんと施しの雑炊がもらえんぞ」

と何事もなかったようにふたたび促した。

丹五郎と恵三は栄吉の言葉に誘われるようにふらふらと立ちあがって、一夜の宿を後にした。

総兵衛は分家の館《やかた》で水風呂《ぶろ》を浴びて、奥座敷で一族の長老にして総兵衛の叔父にあたる次郎兵衛と対面した。

「一族の危難をもたらした罪、誠にもって申しわけございませぬ。次郎兵衛、時機を得て皺腹《しわばら》搔き切る所存」

「叔父ご、これもすべて天が授けし運命《さだめ》じゃ。一族が滅び去るとき、総兵衛が真っ先に先導いたす」

総兵衛がそう宣告すると、

「じゃが、今はそのときでないわ。鳶沢一族は座しては死なぬ。戦いの場において討ち死にいたす。よいな、分家」

「はっ」

「まず知りたい。稲平の問いにそなたはおれ自身に申しあげたいと答えたそうな」

「栄吉を江戸に奉公に上げた経緯ですな」

総兵衛が頷《うなず》いた。

「体も小さければ夜な夜な寝小便を垂れる十一の栄吉のこと、次郎兵衛、承知で富沢町に送りだしました。が、そのことを話す前にはつが栄吉を懐妊した話から始めとうございます」

次郎兵衛は茶碗《ちゃわん》を取りあげ、喉《のど》を湿した。

「はつの亭主、松蔵のこと、総兵衛様はご存じですか」

「駒吉から聞いた」

「ならば話が早うございます。松蔵は足が不自由ゆえ、江戸の奉公が適《かな》わず、この村に残ることになりました。そのことを不満に思ったか、性格がねじくれ

て人付き合いもままならぬ男にございました」

「そなたが鍛冶《かじ》職を継げと命じたようじゃな」

「はい、奉公は江戸であろうと鳶沢村であろうと同じこと、いつかは松蔵が理解してくれるものと考えておりました。ですが、ますます意固地になって、私の耳に入るのは松蔵の苦情ばかり。そこで嫁でも持たせればと思案してみましたが、どの女も松蔵さんではと二の足を踏みまする。そんなおり、わが屋敷の台所女中をしていたはつが私に松蔵との縁を取り持ってくだされと言ってきたのです」

「そんな子細があったか」

「松蔵に異存があるはずもなし、私が仲人《なこうど》を務めましてな、祝言《しゅうげん》をしました。所帯を持った当座、松蔵は落ちついたように見えました。じゃが、二年過ぎたころから元のもくあみ、はつの体は松蔵がつけた傷とあざだらけとか、女たちが私のところに訴えてきたのも再三再四……その都度松蔵を呼んできびしく注意しましたが、立ち直る気配もなし。私は松蔵の村放逐を考えたのでございます」

そんなおり、はつが久能山に裸足《はだし》の願掛け参りを始めた。

それは雨の日も雪の日も続いた。

それが千日を迎えた満願の日、はつは松蔵の子を身籠《みごも》った。

それが栄吉であった。

喜んだのははつよりも松蔵であったという。

「それはそれは栄吉を松蔵は目に入れても痛くないかのように猫可愛《かわい》がりしておりました。ところが総兵衛様、栄吉が三つになった夏、だれが言いだしたか、栄吉は松蔵の子ではない、久能山の霊とはつが交わって生まれた子という噂《うわさ》が流れましてな。それを知った私は主《おも》だった者たちを集めて、さような風聞を流すものは厳罰に処すと言い渡したのでございます。噂は鎮《しず》まりました。ですが、今度は松蔵が暴れだした。はつばかりか、ときには栄吉にまで手を上げるようになった。そんな最中に事件が起こりました」

「松蔵の水死事件じゃな」

「はい」

「真相はどうか」

次郎兵衛は顔を横に振った。

「その場にいた栄吉がなにも語りませぬ。はつは取り乱して泣き叫ぶばかり……うやむやに終わりました」

「駒吉の話によれば、栄吉が松蔵の死に関わったという風聞が流れたとか」

「さようなことを耳にしたことがございます。が、それは口さがない流言にございましょう」

総兵衛が頷いた。

二

「なぜ幼い栄吉を小僧に出したかという総兵衛様の問いにございましたな。第一には松蔵の適えられなかった江戸奉公を一日も早くとはつが望んだからにございます」

「はつはそなたのもとに日参して懇願したようじゃな」

「はい、私も松蔵のことを思いますと、富沢町へと考えぬ日はございませんでした。ですが、真《まこと》の理由は別のことにございます」

それが知りたいと総兵衛は思った。

「昨秋のことでございました。館《やかた》の道場で子供たちの総稽古《げいこ》がおこなわれました……」

鳶沢村では男も女も物心ついたときから武芸百般を教えこまれる。が、得手不得手があるのは鳶沢一族とて同じ、一通りの武芸を教えこんで、才がないとなれば、商いの道の初歩を教えこむ。

奉公は武も文も等しいというのが一族の教えであった。

栄吉は武芸も読み書きも不得手な子供だった。ならば意欲があるかというとそれも見えない。

次郎兵衛は母親の期待に応《こた》えて、なんとか栄吉が富沢町でお役に立てる方法がないかと思案していた。

そんなおりの総稽古であった。

稽古の最後に八歳から十三、四歳までの男女四十三人が東西に分かれて、勝ち抜き戦を戦った。

次郎兵衛は最初の試合から熱心に見物していた。が、屋敷に用事があって、しばらく中座した。

一族の長老ではあったが、数年前より公の行事は長男の忠太郎に譲って、忠太郎が父に代わって仕切っていた。

いわば隠居の身、気楽に見物もし、中座もできた。

次郎兵衛が道場に戻ってみると序盤戦を終えた試合は、これから佳境に入ろうとしていた。親たちの応援が一層熱戦に拍車をかけていた。

次郎兵衛は自分の席に戻ろうとして、栄吉が一人、仲間とは離れて試合を見物しているのに気がついた。栄吉は早々に敗退したらしい。栄吉は板の間に座して、膝《ひざ》の前に紙を広げて、どこから持ちだしたか、道中用の小筆と墨壺《すみつぼ》を手になにかを書きながら、没頭していた。声をかけようとした次郎兵衛は、前屈《まえかが》みになり、喧騒《けんそう》のなかにあって孤独の世界に籠《こも》る栄吉がなにを書き留めているのか、気になった。そこで後ろから近づいて、紙片を覗《のぞ》きみた。

それは眼前におこなわれている勝ち抜き戦の星取り表であった。すでに決着がついたものに書き込みがあった。

次郎兵衛は紙片から戦いを見やって、また紙片に戻し、そのことに気づかされた。

栄吉の紙片にはすでに一勝負先の結果が書きこまれていた。そのうえ、栄吉が呟《つぶや》く言葉の意味を悟って仰天した。

「右小手から胴で新太郎《しんたろう》の勝ち」

とか、

「面打ち三本の後、いったん分かれて抜き胴で鈴《すず》が伊作《いさく》に先手」

などの呟きで予測していた。

そしてそれは予測された言葉どおりに決着をみた。

（なんとこやつ……）

次郎兵衛は栄吉の空恐ろしい才能に身を震わせたが、無心に呟く姿に考えを変えていた。

「総兵衛様、勝ち負けなら予測もあたることがあろうかと思われます。じゃが、栄吉は目《ま》の当たりにしているようにこれからおこなわれる戦いの行方を占って、ことごとく当てたのでございます。それが最後の最後まで、あの日の大番狂わせといわれた末女《まつじょ》の活躍を含めて、的中させてございます」

「なんとのう」

と答えながら、栄吉ならそのくらいなことはしてのけようと思った。

「次郎兵衛どの、そのことをだれかに話したか」

「いえ、だれにも」

と答えた次郎兵衛が首を捻《ひね》った。

「そなたが考え迷っておること、総兵衛があててみせようか」

「ほう、総兵衛様まで栄吉張りに占いなさるか」

「そなたが見ていたことを栄吉が知っていたのではないか。いや、栄吉はそなたにその力を窃《ひそ》かに見せたのではないかと疑っておるのではないか」

「なんとまあ」

次郎兵衛が絶句した。

「栄吉ならそれぐらいのことは読んでのことよ」

総兵衛は駒吉から聞いた元服前に元服の儀式がおこなわれることを予告した話を告げた。

「駒吉にそのようなご託宣まで」

「栄吉にとって未来は未知のことではないようだ」

「この才、われら一族にとって益にございますか、害なすものにございますか」

「わからぬ」

総兵衛は正直煩悶《はんもん》する己の心内を長老に答えていた。

次郎兵衛が頭を振ると話を展開させた。

「総兵衛様、栄吉はなにをなしたのでございますか。稲平の話では今ひとつ分かりませぬ」

「はっきりしまい。なぜならな、栄吉は……」

総兵衛は〝影〟から届けられた一族の証《あか》しの火呼鈴《ひこれい》を持って抜け参りに出たことを告げた。

「な、なんと」

「次郎兵衛どの、驚かれるのはまだ早い。栄吉は火呼鈴の価値を知って持ち逃げしておる」

次郎兵衛がしばし絶句して、言いだした。

「私が富沢町に栄吉を送ったのは、一族のためにあの力が役に立つときがくると思うたからでしたが、なんと一族は恐ろしい子を得たものにございますな」

さきほど発した自らの問いの答えを見出《みいだ》したように次郎兵衛は答えていた。

廊下の向こうに人の気配がした。

「入ります」

次郎兵衛の孫、忠太郎の娘のるりが顔を覗かせて、

「総兵衛様、じじ様のお呼びに、はつ様がお見えにございます」

と栄吉の母親の到来を告げた。

一族の頭領と長老の前に呼ばれたはつは、身を緊張に固くして頭を畳にすりつけた。

「総兵衛様、ようお戻りなされました」

「ひさしぶりじゃな」

はつに応じた総兵衛は、

「はつ、そなたの知恵を借りねば立ちゆかぬ事態が生じた。一族のため、栄吉のため、母親の力を貸してくれぬか」

はっ、とふたたび低頭したはつは、顔だけを総兵衛に向けて、

「なんなりと」

と答え、

「栄吉がなんぞしでかしましたか」

と訊いた。

「栄吉は十一、奉公に上がって四月足らずの小僧だ。なぜ、そなたはそう考えるな」

はつは即答しなかった。何事か胸のうちの疑問を自答するように迷っていたが、決然と姿勢を正した。

「栄吉は生まれたときより一風変わった子にございました」

総兵衛は静かに頷いた。

「一族の男子として武術の才なく、読み書きさえ人並みにはできませなんだ。ですが、一つだけ他の子ができぬ才能がございました」

「予知能力か」

「はい、それが一族になんぞ害をなしたようでございますな」

「はつ、そなたには栄吉と同じ才能はないようじゃな」

総兵衛が笑いかけた。

「栄吉が一族を混乱に落とし入れていることは確かなことじゃ。それが一族にとって害なすものかどうか、この総兵衛、迷っておる」

はつが平伏して、申しあげた。

「総兵衛様、もし栄吉が一族に害をなしたならば、即刻始末なされてくださりませ」

「相分かった」

と主従は問答を交わした。

「はつ、その前にわれらがなさねばならぬことがある。栄吉を知ることじゃ」

「なんなりと」

「そなたから望んで松蔵と所帯を持とうと次郎兵衛どのに願ったというが、考えがあってのことか」

「総兵衛様、次郎兵衛様、私のお父《とう》を思い出してくだされ。生まれたときから病弱なうえに口が不自由にございました。そのせいで武術にも商いにも才がなく、村に残って生涯を過ごしました」

「はつ、小吉《こきち》がいなければ、久能山の西から北斜面の杉林はこれほどまでに見事な成育は見なかったろう。小吉は、江戸にも行かなんだ、戦《いくさ》らしき戦に出陣しなかった。じゃがな、村を守って、一揺るぎもしなかった人物じゃ。次郎兵衛は、小吉が一族のだれよりも立派な生き方をしたと心から思うておる」

「ありがとうございます、ご分家様」

久能山の西北斜面に杉を植え、百年の計を立てたのは小吉であった。この努力がなければ、見事に成育した杉林は見られなかった。

「ですが、われら一族の男衆は、武と商をもって、生き方を示すことを第一にしております。お父はこれができなかった。その姿を見て育ちましたゆえ、はつは松蔵の悔しさと悲しみが理解できたのでございます」

「はつ、同情から松蔵との婚姻を次郎兵衛どのに願ったか」

「総兵衛様、それだけではございませぬ。私にはうぬぼれがございました、私と所帯を持てば、松蔵もなんぞ生きがいを見出してくれると過信しておりました」

総兵衛は小さく頷いた。

「暮らし始めた当座、松蔵は落ちついたな」

次郎兵衛が昔を思い出すように訊《き》いた。

「しばらくのことでした」

はつはそう答えると思わず溜《た》め息《いき》をついた。

「松蔵の根性は生まれる前から心がねじくれておったのです。所帯を持ってすぐに松蔵はなぜ子をなさぬ、おまえは石女《うまずめ》かと殴る蹴《け》るを始めたのでございます」

「愚か者めが」

総兵衛の呟きには苦悩する一族の一人を救いきれなかった後悔があった。

「それでそなたは久能山の千日参りを始めたか」

次郎兵衛の問いにはつが頷いた。

「私が懐妊したと知ったときの松蔵の喜びといったら、ございませんでした。栄吉が生まれた日、松蔵は不自由な足で久能山に登り、家康様の神廟《しんびょう》にお参りして、感謝をささげたのでございました」

「ほう、そんなことがな」

「総兵衛様、次郎兵衛様、松蔵が駿府に使いに出た、ある夏の日のことでした。だれにそのようなことを吹きこまれたか、夕暮れ、血相変えて戻ってきた松蔵が、三つの栄吉の前で傍若無人な行為をなしたのでございます」

「また殴る蹴るの乱暴か」

「いえ、それだけでは……」

とはつは顔を横に振った。

「栄吉はおれの子ではない。久能山の悪霊《あくりょう》と交わってできた子だと叫びながら、罵《のの》りつづけ、私が失神するまで乱暴を働いた上に栄吉の見ている前で私を犯しましてございます」

「なんという男か」

次郎兵衛が吐き捨てた。

はつの瞼《まぶた》から涙が盛り上がって、滂沱《ぼうだ》と流れだした。

「私がそれを知っておれば、総兵衛様に願って一族から追放したものを」

次郎兵衛の言葉にも深い後悔があった。

しばらくはつの忍び泣きが洩《も》れて、男二人も沈黙していた。

「申しわけございませぬ」

はつが一族の頭領と長老に取り乱したことを詫《わ》びた。

「はつ、栄吉が父親を殺したか」

総兵衛がずばりと訊いた。

はつが総兵衛を正視した。

「推量にしかすぎませぬ」

「それでよい。答えよ」

「おそらく足の不自由な松蔵の背を押して岩場から荒れる海に……」

「突き落としたか」

はつが頷《うなず》いた。

「釣りにいく前夜、松蔵が酒を飲んで暴れ、私に乱暴をしてございます。朝起きて、それが心に引っかかっていたのでございましょう、松蔵は私と目を合わせることなく、栄吉を釣りに誘いだしたのでございます」

「普段は気が小さな男であったわ」

次郎兵衛が呻《うめ》いた。

「あの日以来、栄吉は寝ているおりに悪夢にうなされるようになりました。お父が波間に流されていくぞ！　とか、ざまあみろ！　とか寝言を言いながら全身にびっしょりと汗をかいておるのでございます。寝小便の癖が始まったのもあの日からにございます」

　総兵衛が、

「相分かった」

　と言い、

「はつ、そなたは千日参りの間、神廟になにを願った」

　と訊いた。

「はい。子を授けていただきますれば、その子の命を家康様のため、一族のためにお役に立てますと」

「しかとそう願ったか」

「はい、神かけて間違いなく」

「それでそなたは一刻も一日も早く江戸での奉公を次郎兵衛どのに繰り返し願ったわけじゃな」

　はつが頷き、

「総兵衛様、お尋ねしてようございますか」

　と断った。

「そなたは恥を忍んでおれと次郎兵衛どのに答えてくれた。そなたの問いを拒むことなどできようか」

「栄吉はなにをなしたのでございますか」

「一族を滅ぼした」

「な、なんと」

はつが絶句して、大きく両眼を見開いた。

総兵衛は四月一日の、更衣《ころもがえ》祝いの宴の最中に起こった一件からすべてをはつに告げた。

はつは歯を食いしばって総兵衛の話に聞き入った。

「……今、ここで栄吉が持つ火呼鈴を得たとしよう。おれが東海道を江戸に必死で走って間に合うかどうか」

「総兵衛様、われらは火呼鈴をまだ得てはいませぬ。それに栄吉がいずれにおるかも突きとめてはおりませぬ」

次郎兵衛が叫んだ。

「もはや鳶沢一族が家康様とのご約定をなすことはできぬ」

「なんと、総兵衛様」

はつが悲痛な声を上げ、

「栄吉め、栄吉め」

と身を悶《もだ》えさせて慟哭《どうこく》した。

総兵衛はそれが鎮まるのを気長に待った。

はつは、がばっと頭を畳に叩《たた》きつけるように平伏した。

「はつ、言いきかすことがある」

機先を制して総兵衛が言った。

「われは家康様の前でお願い申した。もはやご約定には役立ち申さぬ。じゃが、今、われらに降りかかった攻撃と危難を取り除く力を与え給《たま》えとな。死はそのあとのことじゃ、はつ」

はつがゆるゆると顔を上げた。

「よいな、死するときはこの総兵衛が先陣を切る。われら一族の命、その秋《とき》のためにある。そのことをはつ、忘れるでない」

「死んではならぬと仰《おお》せで」

「おお、われら一人ひとりの生き死には一族の命運とともにある。今、一族に降りかかる火の粉《こ》を振りはらわずに滅亡するのでは、あの世に行ってご先祖に顔向けできぬわ。はつ、そのことを決して忘れるでない」

「総兵衛様、このはつの死に場所、しかと作っていただけますな」

「約定した」

　はい、とはつが頷き、次郎兵衛が、

「下がってよい。総兵衛様の言葉、ゆめゆめ忘れるな」

と重ねて忠告して、はつを下がらせた。

　東海道の吉原宿に押しかける抜け参りの数は日増しに多くなっていた。

　鳶沢村の分家長男忠太郎らは伊勢へと向ってくる抜け参りに目を光らせていた。

　が、大黒屋の小僧三人はいまだ姿を見せなかった。

「作次郎さん、栄吉め、先に進んだということはありませんよね」

　駒吉が荷運び頭に訊いた。

「東海道の他に裏道もある。だがな、駒吉、抜け参りの連中は施しをあてに旅している者たちだ。裏道ではそれも受けられぬ、となれば東海道を進むしかないのだが……」

作次郎の言葉を忠太郎も頷いて聞くと、

「吉原宿で栄吉らを摑《つか》まえる、それを信じるしかあるまい」

と自分に言いきかせるように呟いた。

江戸育ちの丹五郎は大川や入堀で川舟には乗ったことがあった。が、荒れた大海を小舟で走るのは初めての経験であった。

陸から吹き下ろす烈風に乗って漁師舟は矢のように駿河湾を走っていた。

舳先《へさき》には栄吉が身を乗りだすように腰を下ろして、艫《とも》で舵《かじ》を操る恵三に指図した。

年長の丹五郎だけが胴ノ間でへたりこんでいた。

ふたたび飄然《ひょうぜん》と合流した栄吉は、二人を三島外れの施しに連れていって朝飯を食べさせた。そして、その足で沼津の千本松原を訪ねた。

荒れ模様に漁を控えていた漁師舟の一隻《せき》を見つけると栄吉は二人の同行者に言った。

「久能山沖まで一気に連れていってくれます」

「馬鹿《ばか》を抜かせ、海は大荒れじゃ」

恵三が制止したが栄吉は、

「この舟には船霊《ふなだま》様がついておるで大丈夫じゃ」

と舳先下に積みこまれた船霊を指し示した。

船霊という航海安全を祈って乗せられる守り札には、人形、髪の毛、五穀、賽《さい》ころ、銭が木にくりぬかれた穴に封印されていた。

「おりゃ、嫌だ」

丹五郎が後ずさりした。

「丹五郎さん、一時《いっとき》の辛抱ですよ。栄吉と一緒にいるかぎり、死にはしませんから」

十一の栄吉に見つめられて丹五郎は、恵三の顔を覗《のぞ》きこみ、諦《あきら》めたようにしぶしぶ同船を承知した。

三人が漁師舟を浜から海に押しだすと一陣の風が沖合に移動させた。

艫柱に小さな帆を上げさせた栄吉は恵三に舵を任せて、自分は舳先から行く手を見つめて、

「取り舵」

だの、

「面《おも》舵」

などと恵三に指図した。

「見てくださいな、丹五郎さん、吉原宿がもう小さくなって消えていきましたよ」

栄吉は悠然としていた。

丹五郎は思わず訊いた。

「栄吉、久能山沖にはいつ着く」

「そうですねえ、あと二刻《とき》（四時間）とはかかりますまい。今日の夕刻前には陸地に上がれます」

栄吉が確信を持って言い切った。

三

昼過ぎ、鳶沢村の次郎兵衛宅に使いが来た。

手紙の差出人を見た次郎兵衛は総兵衛の部屋に走った。

「総兵衛様、月窓院の澄水尼様からにございます」

手早く黙読した次郎兵衛は自分に宛《あ》てられた手紙を総兵衛に回した。

手紙は実に短かった。

〈次郎兵衛様　お預かり致せし深沢美雪殿、本朝より何処《いずこ》かに姿を消され候《そうろう》。取り急ぎお知らせ申し上げ候　澄水尼〉

「総兵衛様、美雪様にお会いなされたそうな」

二人が久能山の石段で話していたとき、人が近づく気配がした。一族の者であることを、総兵衛はわかっていた。だが、美雪が何者か承知しているのは長老の鳶沢次郎兵衛ただ一人だ。

「会った」

「総兵衛様との面会の一件と美雪様の失踪《しっそう》は関わりございましょうな」

「ある、あると思われる」

総兵衛は夜明け前の話し合いを次郎兵衛に伝えた。

「美雪様はわれら一族の危難を案じて、なんぞ助勢しようと姿を消されたと考えられますか」

「おれは美雪に命じた。これは一族の戦い、一族の他であるそなたが手を出すでないと。じゃが、美雪はおそらく」

次郎兵衛は一族の戒律を総帥《そうすい》自ら破って、他者の美雪の身柄を鳶沢村の分家たる次郎兵衛に託した理由を一言も尋ねようとはしなかった。ただ、

「美雪様は毎朝、神廟に参られ、何事か祈念なされておりました。私はな、いつの日か、村にお迎えする日がくることを願っておりましたのじゃ」

とだけ遠回しに総兵衛の意を汲《く》んだことを伝えた。

「美雪が行くあてがあるとすれば伊勢であろう」

深沢美雪は鳶沢一族と敵対してきた柳沢保明一派の刺客として活動した時期があった。もし彼女がなにかを感じて動くとしたら、

（江戸か伊勢……）

どちらかしかあるまいと総兵衛は漠然と思っていた。

分家の孫娘るりは夕刻前、手に竹籠《たけかご》を下げて村を見おろす久能山の北斜面に分け入った。供は紀州犬の血が混じった中型の犬、鳶一《とびいち》だ。

芳紀十八のるりは輝く美しさの絶頂にあった。

次郎兵衛はるりの婿《むこ》さがしをしていたが、るりはなんとしてもおきぬ様のように江戸の店に一度は奉公したいと願っていた。

なだらかな北斜面には青梅の林が広がり、さらに奥に入るとはつの父親の小吉が丹精した杉林へと続いていた。

楊梅《やまもも》の実を口に入れたるりは、甘酸《あまず》っぱさに顔をしかめ、梅林から夏木立ちの間を抜ける小道へ入っていった。

久能山の北斜面に九十九折《つづら》りに設けられた細い石段は一族の者しか通行を許されていない。その石段を下ってくると切り立った断崖《だんがい》から細く流れ落ちる滝があった。

るりは突然訪ねてこられた総兵衛様のお心を慰めようと、滝壺《たきつぼ》近くに咲く杜若《かきつばた》を切ってこようと山に入ったのだった。

すると滝壺から子供の声が響いてきた。

鳶一の背の毛が緊張のために逆立った。だが、鳶一は一気に走りだそうとはせず、なにか迷っていた。

村の子供が水遊びをしているのであれば、鳶一は嬉々《きき》として飛んでいったであろう。もし村の外の子が紛れこんだのなら、警戒の声を発したであろう。

るりは鳶一と一緒に滝壺を見おろす土手に立った。すると薄暗くなった滝壺で二人の男の子が水浴びをしていた。一人はるりと同じ年くらいか、もう一人は……。

「恵三、恵三ではありませぬか」

るりが上げた声に潮風に打たれた体を清らかな水で洗い流していた二人の少年がるりをみて、凍りついた。が、小さなほうがうれしそうに、

「るり様」

と笑った。

「やはり恵三でしたか」

褌《ふんどし》ひとつの少年は恥ずかしそうに滝壺から上がってくると、そそくさと脱ぎ捨てた着物を濡《ぬ》れたままの体に羽織った。

「るり様、連れはさ、小僧の丹五郎さんじゃ」

丹五郎がまぶしそうな視線をるりに向けて、ぺこりと頭を下げた。

「恵三、そなたは江戸に奉公に参ったのでしたな。奉公がつらくて店を出てきたか」

るりの問いに恵三は自分の境遇に気がつかされて、急にしょんぼりした。

「すまねえ、おれのおっ母が病でな、そんでお伊勢参りをしたら治ると聞いたもんで抜け参りに行くことにしたんだ。そんで恵三も誘ったんだ」

丹五郎がるりに謝った。

「恵三ったら、抜け参りにいく道中なの」

るりの快活な言葉にほっとした恵三が、

「るり様、分家の次郎兵衛様に内緒にしてくんな。今晩さ、もう一度おっ母の顔を見たら、お伊勢様に走り、急いで江戸のお店に帰るからよ」

と真剣な顔で頼んだ。

恵三はすでにおっ母さんの姿を遠くからみた様子だ。

「内緒にしないわけじゃないけど」

るりは恵三が店を抜けてきたことと総兵衛様の突然の来村と父親忠太郎らが東海道筋に出張っていることの関わりを考えた。

「恵三、丹五郎さんと二人だけで店を抜けたの」

「それが栄吉も一緒なんだ」

「栄吉も」

るりはどこにいるのかと辺りを見まわした。

「栄吉はよ、神廟《しんびょう》にお参りをしてくるからって一人で山に登ったんだ」

るりの心は栄吉が一緒と聞いた瞬間、ざわついた。

(やはり総兵衛様の来村と関わりがある。栄吉のおっ母さんのはつ様が総兵衛様とじじ様の前に呼ばれたのだ)

栄吉は村でも特異な子だった。

武芸も駄目なら、読み書きもうまくない。そのうえ、寝小便の癖があった。

だが、本人は超然として、それらのことを気にかける風もない。

母親のはつはそんな栄吉を一日も早く江戸での奉公へとじ様に嘆願されて、春先に江戸に出向いたばかりだった。

「丹五郎さん、恵三、栄吉になにがあったの」

るりの問いに二人の体が硬直した。

「恵三、大事なことなのよ、話しなさい」

恵三はるりに問い詰められて、丹五郎に救いを求めるように見た。

「どうした、恵三」

「るり様、おれから話す」

と丹五郎が言いだした。

「そもそも抜け参りはおれから言いだしたことなんだ。でもよ、旅に出て、栄吉がなにか別の人間にでもなったようで、おれたち、怖いんだ」

「どういうことです、丹五郎さん」

丹五郎はぼそぼそと栄吉の考えに支配されて旅をしている事実を、熱海では二人だけ無断で分かれて道中先行したにもかかわらず、野宿した三島宿で朝起きてみると、栄吉が何事もなかった顔でその場にいたことなどを語った。

「沼津からだってよ、おれは荒波の海なんて小舟で渡りたくなかったさ、でもよ、あいつに見つめられると蛇に睨《にら》まれたようでつい従ってしまう」

丹五郎の言葉に恵三が大きく頷《うなず》いた。

(なにかが起こっていた)

だが、るりにはそれが分からなかった。

「るり様、抜け参りのこと、おっ母には内緒にしてくんな。おれはおっ母の顔を一目見たら、村を出るでよ」

恵三が念を押した。

「丹五郎さん、恵三、お腹《なか》はどうなの」

「腹かえ、旅に出てから満腹になったことなんかねえ」

「待ってなさい。食べ物を持ってきてあげるから。いい、ここを動いたら駄目よ」

二人に約束させたるりは、竹籠をその場におくと村への道を駆け下っていった。それに鳶一が従った。

その様子を遠く岩場から眺めていた栄吉がゆっくりと滝壺へ下っていった。

るりは屋敷に戻ると台所に走った。だが、夕餉《ゆうげ》の支度をする女たちが立ち働いていて、

「るり様、どうなされた」

「腹が空《す》かれたか」

などと訊《き》いてきて、とても内緒で食べ物を用意するどころではない。

「いや、なんでもないの」

立ち去ろうとしたるりの耳に、

「江戸で騒動が起こっているちゅうぞ。次郎兵衛様らが緊張してなさる」

「忠太郎様も男衆を率いて、村を出られておる」

「戦《いくさ》かね」

「覚悟はしておいたほうがいい」

と女たちが交わす会話が入ってきた。

恵三には内緒にしてくれと頼まれた。が、

（もしこの騒ぎが栄吉らと関わりがあるとしたら）

分家の長の血を引くるりの行動ははっきりとしていた。

るりは総兵衛がいる奥座敷に向かった。

「何事か、るり」

白い顔に緊張を掃いた孫娘の顔を見た次郎兵衛が訊いた。

「総兵衛様、滝壺にて丹五郎さんと恵三に会いました」

「なにっ、本当か」

次郎兵衛が腰を浮かせかけた。一族の男たちを捕捉に向かわせるためだ。

「まあ、待て、次郎兵衛どの。すべてはるりの話を聞いてからじゃ」

総兵衛はるりから話を聞き取ると次郎兵衛に、

「もはや滝壺にはおるまい」

「追っ手をかければ子供の足、追い詰めまする」

「いや、無駄じゃ」

「なんと仰《おお》せで、ここはわれらが一族の里にございますぞ」

「ならば出してみよ」

次郎兵衛が足早に座敷を出ると一族の男衆を滝に走らせた。

その手配が済む間、総兵衛はるりに丹五郎と恵三が熱海で分かれた理由や朝起きたら栄吉がいたという三島宿外れの様子をふたたび話させた。

「あやつ、なにを考えておるか」

総兵衛が呟《つぶや》いたとき、次郎兵衛が戻ってきた。

「次郎兵衛どの、はつからも聞いた。今またるりからも栄吉の神がかりの変身ぶりは聞かされた。栄吉はわれらの考えを先取りしたうえに裏をかいて行動しておるわ。鳶沢村に立ち寄り、るりに恵三らが会うこともすべて見通したことよ」

なんと、と絶句した次郎兵衛が一族の総帥に聞いた。

「このまま放っておけと申されるか」

「吉原宿に使いを出して忠太郎らを村に引きあげさせよ」

「栄吉をどうなさる気で」

「あやつがなにを考えているか、先を読むことは不可能じゃ。ならばしつこく食らいついて追いまわそうではないか」

「小童《こわっぱ》一人に一族が引きずりまわされますのか」

「ここは逆ろうても仕方ないわ」

総兵衛がそう決断したとき、滝に出向いていた使いの一人が戻ってきて、滝下には丹五郎と恵三の姿はないと知らせてきた。


八日目。

もはや鳶沢一族が〝影〟を通して、家康との約定を果たすことは適《かな》わぬ事態になった。一族は武を捨てて、商だけに生きるか、直面する戦いに全力を挙げるかしか残された途《みち》はなかった。

総兵衛の腹は決まっていた。

夜明け前、吉原宿で栄吉らを捕まえようと網を張っていた忠太郎ら鳶沢村の者、それに作次郎、又三郎、稲平、駒吉と江戸の一族の者たちが村に戻ってきた。

総兵衛はその知らせを受けるとその者たちを分家の道場に参集させた。

そこは一族の者たちが武術の腕を磨く場であり、同時に儀式や集まりに使われる鳶沢村の本丸であった。

「総兵衛様」

吉原宿から戻ってきた者たちのなかに荷運び頭の作次郎の部下、晴太《せいた》の顔があった。

「晴太、江戸からの使いか」

晴太は江戸に奉公する一族のなかでも一番足が速いことで知られていた。江戸日本橋富沢町から駿府鳶沢村までの五十余里（約二〇〇キロ）を、一昼夜半で駆け通すことができた。

「大番頭さん、一番番頭さんの命で鳶沢村へ下向している道中、吉原宿から引きあげる忠太郎様らにお会いしてございます」

晴太の手には書状があった。

「まずは番頭さんの手紙を読もうか」

裏書きは笠蔵と信之助の連署になっていたが、字は信之助のものだ。

総兵衛は封を切った。

〈総兵衛様御許《みもと》　江戸の状況を取り急ぎ認《したた》め申し上げ候《そうろう》。この数日、子供らが伊勢参りに出かけし間に父親の業病《ごうびょう》完治せり、また思わぬ大金手に入りぬなど現世利益《りやく》を煽《あお》るごとき読売が繰り返し売り出され候。ついには日本橋にては足萎《な》えの男、倅《せがれ》の抜け参りの間に足腰立ちぬとて歩きみせる者出《い》ずる有様。そのせいにやあらん、此《こ》ところ大人の奉公人の抜け参りも増え、その数、以前の数倍に及び、六郷の渡しなど群参者の渡河に忙殺され、一人渡りの水死者多しとか。江戸市中、商いも滞り気味にて、いずこのお店、家族も戦々恐々とし居り候。お上も抜け参り禁止の方針なれど実際取り締まりの術《すべ》なく町奉行所にても静観の事態に御座候。一方、我ら京橋の読売屋奉公人を密《ひそ》かに捕らえ、締めあげましたるところ、読売屋に抜け参りの功徳《くどく》を記事にさせんと金を出せしは木綿問屋宮嶋屋の番頭と判明致し候。すぐさま昼夜にわたり宮嶋屋周辺を見張り居る中、去る夜、仁右衛門密かに駒込の柳沢屋敷を訪ね候。何事か御屋敷にて、保明様、愛妾《あいしょう》お歌《うた》の方と談合致せし模様なれど、屋敷の警戒厳しくその場に近寄りて話を聞くこと能《あた》わず申し訳なく存じ居り候。さてそれがし、四軒町の屋敷に本庄豊後守勝寛《ほんじょうぶんごのかみかつひろ》様を訪ねし処、勝寛様、殊《こと》の外《ほか》、抜け参りの一件を危惧《きぐ》されれ、御城内外にて一段の真相探索に努めるゆえ暫時《ざんじ》待てとの、いつもながら温かい御言葉に御座候。なお〝影〟様よりの連絡一切なく日々ばかり刻々と過ぎゆきて、われら如何《いかが》すべきか笠蔵様と思案し居り候。総兵衛様一刻も早く栄吉めより火呼鈴を取り戻し、帰府されんことを神君家康様の御霊《みたま》、八百万《やおよろず》の神に祈願致す日々にて御座候〉

総兵衛には江戸にある信之助らの苛立《いらだ》ちが手に取るように想像がついた。

手紙を次郎兵衛に回した。

次郎兵衛が黙読した手紙は忠太郎に回された。忠太郎が読み終わったのをみた総兵衛はそこにいる一族の男衆に向き合った。

「申し伝える。われら鳶沢一族、初代の成元《なるもと》様以来、百余年、神君家康様との御約定を護《まも》りて、武と商を通して幕府の危難をお救い申しし事、幾十回。戦に倒れし一族の者たちも数えきれぬほどだ。じゃが、われ六代にして一族の命運は尽きた」

座にどよめきが起こった。

総兵衛はそれを無視して、更衣《ころもがえ》の夕刻に富沢町の店に届けられたものがなにか、そして、栄吉がそれを懐《ふところ》に入れたまま東海道を伊勢に向っている経緯のすべてを告げ知らせた。

「そなたらの驚きはもっとものことじゃ。〝影〟様との再会の約束は明後日、今この手にあったとしても江戸へ走り通せるかどうか」

「なんと栄吉め」

とか、

「小童《こわっぱ》め、何を考えたか」

とかいう憤怒《ふんぬ》の声が一座から上がった。

「改めて申し伝える。われら鳶沢一族の最後の戦いが始まる。抜け参りを企て、天下の騒乱を引き起こそうとする者の見当は江戸よりの手紙にておぼろについた。綱吉様御側用人柳沢保明が抜け参り流行の背後でまたぞろなんぞを画策している気配じゃ」

一同の頭が揺れて、頷いた。

「総兵衛様、お尋ねいたします」

駒吉が視線を頭領に向けた。

「なにか」

「われらはこれまで道三河岸とたびたび死闘を繰り返して参りました。この度の一件に栄吉はどう関わっていると思われますか」

「そなたとは熱海の宿への道々、このことを話し合ったな」

「はい」

「あのとき、おれは迷っておった」

「はい」

「今も迷いが解けぬ。一族の血を引く栄吉がわれらに害をなすなど考えられぬ。じゃが、栄吉が一族を破滅に導こうとしているのは確かなこと」

分からぬ、と正直に迷妄の只中《ただなか》にあることを家臣たちの前で総兵衛は吐露した。

「総兵衛様」

と初めて口を開いたのは忠太郎だ。

「栄吉はわれらをどこに導こうとしておるのでございますか」

「おそらくは伊勢の杜《もり》……」

「伊勢」

「うろおぼえじゃが、伊勢の内外宮《ないげくう》参拝の折には内宮を火徳、外宮を水徳に例えて、『日月変化、水火徳用……』と唱えたそうな。新しき〝影〟様がわれらに届けられたは、家康様所縁《ゆかり》の水火一対の呼鈴であった。栄吉がわが火呼鈴に固執するには伊勢への旅がなんぞ関わりありそうに思える」

「ならば、われらも伊勢に向かいまするか」

「忠太郎、そなたもこの度は供をせえ。われらが最期《さいご》をともに見届けようぞ」

「はっ、かしこまって候」

忠太郎が破顔して受けた。

総兵衛の顔が晴太に向けられた。

「晴太、しばし体を休めた後、江戸に戻ってくれぬか」

「はい。急ぎの用事にございますな」

「おお、そなたらと話していて気がついたことがある。笠蔵と信之助に書状を書く。江戸での調べいかんによっては、だれぞが伊勢に走ることになるわ」

「総兵衛様、最後の最後までお供がしとうございます。江戸から伊勢への旅もこの晴太へ命じよとお書き添えくだされ」

「晴太、よう言うた」

総兵衛は手紙を書くために立ちあがった。

忠太郎らはいつ出立してもよいように旅の支度にかかった。

四

栄吉が滝壺《たきつぼ》に姿を見せると、

「丹五郎さん、恵やん、るり様と会ったな」

と詰問《きつもん》した。

栄吉は背に風呂敷《ふろしき》包みを斜めに背負っていた。

「水浴びしておったら、るり様がふいに姿を見せられたのじゃ。隠れる間もないわ」

舌打ちした栄吉が、

「仕方あるまい」

と呟くと、二人に滝壺の水を持参していた竹筒に満たせと命じた。

「水なんぞ、どこでも見つかろう」

恵三が言うと栄吉が顔を横に振り、答えた。

「当分、施しは受けられん」

栄吉自らも竹筒に水を入れた。二人も真似《まね》た。

栄吉は鳶沢村の方角を見おろしていたが、

「そろそろ出かけねば追っ手がくる」

と予告し、久能山の北側の山道を江尻宿へと戻りだした。

東海道駿河国庵原《いはら》郡江尻宿は現在では清水とよばれる。

〈ここは馬のすくなき処也《なり》。されども魚《うを》さかなはおほし。遊女もあり。町の方に若狭《わかさ》とかや、いにしへの湯谷《ゆや》、とら御前ほどにこそはなくとも、ちかきころの遊君《いうくん》の出来物《できぶつ》ぢや、一夜のはたごせんが金子壱分ぢや、と馬方どもがはなしをいたしてうちとをりぬ〉

『名所記』が記した湊《みなと》町江尻の繁盛《はんじょう》ぶりだ。

「東海道に戻るのか」

東海道は江尻宿追分《おいわけ》で府中に向かう東海道と海沿いをいく久能道に分岐した。

恵三は追分まで戻って、東海道を進むのかと問うた。
栄吉はいや、と首を横に振り、
「急がねば間に合わぬ」
と答えたものだ。
丹五郎は、なにが間に合わないのか問い質《ただ》そうとしたが、言葉を発しなかった。
栄吉が日一日と不気味な存在に思えてきたからだ。
丹五郎と恵三は栄吉のぺたぺたと音を立てる草履に従って、黙々と足を前に進めた。
半刻《はんとき》後、江尻湊《みなと》に三人の姿があった。
湊には風待ちか荷積みか、数隻の弁才船《べざいせん》が帆を休めていた。
栄吉はあてがあるかのように船の幟《のぼり》を確かめていたが、
「あれがうちらの船じゃ」
と指差した。
摂津湊権五郎《ごんごろう》丸と旗幟《きし》をはためかせた千石船は岸辺から半丁（約五〇メート

ル）ほど沖合に停泊していた。人影は見えない。
「栄吉、おれたちを船頭が乗せてくれるか」

びっくりした丹五郎が訊《き》いた。

「今、船には炊夫《かしき》しかおらん。それも酔っ払って寝込んでおる」

「黙って乗りこむのか」

恵三が訊いた。

「恵やん、東海道を歩くよりも楽じゃろう」

栄吉の答えは自信に満ちて、あっさりしていた。

「あの船が西に向かうとどうして分かる」

「権五郎丸の次の湊は鳥羽《とば》じゃ。鳥羽からお伊勢様はすぐそこだぞ」

栄吉の目が光って権五郎丸を睨《にら》み、確信をもって言い切った。

丹五郎は栄吉が水を用意させたわけを知った。

「われらが潜りこむ場所があろうか」

「江戸に下り酒を運んだ船じゃ。船倉には灯心、組紐《くみひも》、千代紙なんぞが半分ほど積まれておるばかりでな、寝泊まりするところはいくらもある」

栄吉は岸辺にもやわれていた伝馬に乗りこんだ。

恵三が続き、最後に丹五郎が乗って、櫓《ろ》を握った。

「鳥羽まで何日かかるな」

恵三が訊く。

「風具合がいい。夜明けに出て三日後には鳥羽湊じゃ」

栄吉のご託宣はことごとく当たっていた。

竈《かまど》の前で老いた炊夫が酒臭い鼾《いびき》を放ちながら眠りこけていた。他の仲間はいそうにない。あっさりと船倉に潜りこむと古びた帆布がかけられた下には江戸から上方へ運ばれる数少ない雑貨がぱらりと積まれていて、三人が隠れ潜む場所には事欠かなかった。

「これなら楽だぞ、丹五郎さん」

恵三は歩かなくてよいことを素直に喜んだ。

「お伊勢参りは自分の足で歩くから御利益があると聞いたが、船旅でもおっ母さんの疝気《せんき》はなおるかな」

「丹五郎さん、心配はいらぬ」

栄吉が請け合って三人は思い思いの帆布の上にねぐらを作った。

摂津湊の権五郎丸が三十反帆を上げて江尻湊から出港し、駿河湾に出ていった数刻後、大黒屋総兵衛一行は、駿府府中宿を一気に抜けて、一里十六丁先の鞠子《まりこ》宿へ向かっていた。

鳶沢一族の頭領に従うのは、分家の跡取り忠太郎、江戸店の荷運び頭の怪力作次郎、三番番頭の風神の又三郎、手代の稲平、そして綾縄小僧の駒吉の五人だ。

「晴太は今ごろ由比から蒲原《かんばら》あたりにございましょうかな」

作次郎が黙々と歩く総兵衛に話しかけた。

「そうよのう」

と江戸に向かう晴太の身を案じる総兵衛に、

「いえ、もはや吉原宿の先を走っておられますよ」

と駒吉が言いだした。

「駒吉、そなたも栄吉と同じように千里眼か」

「総兵衛様、私は晴太さんの足を知っているからそう言えるので」

駒吉があっさりと主《あるじ》の冗談をかわした。

〈東鑑《あづまかがみ》曰《いはく》　文治五年（一一八九）十月手越平太、鎌倉に訴て此所を駅舎にせん事を願ふ。頼朝卿《きやう》許して散位親能に命じ内屋沙汰人《うつのやさたにん》等奉行して駅舎となる〉

と図会《ずえ》にあるほど鞠子宿は古い宿場だ。

「総兵衛様、鞠子宿の名物と申せば、丁子《ちょうじ》屋のとろろ飯と聞いておりますが、そのような余裕はございませぬな」

駒吉が、

〈西立場、とろろ汁名物、風味よし〉

と『巡覧記』にも載せられた名物を上げて、総兵衛の顔を覗《のぞ》きこんだ。

「駒吉、一族の浮沈がかかった旅、死に物狂いで伊勢へ走る……となど、申したいが腹が減っては戦《いくさ》もできまい。早い昼めし代わりに名物を食していこうか」

苦笑いした忠太郎が茅葺《かやぶ》き屋根の丁子屋に走った。

麦飯に白味噌《みそ》で溶いたとろろをかけ、香のものをかてに名物を啜《すす》りこんだ。

丁子屋を出ると谷間《たにあい》にかかる。

この先には東海道の難所の一つ、宇津ノ谷峠が待っていた。

この峠道、天正十八年（一五九〇）、小田原攻めした豊臣秀吉が大軍を通すために開拓した道だ。江戸期に入って、西国大名らの参勤交代にも使われ、東海道に組みこまれていた。

総兵衛の足が止まったのは新道と旧道の分かれ道だ。

秀吉以前の東海道は、在原業平《ありわらのなりひら》の『伊勢物語』で知られた蔦《つた》の細道で古道である。

その蔦の細道が左右から夏草に覆《おお》われて峠へと登っていた。

駒吉が訊く。

「どうなされましたな」

「いまだ古道を通ったことがない。ものは試し、蔦の細道を参ろうか。駒吉、案内に立て」

「はあ」

駒吉の返事は気が抜けていたがそれでも先頭に立って、蔦が道に垂れ下がり、楓《かえで》が生い茂る細道を進み始めた。

〈峠の上がり下がり十六丁（約一・七キロ）也……〉

と『袖鏡《そでかがみ》』にあるように峠道はさほど長いものではない。が、石を積んだ道は狭く、険しかった。峠へと上がる一歩ごとに差しかける木々の葉で道は昼なお暗くなり、夜を迎えたようだ。

数丁も進むとじんわりと駒吉の額に汗が浮かんできた。

「総兵衛様、なにやら生暖かい風が峠から吹き下ろしてきて、気味が悪うございますよ」

「駒吉、在原業平様の時代には峠に鬼が棲《す》んでおったそうな。いまだ生き残りが峠を徘徊《はいかい》しておるやもしれぬな。取って食われぬように注意していけ」

「ご冗談を」

「なんの冗談なものか」

総兵衛が答えたとき、風音がして蔦の細道を生臭い風が吹き下ろしてきた。

「なんぞわれらを待ち受けているような」

「ようやく気がついたか」

先頭を行く駒吉が腰の道中差しの柄《つか》に手をおいて峠の頂へと進んだ。

ふいに視界が開けた。

五六〇余尺（約一七〇メートル）の頂だ。

蔦の細道の峠の頂には一本の松が立っていて、左手に駿河湾が遠望できた。

「ふうっ」

緊張を解いた駒吉が思わず息を吐いた。

「気の迷いでしたな」

「駒吉、寝小便垂れの栄吉すら東海道を上っておるぞ」

作次郎が冷やかし、

「頭、栄吉は今や寝小便たれではありませんよ。丹五郎と恵三を従えた狐憑《きつねつ》きか陰陽師《おんみょうじ》の気配、人間ではありません」

「違いない」

と笑った大黒屋の荷運びの頭が、

「今度はおれが先導役を務めようか」

と駒吉に代わった。

「作次郎さん、下りは楽じゃ」

作次郎は駒吉の応酬には答えようとはせず慎重に下りにかかった。一丁も下ると蔦の細道のなかでも一番開けた神社平が見えた。

行く手の右には鬱蒼《うっそう》とした老木大木が密集して生え、重なり合った枝葉が昼なお暗い闇《やみ》を奥に作りだしていた。さらに左手は垂直に切り立った崖《がけ》で眼下から生暖かい風が吹き上げてきた。そしてその先に海が光って広がっていた。

「待たせたな」

作次郎が仕込み杖《づえ》を片手に虚空《こくう》へ叫んだ。

さわさわと老樹の葉が揺れた。

殺気が神社平に放射されて、総兵衛の一行を包みこんだ。

「円となって、背を合わせよ」

総兵衛の命に忠太郎ら五人と総兵衛は、小さな輪を作って自らの注意を外の見えない敵に向けた。

忠太郎と作次郎はさわさわと鳴る樹林と向き合っていた。

総兵衛と駒吉は肩を並べて、崖っ縁に立っていた。

稲平が今登ってきた蔦の細道を、又三郎が下っていく山道を視界におさめていた。

「ひゅっ」

喉笛《のどぶえ》が鳴ったような合図が飛んで、重なり合った樹間から光が疾《はし》った。

手裏剣が三方から飛来した。

忠太郎の道中差と作次郎の仕込みが鞘走《さやばし》って、飛来してきた十字手裏剣を次々に撥《は》ね返した。その一つは飛来したと同じ軌跡を辿《たど》って、樹間の奥の暗がりに吸いこまれ、

「ぎえぇっ！」

という悲鳴を上げさせた。

ざわざわと枝が撓《たわ》んで、黒い影がどさりと地面に落下した。

それが攻撃の合図となった。

総兵衛はゆったりと立って、足下を見ていた。

駒吉の視線も崖にいっていた。

生暖かい風がふたたび這《は》いあがってきて、それにまぎれるように殺気が襲っ

てきた。

総兵衛と駒吉の視界を光が垂直に貫いた。

「きえっ」

虚空を黒衣が飛びあがっていったのだ。さらに遅れて、その左右から黒白二つの影が続き、その手から光が走った。

総兵衛の腰がわずかに沈み、伸びあがったときには三池典太光世《みいけでんたみつよ》二尺三寸四分の豪刀が抜きあげられ、光に向かってすり合わせるように振られた。

光と典太が絡《から》み合った。

その瞬間、鋭く尖《とが》った音が響いて、光が二つに分かれて谷底に飛んだ。

葵《あおい》典太が黒衣白衣二人が振るった剣を両断した音だ。さらに典太の舞は続き、切断された刀を持った二人の者たちの喉元と肩口に吸いこまれて、血飛沫《しぶき》を上げさせた。

高く高く舞いあがった最初の黒影は虚空で身を捻《ひね》ると、剣の切っ先を下に向けて、体ごと総兵衛の頭上に落下してきた。

水中の獲物《えもの》を狙《ねら》う海鵜《うみう》の落下にも似た技、己の命を捨てて鳶沢一族の総帥《そうすい》総兵衛を惨殺《ざんさつ》せんとする必殺剣だ。

駒吉の手から手鉤《てかぎ》がついた縄が虚空にするすると投げられ、剣を握った両腕に絡みついた。

「あっ」

海鵜から驚きが洩《も》れた。

駒吉は手にした縄を握ったまま横手に飛び転がった。するとぴーんと縄が張って、両腕をからめとられた海鵜が総兵衛の視界を横切って弧を描いた。

駒吉の手が振られた。

虚空を飛ぶ海鵜は悲鳴を残して、谷底深く落ちていった。

「駒吉、ようしてのけた！」

総兵衛の口から褒め言葉が発せられた。

「なんの」

新たな殺気が総兵衛の眼前に放たれた。

総兵衛は崖下から飛来する新たな敵に備えた。

転がった駒吉の足に谷底から縄が伸びてきて絡みついた。

なんと綾縄小僧が縄の反撃を受けていた……。

「くそっ」

駒吉の体は強い力でずるずると谷底に引きずり落とされようとした。駒吉は体をねじって、なにか手に摑《つか》まるものはと見たがなにもない。

「あっ」

すでに片足は崖っ縁に突きでていた。

「そ、総兵衛様!」

総兵衛は駒吉の叫びに振り見ると走り寄りざまに足で縄を踏みつけ、崖下に伸びた縄に切りつけた。

ぷつん!

縄が弾《はじ》けた。

駒吉が片足を引いたのと崖下から反りの強い長刀の刃がなぎ斬《き》ったのが同時だった。

間一髪、足首を殺《そ》ぎ落とされそうになった駒吉が必死で飛び起きた。

稲平も又三郎も林から投げ打たれる飛道具を右に払い落とし、左に叩《たた》いて奮戦していた。

六人の輪が乱れて歪《ひず》みになり、綻《ほころ》びが出ていた。

作次郎もまた飛来する手裏剣を右に左に振りはらうのに必死で防戦一方、忠太郎が足下に落ちた手裏剣を樹間の奥の暗がりに投げ返して、反撃に転じていた。

「うっ！」

忠太郎の横鬢《よこびん》を手裏剣がかすめて、肉をこそぎ取った。

「くそっ！」

忠太郎は木の下闇に拾った手裏剣を投げ返した。

新たな叫びが上がった。

反撃がきた。弧を描いた手裏剣が風神の又三郎の膝《ひざ》を襲った。

「しまった！」

片足をがくりと落とした。

蔦の細道の上下に初めて黒白の装束の一団が姿を見せた。

「さあ、参れ！」

怪我《けが》をした又三郎が叫びながら立ちあがった。

「輪を崩すでない」

総兵衛が叱咤《しった》して、六人の背中合わせの輪がふたたび円を取り戻した。

「右回りに回転せえ！」

新たな命が飛んで、鳶沢一族六人の輪が回転を始めた。

峠の上と下から蛇のようにうねって攻撃を始めようとした黒と白の一団の足がふいに止まった。

（なにがあったか）

六人の輪の回転は速度を一定に保っていた。

「ぴゅっ」

空気を裂く笛が宇津ノ谷峠神社平に響き、黒衣白衣たちは姿を消した。

輪の回転がゆるまり、停止した。

「あやつら、二度目にございますな」

作次郎が額の汗を拳《こぶし》で拭《ぬぐ》って言い、直刀を仕込み杖に戻した。

「箱根の畑宿以来か」

「二度目にしては中途半端《はんぱ》な襲撃と思われませぬか」

駒吉が訊《き》く。

「われらの手の内を改めて確かめたのであろう。これでわれらはすべてを晒《さら》したが、やつらはまだ正体すら見せておらぬ」

「決戦は先のことと申されますか」

忠太郎が顔を総兵衛に向けた。

「まずは伊勢路に入ってか」

「ならばわれらも先へ進みますか」

総兵衛は歯を食いしばりながら、平静を保とうとする又三郎に、

「風神、鳶沢村へ戻れ」

と無情の命が飛んだ。

風神ががくりと膝をついた。

五人となった一行は剣を鞘に納めて伊勢への旅を再開した。

風神の又三郎だけが無念にも独り宇津ノ谷峠に残された。

そのとき、栄吉らが船倉に隠れ潜んだ権五郎丸は白帆に満帆の風をはらませて、安倍《あべ》川沖をすべるように鳥羽に向かっていた。

第五章　敵　対

一

夜明け前から品川宿を陸続と西に向かう抜け参りの姿があった。それが昼前まで続き、ようやく静寂を江戸の町は取り戻した。そして、夕刻になると抜け参りから戻った連中が意気揚々と品川宿を通り抜けて、お店《たな》や家に戻っていった。

出かける抜け参りと戻ってきた者では数に開きがあった。そのせいで江戸は日一日と寂しくなり、なかには奉公人の大半が抜け参りに出たとかで、

「当分の間、営業停止いたします」

の張り紙をする蕎麦《そば》屋や湯屋が出て、江戸に残った人々の暮らしを脅《おびや》かし始めていた。それに伊勢の御師《おんし》の集団が江戸に入りこんで、伊勢参りの功徳《くどく》を宣伝し、煽《あお》っているとか。いよいよ江戸は機能を停止しようとしていた。

総兵衛からの手紙を受け取った笠蔵と信之助は指定されたとおりに二人だけが読み下して、手紙はすぐに焼かれた。

その朝、信之助は四軒町の屋敷を訪ねて、大目付本庄豊後守勝寛《ほんじょうぶんごのかみかつひろ》に面会した。

勝寛は総兵衛が手紙で尋ねてきた問いを聞くと、

「信之助、城中にて確かめたきことがある、半日だけ待て」

と答えた。

その深夜、信之助の姿が店から消えた。

半刻《はんとき》（一時間）後、表猿楽町の高家《こうけ》肝煎《きもいり》六角朝純《ろっかくともずみ》の屋敷の塀を黒い影が乗り越えた。

黒衣に身を包んだ信之助だ。

総兵衛からの指示は、〝影〟様と目される六角朝純様の身辺を極秘に調べよというものであった。

信之助は緊張していた。

六角朝純様が〝影〟様ならば当然屋敷の警戒もきびしいと考えていたからだ。だが、忍びこんだ高家肝煎の屋敷内には、湧《わ》き水を利した流れが庭を引きまわされ、細流のせせらぎがなんとも信之助の心を和らげさせるほどのんびりしていた。

京の公卿《くげ》風の清廉《せいれん》と美が屋敷全体にゆったりと漂っている。

(ひょっとしたら〝影〟様ではないのではないか)

いやいや総兵衛様の見立て、そう的外れということがあろうか。ならば、

(もしかしたら罠《わな》)

かと神経をさらに鋭敏にして辺りをうかがってみた。が、どこにもその気配はない。

信之助は床下に潜りこみ、そこでも四半刻(三十分)余り、息を殺した。が、六角邸になにか仕掛けがある様子もなく、忍びのような人材を飼っているふうもない。

信之助は活動を開始した。

主《あるじ》の居間と寝間の続き部屋の真下とおぼしき床下に忍び寄ったが、森閑として空気の動く気配すらなかった。

(朝純様はまだ城中か)

としばし考えた。

高家とは家柄の高い人々という意味で、元和《げんな》元年(一六一五)に石橋、吉良《きら》、品川の三家が登用され、すぐに畠山、武田、織田、六角家が加えられ、とくに族姓(家柄)のよい三家を肝煎とした。

その職務は『職掌録』に、

「伊勢、日光御代参、京都勅使、並公家衆参府之節、諸事御用向司之」

とあるように宮中への使節、伊勢、日光の御代参、勅使、朝廷からの御遣い接待、柳営礼式の掌典などであった。

信之助は用人部屋とおぼしき床下へ移動していった。すると老人の嗄《しわが》れ声がきこえてきた。独り言のようなつぶやき声は、和歌を朗詠しているようだ。

用人は主の帰りを待って、古人の和歌集を詠《よ》んでときをすごしているらしい。

廊下に摺《す》り足が近づいた。

「ご用人様、お茶を淹《い》れました」

老女の声がして、

「おお、これはすまぬな」

と用人が礼を述べた。

「ご用人様、朝純様のご一行は、どのあたりを行かれておりましょうかな」

信之助の胸が緊張に鳴った。

「そうよな、抜け参りの者たちの間を縫っての旅じゃ、そう捗《はかど》るまい。じゃが、もはや大井川を越えておられよう」

「それにしても俄《にわ》かの京行きにございましたな」

「城中からお戻りの朝純様が明朝京に出立すると申されたときは、いやはや大《おお》慌《あわ》てであったわ」

その声には無事主人一行を御用旅に送りだした者の安堵《あんど》がみられた。

「私が覚えているかぎり、かように急な旅立ちもございませぬ。幕府と朝廷の間になんぞ揉《も》め事があったとも聞いておりませぬが、不思議なことで」

老女の独白に用人は茶を啜《すす》って答えた。

高家の仕事は朝廷との折衝やら東照宮（家康）の御霊《みたま》の法要が主たる仕事、急な御用など滅多にあるものではない。

〝影〟様は総兵衛を初めて呼びだした上野寛永寺社殿前で、鳶沢《とびさわ》一族の総帥《そうすい》鳶沢総兵衛がその証《あか》しを持参しておらぬと知ると、黙って立ち去りかけたそうな。なぜ、と訝《いぶか》しい行動を問うた総兵衛にその理由を示した〝影〟様は、十日の猶予を与えると申し渡した。

その十日目が明日に迫っていた。

その時期に六角朝純様は京へ出立していた。

となれば、

（〝影〟様は六角朝純様ではない）

のか。

気配を殺した信之助は床下の闇《やみ》で考えつづけた。

（いや、用人すら訝った急ぎの京行きにこそ、〝影〟様の秘密が隠されているのではないか）

と思い悩んだ信之助は六角邸の床下から庭へ這《は》いずりでた。

この明け方、ほぼ一昼夜を大黒屋の店の二階で眠りこんだ晴太は、

「総兵衛様にくれぐれもご健闘をお祈りしておると伝えてくれよ」

との笠蔵の言葉に送られ、二通の手紙を懐《ふところ》にふたたび東海道を折り返す急ぎ旅に出た。


〝影〟との再会の日限が切れた朝も総兵衛一行は、岡部、藤枝、島田宿と進み、大井川を渡った。さらに金谷、日坂《にっさか》、掛川《かけがわ》、袋井、見附、浜松と辿《たど》って、舞坂で浜名湖を横切る渡しに乗り、荒井宿に上陸、ただひたすら黙々と伊勢を目指して西行を続けていた。

(もはや鳶沢一族はこの世に存在せぬ。あとは商いに生きるか)

はっきりしていることは直面する戦いを最後まで戦い抜いて、

(武人の生き方と一族の意地を示すこと)

それだけであった。

東海道から伊勢への路の追分、日永宿まで荒井宿からざっと三十里（約一二

〇キロ）あった。このうちの宮、桑名の七里が海上を行く道中だが、総兵衛らは伊勢まで休みなしに歩き通す決心であった。だが、休みなく歩いたとしても伊勢はまだ一日半から二日の行程の先にある。

もはや駒吉さえも無駄口を利《き》くことなくひたすら歩を進めた。


深沢美雪は総兵衛ら一行が鳶沢村を出立したとき、およそ一日半ほど先行して伊勢への旅の道中にあった。

美雪は物心ついたときから旅が暮らしそのものであった。路上の人にとって歩くことは生きること、苦でもなければ難でもない。

美雪は息をするように歩いた。

ひさしぶりに若衆姿に戻り、腰には大小があった。

久《く》能山《のうざん》下古宿村の月窓院での静かな暮らしは、美雪の体に溜《た》まった疲れをきれいに流して、新たな英気を養わせていた。

そして、なにより今の深沢美雪の心は、大黒屋総兵衛の役に立ちたいという無償の欲望に衝《つ》き動かされていた。

そのことが弾むような足取りになって歩行を早めていた。

美雪の前後を旅に汚れた白衣や竹柄杓《たけびしゃく》を持った抜け参りの子供たちが往来していた。だが美雪はその群参の人々の間を風のように縫って駆け抜けていく。

白須賀《しらすか》宿から東海道を外れた美雪は渥美《あつみ》半島を縦断して、伊良湖《いらご》に辿《たど》りつき、そこで漁師に金を払って鳥羽湊《とばみなと》まで乗せてもらった。

そのせいで月窓院を出立してから三日目の昼前には、美雪は伊勢松坂に辿りついていた。

まずは木綿問屋の宮嶋屋の前を通り過ぎてみた。

一代で成り上がったお店の間口は十六間（約二九メートル）と堂々としたものだ。さすがに江戸の大伝馬塩町に出店をだしたという風格があった。

「諸国木綿御扱問屋　宮嶋屋」

と暖簾《のれん》を掲げた店先にはひっきりなしに客や奉公人や馬方たちが出入りして、店の繁盛《はんじょう》ぶりを物語っていた。そして、新しい看板に甲府藩御用達と麗々しく書かれてあった。甲府藩主は綱吉の側用人柳沢保明その人だ。

町の表通りにはどこも抜け参りの子供たちがあふれ返っていた。

宮嶋屋でも夕刻に炊《た》き出しをおこなうとかで、昼前からそれを目当てに子供たちが待っていた。

美雪は裏手に回った。

宮嶋屋は間口の倍以上も奥行きがあって、蔵が何棟も建っていた。

裏通りに面した裏口はひっそり閑としていた。

抜け参りの連中の姿も見えない。敷地からは竹藪《たけやぶ》が覗《のぞ》いて、風にさわさわと葉を揺らしている。

美雪は表の店構えとは異なる雰囲気を感じとった。

あたりを見まわすと、商人宿が二軒ほど軒を並べて、宮嶋屋の裏口に面していた。

美雪はその一軒、いせ屋全六方《ぜんろく》の陽に焼けた暖簾を手でかき分けた。

「許せ」

帳場に座って帳簿付けをしていた番頭がぼんやりした視線を向けて、

「これはお武家様、お早いお着きで」

と女武芸者に言った。

「松坂に用事があってな、三、四日の逗留《とうりゅう》となる、部屋はあるか。狭くともよい、通りに面した一人部屋を願いたい」

「へえへえ、ございます」

急な階段を軋《きし》ませて案内された部屋は、端っこの三畳間であった。

障子を開けると壊れかけた手摺《てす》りの向こうに宮嶋屋の裏口が見えた。塀越しに庭を覗けたが竹藪や庭木が巧妙に敷地の様子を隠していた。

「一泊百八十文にございますがよろしゅうございますかな」

番頭が揉み手しながら、事情のありそうな女武芸者の足下を見た。

「よかろう」

美雪は一分金を財布から出すと、

「前渡しいたしておく。長くなるようであればな、その都度、精算いたす」

と番頭に渡した。

一分は銭換算で千文にあたる。

「これはこれは」

両手で押しいただいた番頭が、

「めしはな、松坂でも一、二を争うほどおいしゅうございます。楽しみにしてくだされよ。風呂《ふろ》はまだ沸いてございませんが、井戸端なれば顔の汗くらい洗い流せます」

と急に愛想がよくなった。

「そういたすか」

「庭へは裏階段を使うとすぐにございますでな」

番頭が階下へ降りていった。

美雪は大小を腰から抜くと野袴《のばかま》を脱いで畳んだ。

今一度障子越しに宮嶋屋を見た。

庭木の間から蔵の一部がのぞけた。母屋《おもや》の二階屋根も見えた。どこも金をかけた重厚な造りだ。それに屋敷全体から醸《かも》しだす雰囲気はなにか糸をぴーんと張ったような緊迫があった。

美雪は井戸端に行くと冷たい水を汲《く》み上げて、顔や手足を洗った。

昼時分の旅籠《はたご》のことだ。客はいない。

それを見定めた美雪は襟元をはだけて、晒《さらし》を巻いた胸を、かたちのよい乳房を手拭《てぬぐ》いで拭った。

最後に手桶《ておけ》に口をつけて水を飲んだ。

徹夜で歩きつづけた胃に水が落ちて、気分を新たにしてくれた。

部屋に戻った美雪は、宮嶋屋の裏口に視線を投げて出入りのないことを確かめ、手枕《てまくら》で眠りについた。

午睡二刻余り後、目覚めてみると階下から人の到着したようなざわめきが聞こえてきた。旅籠は泊まり客で賑《にぎ》わいを取り戻していた。

「お武家様、夕餉《ゆうげ》にございます」

と小女の声に美雪は一階の板の間に降りた。

すると折敷《おし》き膳《ぜん》を前に旅の商人や伊勢参りの講中らしき男女が食事をしていた。

伊勢参りの男らは、無事伊勢詣《もう》でを済ませた祝い酒を飲んでいる。

「お武家様、お先にあがらせてもろうてます」

商人の一人が女武芸者に声をかけて、美雪は目礼を返した。

伊勢湾で捕れた魚と高野豆腐の煮〆めと蛤《はまぐり》の味噌汁《みそしる》が夕餉の膳でなかなかの

美味であった。

夕餉を手早く終えた美雪はすぐに部屋に戻ると障子の前に座った。

常夜灯が点《とも》った宮嶋屋の裏口に動きがあったのは五つ半(午後九時頃)過ぎだ。まずどこからきたか、白衣に脚半《きゃはん》に草鞋《わらじ》がけの御師《おんし》の一団が裏口を叩《たた》いてなかに消えた。

伊勢には御師と呼ばれる人々がいた。

御師は御祈禱師《きとうし》の略といわれ、鎌倉時代から存在した。

御師は祈禱と宿屋を兼ねたもので、その数、数百に及び、その御師が諸国の伊勢講と手を結んでいた。また諸国大名も特定の御師と関係をもっており、徳川家は春木太夫《だゆう》と縁をもっていた。

伊勢の御師は講の一行が伊勢に到着すると宮川まで手代を使いに出して迎え、神楽《かぐら》殿のある大きな屋敷の宿に案内すると太々《だいだい》神楽を奏して歓迎した。

その御師の格好をした者たちが夜陰に乗じて、宮嶋屋の裏口から入り、また出ていった。それは宮嶋屋がただの商人ではないことを教えてくれた。

四つ半(午後十一時)過ぎに常夜灯が消された。

その後はまったく出入りがない。

美雪が脇差《わきざし》一本だけを腰に差して壊れかけた手摺りを乗り越えたのは、八つ（午前二時頃）前のことだ。幼い頃から放浪の剣客の父と旅暮らしを続けてきた美雪だ。二階部屋から通りに降りて、また戻ってくるなど朝飯前のことだった。

美雪はいせ屋の二階から目をつけていた南側の塀に歩み寄った。

土塀の外側には防火用水の木樽《きだる》が置かれて、足場代わりに使えた。

暗黒を透かして人の気配がないことを確かめた美雪は、ひょいと樽の縁に足をかけて、土塀の屋根に手をかけ、体を乗り越えさせると敷地のなかに生えた竹を伝って庭に下りた。

しばらく竹藪のなかでじっと身動きせずに様子を窺《うかが》った。が、見張りなどがいる様子はなかった。

美雪はまず逃走の際に利用する竹の配置を調べた上に足音を竹のざわめきに隠して敷地の奥へと進んでいった。

南側には蔵が五つ並んでいた。が、蔵はひっそり閑としていた。

北側に回った。

そこには思いがけない建物があった。商人の屋敷にしてはめずらしい道場だ。

美雪はしばらく内部の様子を息をこらして窺った。なかから何人もの男たちの寝息が聞こえてきた。

出入りした御師たちが寝泊まりするところか。

伊勢と松坂はわずかな距離、御師がわざわざ松坂の宮嶋屋で寝泊まりする意味はなにか。

美雪は大勢の男たちが眠る道場を離れると母屋に近づいた。

敷地のなかを生け垣が張り巡らされ、そこが宮嶋屋の主の住む領域であることを教えていた。

枝折戸《しおりど》を押し開いて奥庭へ歩を進めた。

母屋は闇《やみ》に沈んでいたが、離れ家に明かりが点っていた。

美雪は意を決して庭石や樹木を利用しながら、だんだんと近づいていった。

障子に数人の影が映って、会合でもしている様子だ。

離れの周囲数間には美雪が身を潜める庭石も庭木もなかった。

(どうしたものか)

美雪は離れの建物をぐるりと一周した。

巧妙にも離れの三方を池が取り囲んで、離れに接近する方法は一つしかなかった。

母屋と離れを結ぶ渡り廊下の屋根を使って近づくことだ。

美雪は躊躇《ちゅうちょ》しなかった。

眠りについている母屋近くから渡り廊下の屋根に這《は》いあがると、板葺《いたぶ》き屋根を伝って離れに慎重に接近した。

板葺き屋根のあちこちに強風で板が飛ばないように子供の頭ほどの石が重し代わりにのせてあった。

美雪は手頃な石を一つつかむと、渡り廊下から離れの屋根にゆっくりと足をかけ、移った。

ミシリ……。

と屋根がかすかな音を立てて沈んだ。

美雪は片足を離れの屋根にかけたまま、息を止めた。

屋根の下から話し声が伝わってきたが、言葉を聞きとるまでに明瞭《めいりょう》ではない。

ともあれ、話し声が続いている。そのことに安堵《あんど》した美雪はさらに全身を離れの屋根に移した。

ふたたび音が響いた。

様子を窺う。

話し声が止まる様子はない。

さらに会談がおこなわれている部屋の真上の屋根に身を移した。

「……理八様、京都を通過する抜け参りの数は、もはや町奉行所が把握するところにはございませぬ。一日四万もの餓鬼どもが伊勢に押しかける光景はなんとも空恐ろしいものがございます」

「それは東海道を西に向かう各宿場とていっしょにございます」

別の声が応じた。

日暮れどきに入った御師たちか。

「いえ、まだまだ足りませぬな。ここ十日余りが勝負、伊勢が溢《あふ》れ返るほどに西からも東からも抜け参りの連中を煽《あお》り立ててくだされよ」

宮嶋屋の隠居の理八の命で伊勢の御師たちが抜け参りを煽っていた。

（なんということを）

「行動までもはや日もございませぬぞ」

理八が念を押した。

「大黒屋総兵衛はどこまで参っておるな」

くぐもった声が訊《き》いた。

「隆円寺《りゅうえんじ》様、そろそろ参宮街道に入ろうかと思われますがな。なあに見張りを立てておりますれば見逃しっこはございませぬ」

（はて、どこかで聞いた名）

「宮嶋屋、静かにせえ」

美雪の全身に緊張が走った。

それが微妙に屋根に伝わり、離れ座敷で会議する者たちの話を中断させた。

「ご心配なさるな、離れにはそうそうだれも近づけませぬ」

理八が言った。

「静かにせよ」

くぐもった声がもう一度制止したとき、美雪はそれがだれか明白に承知していた。

「屋根じゃ、屋根に潜んでおるものがおる」

「なんと」

離れが騒がしくなった。

障子が開けられる音がした。

美雪は手にしていた重しの石を離れを囲む池に投げこんだ。

「池に飛びこんだぞ」

庭に向かっていた注意が池に向かい、離れの人々がそちらに移動した。

美雪は渡り廊下に戻ると庭木の枝に飛んだ。

「何奴《なにやつ》か」

美雪の背に殺気が走った。が、構わず庭石の陰に飛びおりた。

左腕に痛みが走った。

投げ打たれた小柄《こづか》が腕に立った。

美雪はそれでも走りやめなかった。枝折戸を抜けて竹藪に駆けこみ、追っ手の動きを見定めて竹を伝って土塀を乗り越えた。さらに通りを横切って、いせ

屋全六方の路地に駆けこんで、ようやく動きを止めた。小柄を抜くと美雪は、

（あの方にいずれお返しせねばなるまい）

と心に決めて懐《ふところ》にしまった。

二

総兵衛一行は抜け参りの連中と一緒になって街道の路傍に仮眠しただけで、旅を急いだ。

伊勢への参宮街道は四日市宿の先、日永から分かれて、神戸《かんべ》、白子《しろこ》、上野、津と進むことになる。

「総兵衛様、なんとも凄《すさ》まじい数にございますな」

駒吉が驚嘆の声を上げるほど、東と西から東海道を上り下りしてきた抜け参りたちが参宮街道に殺到して、路面を埋め尽くすほどだ。

白子宿に入るとその数はますます増えた。

白子は伊勢型紙といわれる染め物用の型紙の産地として知られ、白子が紀州

公の領地となった元和《げんな》五年（一六一九）以降、藩の保護もあって全国に販路を広げていた。また白子、松坂、津は松坂木綿の生産地、彼らは白子湊《みなと》から松坂木綿を江戸に運んで巨万の富を得たのだ。

宮嶋屋が身上を築いたのも松坂木綿の販売が基礎になっていた。

総兵衛らは群衆のなかから監視する目を感じた。

「どうやらわれらを見張っておる者がいるようですな」

総兵衛と肩を並べて歩く忠太郎が囁《ささや》いた。

「こちらの手間を省いてくれるとは親切なことではないか」

総兵衛が平然と笑った。

一行の抜け参りの群れを掻《か》き分けて進む速度は変わりなかった。

上野と津の間で伊勢別街道とぶつかった。その先は津宿である。

〈津、七十二町と云《いふ》。工商軒をならべ、繁花富饒《ふねう》の地也《なり》。ここを津と云は、古《いにしへ》船着《ふなつき》海浜の湊にてありし故《ゆゑ》なり。旧名安濃《あの》の津といふを、いつとなく津とのみいひならひたるなるべし〉

と『伊勢』に記された津宿の街道は往来する伊勢参りの群衆であふれ返って

いた。

「総兵衛様、松坂にて泊まられますか」

忠太郎が訊いた。

「なんぞ知恵があるか」

伊勢街道のどこの旅籠《はたご》も宿泊客であふれていた。

「津宿の安濃川河口に昵懇《じっこん》にする寺、観音寺がございます。ここなら街道から外れておりますゆえ、すでに泊まり客があったとしても庫裏《くり》の片隅なと泊めてくれようかと思われます」

「忠太郎、案内してくれぬか」

「はい」

もう夕暮れの刻が迫っていた。

張り切った忠太郎は伊勢街道を伊勢湾へと外し、安濃川の土手を下っていった。急に人のざわめきが遠のいていった。

「総兵衛様、困りましたな」

作次郎が言いだし、総兵衛が苦笑いした。

「頭、尾行する者の苦労まで気にかけるとは」

駒吉が総兵衛に代わって作次郎に掛け合った。

「駒吉、おれは苦労性でな」

「作次郎、それほど心配ならば、今宵は観音寺様に泊まらせていただきますと相手方に伝えてこい」

「そういたしますか」

作次郎が総兵衛の唆《そその》しに大真面目《おおまじめ》に答えた。

「おお、そうせえそうせえ。互いに手間が省けるというものじゃ」

作次郎が一行から離れた。それに駒吉が従った。

黄昏《たそがれ》のなか、総兵衛らは何事もなかったように歩を進める。

作次郎と駒吉は土手下の葦原《あしはら》に身を潜めて、待った。

「頭、来た来た」

駒吉がうれしそうに奇声を発した。

御師《おんし》の手代といった風情《ふぜい》の二人と浪人三人が混じった五人、作次郎らの潜む葦原の上の土手を通り過ぎようとした。

「おまえさん方」

大男の作次郎が仕込み杖《づえ》を手にのっそりと葦原から姿を見せた。

駒吉は葦原に身を潜めたままだ。

「われらが主どのの親切じゃ。今宵はな、観音寺様に世話になろうと思う。そなたらも主のもとに戻って、そう伝えてくれぬか」

一行はぎょっとして足を止めた。

作次郎は土手に戻った。

御師が驚きから立ちなおって、

「われらには何のことやら一向にわけがわからぬ」

「そうか、神戸宿あたりから尾行してきた者と思うたがな、こちらの勘違いかえ」

大男に行く手を阻《はば》まれた一行に加わっていた浪人者の一人が、

「難癖をつけてわれらが道中を邪魔する気か」

肩をいからせて刀の柄に手をかけ、

「そこをどけ！」

と叫んだものだ。

「困ったな、分かってもらえぬか」

作次郎の言葉を弱気ととったか、浪人はいきなり刀を抜いて、

「怪我《けが》をしても知らぬぞ！」

と叫び様に斬《き》りつけてきた。

むろん鳶沢一族の豪の者、作次郎のことだ。

仕込み杖の先で斬撃《ざんげき》を軽く払うと、たたらを踏んで前に出てきた浪人の足をさらにかっぱらった。

浪人は悲鳴を残して土手から河原に転がり落ちていった。

「こやつ！」

仲間の二人が抜刀した。

「止《や》めておけ！」

作次郎の叱咤《しった》に動きが止まった。

御師の一人が、

「この場はいったん引きあげますぞ」

と浪人らに命じ、

「覚えておく」

と作次郎を睨《にら》みつけた。

足をひきずった浪人を囲むように五人が土手を伊勢街道へと走って消えた。

すると葦原がざわざわと揺れた。駒吉が五人を反対に尾行する姿だった。

安濃川河口に建つ観音寺は、鎌倉時代に創建された寺とか。鳶沢村の次郎兵衛が十数年前に伊勢参りに出た折に知り合い、以来、交遊が続き、二年前に倅《せがれ》の忠太郎一行が伊勢にきたときも世話になっていた。

住職の日玄《にちげん》は忠太郎を見ると、

「おお、これは忠太郎さん……」

と喜んで迎えてくれた。一行は商人の伊勢参りといった出《い》で立ちに戻して、総兵衛の三池典太光世を始め、武器は荷物に包みこんで隠していた。

「日玄様、大黒屋江戸店の主、総兵衛にございます」

と総兵衛を紹介した。

「おお、日本橋富沢町の惣代《そうだい》総兵衛様とはそなた様のことか」

日玄は総兵衛のことをそう承知していた。

「分家に連れられての伊勢参りにございます。抜け参りが多いゆえ、街道を外しましたが一夜の宿、願えますかな」

「今晩は幸いにも泊まり客はござらぬ。ご一行は四方《よんかた》かな」

「あとから手代が追って参ります」

と忠太郎が言い添えた。作次郎は一行に戻っていたが、駒吉は五人を尾行していた。

「部屋は十分にございますでな、まずは井戸端で汗を流してきなされ」

総兵衛らは小坊主《ぼうず》に井戸端に案内された。大勢の修行僧や泊まり客が一度に手足を洗ってもいいように石を敷き詰めた流しは広く大きかった。

「総兵衛様、お水をかぶってくだされ」

稲平が釣瓶《つるべ》の水を褌《ふんどし》一つになった総兵衛の体に何杯もかけてくれた。

「おお、これは生き返ったようです」

井戸水もひんやりと冷たくて東海道から伊勢街道と休みなく走破してきた総

兵衛らの火照《ほて》った体を気持ちよく冷ましてくれた。

四人はたっぷりとした井戸水で埃《ほこり》と汗を洗い流して、小僧が用意してくれた白衣の小袖《こそで》に着替えて一息ついた。

案内された僧坊は一行に広々とした大部屋が、その他に主《あるじ》の総兵衛には寝所に一部屋が与えられた。

「忠太郎、そなたのおかげで今宵は屋根の下に眠れる」

総兵衛が忠太郎に感謝し、

「お布施《ふせ》にしてくれぬか」

と五両を忠太郎に預けた。

本堂から日玄らが夕べの勤行《ごんぎょう》をする読経《どきょう》の声が流れてきた。

「ならばさっそくに」

忠太郎がお布施を持って、本堂に向かった。

「駒吉のやつ、どこまで行きましたものか」

作次郎が若い手代の行動を案じた。

「あやつのことだ、なんぞ魚を釣ってこよう」

総兵衛は心配の様子もない。

しばらくして忠太郎が小僧と一緒に戻ってきた。なんと二人は大徳利と茶碗《ちゃわん》を運んできた。

「日玄様が気を利《き》かされて、夕食前に般若湯《はんにゃとう》でも飲んで、ときをお過ごしくだされと小僧さんに申しつけられましてな」

「お寺様で酒まで馳走《ちそう》になるか、まるで夢のようじゃな」

もとより主も奉公人も酒好きな人間たちだ。

石灯籠《いしどうろう》の明かりにぼんやりと浮かぶ庭の風情に目を投げながら、総兵衛らはゆっくりと酒を楽しんだ。そして、五人前の膳《ぜん》が運ばれてきて、美味《おい》しい精進料理を賞味し終えても駒吉が寺に顔を見せる様子はなかった。

「総兵衛様、一走り、駒吉を迎えに出ようかと思います」

駒吉の膳だけが部屋に残されて、到着を待っていた。

「作次郎、見知らぬ土地を無闇《むやみ》に動きまわっても詮《せん》があるまい。今少し待とうか」

総兵衛は駒吉が一人前の鳶沢の戦士としての判断力を持っていることを信じ

ていた。

だが、四つ（午後十時頃）になっても駒吉は顔を見せなかった。

「総兵衛様、もはやお止めくださるな」

作次郎が立ちあがり、稲平が従おうとしたとき、小僧が、

「お連れ様がお着きにございます」

と井戸端で汗を流していることを告げてきた。

「駒吉のやつ」

作次郎からふーう、と安堵《あんど》の息が洩《も》れ、一同も肩の力を抜いた。

髪まで濡《ぬ》れた駒吉が、遅くなりましてございますと姿を見せた。

「松坂まで引っ張りまわされまして、かような刻限になりました」

「ほお、松坂までな」

そう答えた総兵衛は小鼻をひくつかせている駒吉に、

「まずはめしを食え」

と食事を許した。

「ありがとうございます」

小僧が温め直してくれた若布と豆腐の味噌汁《みそしる》と膳の菜で駒吉は、一気に三杯めしを丼《どんぶり》でかき込んで、

「これで落ちつきました」

と満足そうなおくびを漏らした。

「駒吉、もう待たせるでない。なにを探りだしてきた」

作次郎が迫った。

「あやつら、伊勢松坂の木綿問屋宮嶋屋の裏口に入っていきましたよ」

「ほう、伊勢の御師に浪人者が宮嶋屋にな」

総兵衛らには見当のついていたことだが、駒吉にはっきり言われると、

(敵の一人が宮嶋屋……)

と心に改めて銘じたものだ。

「しばらく裏口を見張っておりましたが、長旅から戻った風体の御師たちがしげく出入りするようでございます。屋敷内に潜りこもうかどうかと迷いましたが、まずはお指図をと戻って参りました」

「よう自重した。それでよいのじゃ、駒吉」

総兵衛はまず綾縄《あやなわ》小僧の慎重ぶりを褒めた。

「抜け参りを企てるほどの者たちだ。敵は大きい、宮嶋屋はその一人よ」

総兵衛はそう言いながらも駒吉が無事に戻ってきたことを神仏に感謝していた。

「よし、明日からのこともある。体を休めるときに休ませておこうか」

総兵衛は自分に与えられた部屋に戻った。するとそこにひっそりと待っている者がいた。

「美雪、われらの到着によう気がついたな」

総兵衛は家康の神廟《しんびょう》前で美雪に自分の胸中を吐露していた。

古宿の月窓院から美雪が姿を消したと知ったとき、総兵衛は美雪が伊勢か江戸に向かったなと推測していた。それゆえ姿を見せたこと自体には驚きはなかった。

「手代の駒吉さんが教えてくれました」

と美雪が言った。

「なんと駒吉のやつ、そなたに尾行されてきたか」

駒吉の行動を褒めたばかりの総兵衛は苦笑いした。

「私、ただ今、宮嶋屋の裏口に面した旅籠に泊まっておりまして、駒吉さんが姿を見せられたのを目撃したのでございます」

これまでの経過を美雪は総兵衛に伝えた。そして、

「総兵衛様、思いがけない方が宮嶋屋の離れに滞在しております」

と言いだした。

「思いがけない人物とな」

「はい。私の旧主、米沢藩江戸家老色部又四郎様を覚えておられますな」

「忘れるものか」

赤穂浪士を率いた大石内蔵助《くらのすけ》らの江戸入りを巡って鳶沢一族も大石に味方して参戦し、色部の子飼いの刺客と対決したのだ。その一人が美雪であった。

「色部様の口から柳沢保明《やなぎさわやすあきら》様家臣、隆円寺真悟《しんご》様の名を何度も聞きましたが、宮嶋屋の離れの人物はそのお方」

「なんとのう」

隆円寺真悟は柳沢が密《ひそ》かに組織した忍び集団道三組の頭領として、主の命で

鳶沢一族との対決に挑み、完膚《かんぷ》なきまでに叩《たた》きのめされていた。そして、今一度隆円寺は柳生願念寺一統を編成して、吉良上野介義央《きらこうずけのすけよしなか》を敵《かたき》と狙《ねら》う赤穂浪士大石内蔵助一派の江戸入りを阻止せんとして動いた。が、ふたたび鳶沢一族の前に敗北していた。

隆円寺は、鳶沢一族に二度も苦杯を嘗《な》めさせられた後、独り悄然《しょうぜん》と流浪《るろう》の旅に出ていた。腕を磨き、一剣に託して大黒屋総兵衛を討つ、その執念からだ。

「あれから二年半か」

この歳月がどう隆円寺真悟を変えたか。

ともあれ、隆円寺が三度、総兵衛の前に立ち塞《ふさ》がったことになる。ということは、

(抜け参りの流行の陰に柳沢保明が控えておる)

ということだ。

美雪が話を進めた。

「総兵衛様は伊勢の御師《おんし》静太夫《しずだゆう》をご存じにございますか」

いや、と首を振った。

むろん伊勢の御師春木太夫が徳川諸家と深い結びつきを持つのを始め、諸国の大名家は昔から固有の御師と関係を持っていることは承知していた。

「静太夫は数百といわれる伊勢の御師家でも何本かの指に入る名家、甲府藩の柳沢保明様お出入りの御師にございます」

柳沢保明はこの物語の前年、宝永元年（一七〇四）に七万二千石の川越藩から甲斐《かい》甲府の十五万石の太守《たいしゅ》に移封昇進していた。

これは甲府城主の徳川綱豊（のちの六代将軍家宣《いえのぶ》）が綱吉の後継に決定、江戸城二の丸に入ったことを受けての措置だ。

綱吉は保明の出世の理由を幕営内外に継嗣《けいし》擁立の功ありと説明していた。

だが、甲府は徳川一門にしか与えられない幕府の重要拠点、異例中の異例といえる。

この柳沢保明、綱吉の一字を貰《もら》って、今や松平美濃守吉保《みののかみよしやす》（柳沢吉保）と呼ばれ、老中上座にあった。

［この物語では道三河岸《どうさんがし》の主を、繁雑を避けるためこれまで柳沢保明と初名で呼んできたが、柳沢吉保と改めて呼びなおすことにしよう］

「どうやら宮嶋屋に出入りする御師の手代どもは静太夫の手のものにございます。その数数百人を数えるものとおもわれます」

「とすると上方、伊勢、江戸と抜け参りを唆《そそのか》したのは静太夫か」

「おそらくは」

総兵衛は敵が静かに全容を見せようとしているのに気づかされた。

「われらは箱根と宇津ノ谷峠で二度にわたり、黒白の戦闘集団に襲われたが御師の別の貌《かお》であろうな」

「その頭領が隆円寺真悟様と考えると」

「役者がそろったことになるな」

「さようで」

「しかし何の狙いがあってのことか」

総兵衛の問いにはさすがの美雪も答えられない。

(推測がつくことは抜け参りの連中がなにかの役を務める)

「本日の昼過ぎ、江戸の十一屋海助の一行が宮嶋屋を訪ねてきて、いまだ滞在している様子にございます。今晩にも忍びこもうと思うておりましたが、駒吉さんの出現で予定を変えましてございます」

「美雪、宮嶋屋も昨夜のそなたの忍び込みで警戒を強めておろう。もはや一人働きは無理、しばらくそなたは旅籠から宮嶋屋の裏口の出入りを見張ることに専念してくれ。明日にもだれぞを助《すけ》っ人《と》に行かせよう」

総兵衛は美雪に袱紗《ふくさ》に包んだ切餅《きりもち》（二十五両）を、

「探索には金と時間がかかるものよ、必要なときにしぶるでないぞ」

と渡した。

路銀が尽きかけていた美雪も素直に、

「お預かりいたします」

と受け取った。

三

この夕刻、鳥羽湊《みなと》に到着して帆を休めていた摂津湊の権五郎丸から小さな三つの影が忍びでて、舷側《げんそく》にもやわれていた伝馬舟に乗り移った。

江尻湊から密航してきた丹五郎、恵三、そして栄吉の三人だ。

丹五郎が櫓《ろ》を漕《こ》ぐと権五郎丸を離れた。

権五郎丸から岸辺まで一丁ほどの距離だ。夜の海は静かにないでいた。

「やっぱり外はいいな」

恵三が深々と潮の香りのする夜気を吸いこんだ。

「船があんまり揺れるんでよ、おれは死ぬかと思ったぜ」

丹五郎が正直に告白した。

権五郎丸は遠州灘《なだ》で荒波に揉《も》まれて、三人とも青息吐息で船倉でのたうち回っていた。揺れが収まったのは伊良湖水道を越えて伊勢湾に入ってからのことだ。

「でもさ、栄吉のいうとおりに鳥羽に着いたよ」

恵三が伝馬の舳先《へさき》にちょこんと座る栄吉を見た。

「栄吉、伊勢はもう近いか」

「夜道を歩めば朝にも着こう」

「やった！」

と丹五郎が叫んだ。

「これでおっ母さんの疝気《せんき》が治る」

「丹五郎さん、恵やん、伊勢に参る前に松坂にいく」

栄吉が宣告した。

「松坂か、伊勢とどっちが近い」

「そりゃ伊勢じゃ」

「栄吉、伊勢にお参りしてから松坂を訪ねるわけにはいかぬか」

「丹五郎さん、ものには順序がある。伝馬を神前岬に向けてくれませんか」

と北に黒々と沈む小さな岬を指した。

しばらく丹五郎から答えがなかった。が、緩やかに伝馬が方向を転じた。

朝、観音寺の庫裏《くり》では粥《かゆ》が供された。

粥と梅干し三粒が朝食の総兵衛はまるで富沢町にいるような気分でほっとした。

広い庫裏には総兵衛ら大黒屋主従の五人がいるだけだ。

「われらの敵は去年川越から甲府藩主に移封出世なされた柳沢吉保様と決まった」

総兵衛の突然の申し渡しに四人は緊張して聞いた。

「伊勢松坂の宮嶋屋には柳沢様の御番頭であった隆円寺真悟が滞在しておる」

「なんと総兵衛様に幾度となく敗れ、野に伏していた道三組の首領がわれらの前に戻って参りましたか」

総兵衛とともに道三河岸との戦いに参戦していた作次郎が驚きの声を上げた。

「やつの下には祈禱師《きとうし》でもある御師の集団が何百人とおる。こやつらを使って、御師静太夫と宮嶋屋が抜け参りを流行《はや》らせた張本人のようじゃ。むろんその背後には柳沢様のご意思があってのことよ」

「日本全国に伊勢暦を持って歩く御師の人脈は広うございます。餅は餅屋と申しますが抜け参りを企てるのはうってつけ」

作次郎の言葉に忠太郎が応じた。

「その行動と企てを支えたのは宮嶋屋の金子《きんす》ですか」

「間違いないところ」

「総兵衛様、なぜ老中上座といわれる柳沢様はこのような騒乱を企てられましたな」

忠太郎が訊《き》いた。

至極当然な疑問であった。

「それはまだ分からぬ」

と答えた総兵衛が、

「抜け参りを扇動する御師たちは宮嶋屋から諸国に出かけ、また宮嶋屋に戻っておる様子じゃ」

「三度、隆円寺と戦うことになりましたか」

「こたびは倒すか倒されるか。おれか隆円寺のどちらかが斃《たお》れることになる。そのつもりで心せえ」

「はっ」

四人の者たちが声を揃《そろ》えた。

「作次郎、駒吉、そなたらはこの寺からわれらと分かれる」

「どちらへ参りますか」

「伊勢松坂の宮嶋屋の裏口に旅籠《はたご》のいせ屋全六方が看板を上げておる。ここに滞在して宮嶋屋を見張れ」

はい、と作次郎が頷《うなず》き、駒吉が首を捻《ひね》りながら訊いた。

「総兵衛様、いせ屋にはどなたかおられるので」

総兵衛がにやりと笑った。

「作次郎、そなたは存じておるな。女武芸者の深沢美雪が二日前より泊まっておる。あの者と協力して探索にあたれ」

「なんともうされました、総兵衛様」

作次郎に代わって、急《せ》き込んだ駒吉が問い直した。

総兵衛と笠蔵が新もの商いに手を出したと北町奉行所に引っ張られ、大黒屋は商《あきない》停止《ちょうじ》の処分を受けた。

北町奉行の保田越前守宗易《やすだえちぜんのかみむねやす》は不倶戴天《ふぐたいてん》の敵、大黒屋総兵衛を町奉行職にあるうちにと強引な手を使い、手下に捕縛させた。そのうえで拘禁した総兵衛に不法な拷問《ごうもん》を繰り返した。

だが、総兵衛は耐えた。

扱いに困った保田は極秘のうちに総兵衛の処分を命じ、奉行所の外に連れだしたところを深沢美雪に奪取されていた。

美雪は傷ついた総兵衛の体を江戸の外れに運び、今井の渡し場付近に舫《もや》われた苫舟《とまぶね》に隠して自ら治療を施し、回復に導いたのだ。

この美雪と暮らした模様を総兵衛は笠蔵らに話していない。

駒吉らが知っていることは美雪が奉行所の手から総兵衛を奪取したことだけだ。

「深沢美雪が仲間ではおかしいか、駒吉」

「はっ、なんとも解《げ》しかねます」

「敵方であった者が味方になることもあるわ」

「女武芸者をいつからお使いにございますか」

駒吉の詰問《きつもん》に作次郎が、

「駒吉、言葉が過ぎる」

と語気荒く注意した。

「鳶沢一族の頭領、総兵衛勝頼様のお言葉をゆめゆめ疑ってはならぬ。それがわれらの掟《おきて》」

「はっ、でも」

「駒吉、総兵衛様の信頼が厚いとうぬぼれるではない。われらは総兵衛様の手駒《てごま》、それでこそわれらも生き場所が与えられ、死に場所をいただけるのじゃ」

「はっ」

「駒吉、おれの言うことが理解できぬか」

日頃は温厚な作次郎の激しい言葉に駒吉も不承不承黙りこんだ。

「作次郎、よう言うてくれたな。美雪に会えば、駒吉の疑念も氷解しよう」

総兵衛の言葉はあくまで優しかった。

四半刻《しはんとき》（三十分）後、観音寺から総兵衛一行の姿が消えた。

丹五郎が漕ぐ権五郎丸の伝馬は、二見浦の沖を松坂に向けて進み、櫛田川《くしだ》の河口から流れに入っていった。

「丹五郎さん、高須《たかす》の里につけてくだされ」

栄吉は数十軒の家が点在する川岸の集落を指した。

丹五郎は黙って頷いた。

栄吉は三島宿で再会して以来、大事に背負っていた風呂敷《ふろしき》包みを解くと白丁《はくちょう》、烏帽子《えぼし》を身につけた。

「なんの真似《まね》じゃ、栄吉」

恵三が問うた。

「恵やん、丹五郎さん、これからは栄吉ではない」

「栄吉ではないとな」

栄吉は最後に頭に金飾りのついた冠を被《かぶ》った。

「われは火之根御子《ひのもとのみこ》じゃ」

「栄吉、気が違うたか」

丹五郎が詰問した。

「いたって正気、丹五郎」

栄吉が視線を丹五郎に向けた。

静かな光が丹五郎の肝を射抜いて黙らせた。

その瞬間、伝馬の舳先がどーんと岸辺にあたって、火之根御子が陸に飛んだ。

恵三も丹五郎もそれに従った。

そこに百七人の抜け参りの子供たちがいて、栄吉こと火之根御子に深々と頭を下げた。

総兵衛、忠太郎、そして稲平の三人は伊勢街道の雲出を経由して松坂の町に入っていった。

昼の時刻であった。

〈松坂駅、津より五里。元は天正十二年甲申《きのえさる》（一五八四）蒲生飛騨守氏郷《がまふひだのかみうぢさと》、松が嶋の城を四五百森《よいほのもり》へうつして松坂と号す。蒲生飛騨守会津へ所替の後、服部采女正《うねめのかみ》、古田織部正《おりべのかみ》等居住せり。今城下繁栄の地にて、富人多し〉

「さすがに伊勢松坂、商工《あきないたくみ》の地にございますな」

伊勢松坂の通りの幅、軒を連ねる店構えの風格、間口の広さに初めて松坂に来た稲平が嘆声を上げた。

「どうなされます」

と忠太郎が宿場の左手に見える質屋兼酒屋の看板を上げた三井越後屋《みついえちごや》を見た。

江戸にある呉服屋の老舗《しにせ》、三井越後屋の三井家も松坂のこの店に発祥している。

三井越後屋は延宝《えんぽう》元年（一六七三）、創業者三井高利《たかとし》が、江戸日本橋に進出して呉服店を開いていた。

古着商いの老舗問屋の大黒屋は新物呉服の大店《おおだな》三井越後屋と互いに力を合わせる、商い上の提携関係を持っていた。

また当代の主《あるじ》の総兵衛勝頼と八郎右衛門高富《たかとみ》は深い信頼を寄せ合ってもいた。

大黒屋は総力を上げて船長八十三尺、石高二千二百石の巨船を建造していた。

大船建造は日本はおろか海外にまで買い出しの地を求めるためだ。それは暗に三井越後屋との提携、販路拡大を念頭においてのことだ。

忠太郎はその三井越後屋に挨拶《あいさつ》をなすかどうかと訊いていた。

「いや、こたびは欠礼しよう」

総兵衛が即答した。

総兵衛が気にかけてきた一つが三井越後屋と木綿問屋の宮嶋屋の関わりだ。

二つの店はほぼ同じ時期に江戸に進出して、片や『現金掛値無し』の新商法で呉服店の雄に、もう一方は木綿問屋の巨店に成長していた。

この二つの大店が意識し合わないわけがない。

宮嶋屋が抜け参りの企てに荷担した背景には三井越後屋を食って、松坂出身の江戸店の旗頭になりたいという野望があるのではないか。

そう考えれば三井越後屋と提携して商いを拡大しようとしている大黒屋に宮嶋屋が大いなる反感と敵意を抱くことが納得できた。

それだけに今は三井越後屋に気がつかないふりをして、素通りしようと総兵衛は考えたのだ。

三井越後屋から半丁ほど進むと、抜け参りの群れからふいに喚声が上がった。

前方から人目を引く行列か神楽のようなものがやってくるようだ。

「この時期、伊勢参りをなされる大名行列もございますまい」

忠太郎が訝《いぶか》しい声を上げた。

総兵衛ら三人は旅籠の軒下に身を避けて、行列を待った。

「おおうっ！」

どよめきが起こった。

「なんでございましょうな」

手代の稲平が爪先《つまさき》立ちをして眺めた。

総兵衛は人込みの間から白丁、烏帽子の小さな姿を認めた。

「な、なんと栄吉のやつ」

稲平が呆《あき》れたように呟《つぶや》いた。

「総兵衛様、あやつを引っ捕らえて参ります」

「まあ、待て」

憤怒《ふんぬ》の形相の稲平を総兵衛は止めた。

もはや〝影〟との約定も破約になっていた。

この後におよんで火呼鈴《ひこれい》を栄吉から取り戻したところで、鳶沢一族が救われるわけでもなかった。

(ならば、あやつがなにを考えているか)

見定める、そのことこそ大事ではないか。

総兵衛はそう考えた。

「火之根御子《ひのもとのみこ》様、お成り！」

黄色い声を張りあげるのは大黒屋の小僧の恵三だ。

栄吉は片手に持った御幣《ごへい》のついた榊《さかき》で左右の人の群れをお祓《はら》いするように歩いてくる。その険しい風貌《ふうぼう》はもはや大黒屋の寝小便垂れの小僧ではない。

丹五郎は栄吉の背後になんともおぼつかない顔で従っていた。さらにその後方に高須の浜で栄吉を迎えた抜け参りの百七人が付き従っていた。

栄吉こと火之根御子が総兵衛らの眼前を通り過ぎるとき、その袂《たもと》から、涼やかな、そして、なにかを呼び起こすような鈴の音が響いてきた。

(あやつめ、火呼鈴をこのおれの前で振ってみせたわ)

総兵衛は初めてその鈴の音を耳にしたことになる。

辺りに変化が起こった。

鈴の音を聞いた抜け参りの子供たちがぞろぞろと栄吉らの行列の後方に従った。その数はたちまち何百人と膨れあがり、総兵衛たちの視界からゆっくりと消えていった。

「栄吉め、何を考えておるのでございますか」

「分からぬ」

総兵衛は正直に稲平の問いに答えた。

「あやつ、総兵衛様にわざわざ姿を晒《さら》したようですな」

忠太郎が言った。

「そなたもそう思うか」

「はい、栄吉の目は尋常ではありませぬ。あやつの父親の松蔵が死んだときもあのような目付きをしておりました」

「さても一族に厄介な子が生まれたものよ」

総兵衛は独白すると、

「稲平、栄吉一行の動きを確かめてこい」

と命じた。

はい、とかしこまった稲平が、

「総兵衛様、忠太郎様はどちらにおられますか」

「この先に愛宕《あたご》山竜泉寺という古刹《こさつ》がございます。今宵の宿にいかがにございますか」

忠太郎が言いだした。

「よかろう、そこで会おうか」

今一度、はっと復命した稲平が姿を消した。

竜泉寺の山門は桃山時代のものとか、なかなかの風情《ふぜい》を漂わせていた。

総兵衛と忠太郎の主従は竜泉寺の本堂に到着した。が、まだ足を休めるには時刻も早い。

（さてどうしたものか）

伊勢街道をはさんだ寺前にひなびた茶屋があって、伊勢参りの人々に茶菓からめしまで供している。

「忠太郎、あそこで休むか」

「そろそろ昼時分にございますな」

「竜泉寺泊まりとなれば、慌《あわ》てて動くこともあるまい」

総兵衛には思案したいこともあった。

茶店の庭先の横手を細流が流れ、裏側には青々とした田圃《たんぼ》が広がっているのも望めた。庭木の樹木から木漏れ日が庭に落ちかけ、その下に縁台が並べてあった。

二人は縁台の一脚に腰を落ちつけた。

総兵衛はまずは自慢の銀煙管《ぎんぎせる》を抜いた。

「なになさいますな」

忠太郎が手拭《てぬぐ》いで額の汗を拭いながら、従兄弟《いとこ》であり、主でもある総兵衛を振り見た。

「酒を付き合ってくれぬか」

「酒にございますか」

「昼から不謹慎か」

「なんの」

大黒屋の一番番頭の信之助は忠太郎の実弟である。

信之助は若くして江戸に出たが、忠太郎は分家の後継ぎとして鳶沢村に残った。

鳶沢一族の頭領となるべくして江戸に生まれた総兵衛とはこれまでかけ違って、二人だけで旅する機会はおろか、酒を酌《く》み交わすこともなかった。

総兵衛も忠太郎も切迫した任務とは別に、こうして旅ができることが嬉《うれ》しくてしようがなかった。

「ご相伴させてくだされ」

忠太郎が店の小女に酒を注文した。

総兵衛は銀煙管の火口に刻みを詰め、縁台に置かれた煙草《たばこ》の種火で火を点《つ》けた。

紫煙がゆっくりと漂い流れた。

「総兵衛様、一つお尋ねしてようございますか」

「忠太郎、なんの遠慮がいろうか」

「美雪様と総兵衛様との間にございます」

「次郎兵衛どのから聞いておったか」

はい、と頷《うなず》いた。

「父は老齢にございますれば、もしかして不測の事態が生じるやもしれませぬ。そのときは、私めが総兵衛様の望みを手助けせよと命じられました」

総兵衛はこれまで美雪と繰り返した死闘の数々から町奉行所の手で暗殺されようとしたところを救いだされ、九死に一生を得たことなど、すべてを書き綴《つづ》って次郎兵衛に知らせていた。

「そうか、知っておったか」

総兵衛が首肯《しゅこう》したとき、白磁の容器に入った酒が運ばれてきた。

忠太郎が酒を注ぎ分けた。

二人は静かに杯を目の高さに差しあげて、ゆっくりと口をつけた。

「次郎兵衛どのはその他になにか伝えられたか」

「総兵衛様が女子を託されたのは初めてのこと、それだけでおれは総兵衛様の意思が伝わってきた。さて困ったことじゃ」

「と、言われたか」

一族の頭領の嫁は一族の女性から選ぶ、というのが鳶沢一族の犯さざるべき不文律であった。そうやって一族の影の任務を守ってきたのだ。

「はい。ですが、それは美雪様にお会いする前のことでございました。父は府中まで出向いて、美雪様に会い、何刻か話しこんだすえ、古宿村の月窓院の澄水尼様に預けました。私はその行動で父の意思の変化を察しておるつもり」

総兵衛は従兄弟の忠太郎を黙って見返した。

忠太郎が頷き返した。

「忠太郎、そなたらがそのように気を使って守ってきた鳶沢一族をこのおれが衰亡させる、最後の頭領になる。許せ、忠太郎」

「なんの」

と応じた忠太郎が、

「家康様の御代から九十年、武の時代から商の時代に取って代わりました。われらには商いの道がまだ残されております」

「そう、そうであったな」

「総兵衛様、ただ今造られている大船が完成したあかつきには、この忠太郎も乗せていただけませぬか」

「よし、初航海の買い出しの長は忠太郎、おまえが就け」

総兵衛は鳶沢村で江戸の商いと暮らしを夢見てきた男が松蔵だけでないことを知った。

「ほんとうでございますな」

「おお、総兵衛に二言はない」

「ありがたいことで」

忠太郎がうれしそうに杯に残った酒を飲み干したとき、

「こちらでございましたか」

と稲平が顔を出した。

四

総兵衛に命じられて、荷運び頭の作次郎と駒吉は宮嶋屋の裏手にあるという旅籠《はたご》いせ屋全六方に投宿した。

二人の身分は、江戸から主《あるじ》の代参で伊勢参りにきた古着屋の番頭と手代ということになっていた。

泊まり客が旅籠に着くにはまだ早い刻限である。

東海道を急ぎ旅で進んできたという二人は二階の一部屋に通された。

案内してきた小女も階下に下りて、二階はひっそり閑としていた。だが、端の部屋に滞在客が、深沢美雪がいることを二人は見抜いていた。

作次郎は駒吉を伴い、美雪の部屋を訪ねた。

「ごめんくだされ、深沢美雪様。お邪魔してようございますか」

「どうぞ」

障子の向こうから落ちついた声がした。

作次郎は障子を開けて、部屋の主を見たとき、かつて漂泊の女武芸者の荒《すさ》んだ風貌《ふうぼう》が消えているのに気がつかされた。

端座して迎えた美雪は女武芸者の姿に戻っていた。が、しなやかな全身から匂《にお》い立つ、若い女の香気と気品が漂ってきて、まぶしいほどだ。それは迷妄の果てに辿《たど》りついた平穏な境地であることを作次郎は理解した。

（深沢美雪は総兵衛様に助けられ、総兵衛様は美雪に再生の途《みち》を歩くように希望されている）

「一別《いちべつ》以来にございましたな」

「六郷川河畔の村でお会いしたのが最後でしたか」

そのおりは敵対する者同士であった。が、美雪の言葉にはなんの衒《てら》いもなく、作次郎の答えも淡々としていた。

「主の総兵衛の命にございます。われらを宮嶋屋の見張りの端に加えてくだされ」

作次郎は美雪の前に会釈《えしゃく》して、軽く頭を下げて頼んだ。

「心強いかぎりにございます」

美雪は素直に受けた。

駒吉は作次郎に合わせて頭は下げたものの歯は食いしばったままで一言も発しようとはしない。

「昼間は動きがございませぬ。おそらく今日も夜になって出入りが見られましょう」

「ならば昼間は交替で見張りを務めますかな」

「はい」

作次郎が美雪に代わって、宮嶋屋の裏口を見張ることになった。

美雪は井戸端に出て、洗濯がしたいという。

「どうぞお好きになされ」

ふいに駒吉が言いだした。

「作次郎さん、私は町の様子を見てきてようございますか」

作次郎は駒吉の面体を凝視し、無言のうちに語りかけた。

（そなたも鳶沢一族の戦士、女々《めめ》しい行動をとるでないぞ）

駒吉は作次郎の視線を下から睨《にら》み返した。

（若いうちは悩むことも修行）

と考えた作次郎は、

「なんぞ拾いものがあるやも知れぬ、気をつけてな」

と送りだした。

駒吉は抜け参りに賑《にぎ》わう通りを彷徨《さまよ》い歩いた。

駒吉は探索の仕事に美雪が加わったことに憤慨し、胸のざわめきを鎮《しず》められないでいた。

美雪への反感の情が心のうちに渦巻いていた。

（なぜ総兵衛様は刃《やいば》を幾度も向けてきた敵の女武芸者を許されたか）

いや、そればかりではない。

血族の掟《おきて》で団結と秘密を保持してきた一族の内外に血族外の美雪を出入りさ

せようとなされている。

総兵衛には幼馴染《おさななじ》みの恋人がいた。

江戸は思案橋際《ぎわ》の船宿幾《いく》とせの一人娘の千鶴《ちづる》だ。

千鶴も一族の血を引いてはいなかった。だれもが相思相愛の二人が結婚することが自然と考えていた。が、総兵衛は一族外の女ということを考慮して、自らはそのことを言いださなかった。

その千鶴は鳶沢一族に敵対する者の手によって殺された。

千鶴は自らの血で総兵衛との結びつきを深めた。

そう駒吉は考えていた。それが、

(頭領自ら戒律を破って、なにをしようというのか)

「糞《くそ》っ！」

駒吉が吐き捨てたとき、喚声が前方で起こった。

なにやら行列がやってくる。

駒吉は通りの人込みが左右に割れて、白丁、烏帽子《えぼし》に金飾りの子供衆を見て、仰天した。なんと小僧の栄吉が両眼の目尻《めじり》を切り上げ、険しい様相でこちらに歩いてきた。

手にした榊《さかき》の枝が振られ、御幣がひらひらすると抜け参りの子供たちが、

「火之根御子《ひのもとのみこ》様、宮川渡御《とぎょ》の端にお加えくだされ」

「ご同行お許しくだされ」

などと叫んで、新たに行列に加わった。

栄吉のかたわらに恵三が神妙な顔で控え、背後に丹五郎がなんとも複雑な顔で従っている。

(栄吉め、なにを考えていやがるか)

あやつらの首根っこを押さえつけて、列から引《ひ》き摺《ず》りだしてやろうか。

(見物の少ない場所を選ぶのだ)

駒吉は見物の人込みの外を行列の進行に合わせて歩いていった。

「山田奉行所からのお出張りじゃぞ！」

物々しい捕物支度の役人の一団が走り寄ってきた。

山田奉行は伊勢神宮の大廟《たいびょう》を守護し、遷宮《せんぐう》祭儀を司《つかさど》り、伊勢志摩両国の訴訟を受ける幕府の遠国《おんごく》奉行の一つである。

奉行職は旗本千石高で御役料千五百俵を貰《もら》った。

奉行の下には与力《よりき》六騎、同心七十人、水主《かこ》四十名が配属されていた。

奇怪な御子出現の知らせに松坂まで駆けつけてきたのは、捕物支度の同心数人と刺股《さすまた》、突棒《つくぼう》などを持った小者たちだ。

先頭で走ってきた白鉢巻きの若手同心が十手《じって》を翳《かざ》すと、

「これこれ待て待て、立ちどまれえ！」

と行列の進行を制止した。

恵三と丹五郎は仰天して、行列のなかに潜りこんだ。

栄吉は平然としたものだ。

初老の同心がゆったりと歩いてきて、栄吉こと火之根御子を睨みつけた。

栄吉は悠然と二人の同心を見あげた。

「徒党を組んでいずれに参る、返答せえ」

「知れたこと」

小僧の口から野太い声でその言葉が吐きだされた。

「な、なんと申した」

「われらは伊勢街道にありて、山田の外宮豊受大神宮《げくうとようけだいじんぐう》に参りて水徳を祈願し、さらには内宮《ないくう》伊勢皇大宮《こうたいぐう》の天照大神《あまてらすおおみかみ》の御霊代《みたましろ》、八咫《やた》鏡に火徳を祈念いたすお参り道中である。大和《やまと》の国の平穏を願うお行列をなんのいわれがあって、止めたるや」

「怪しげな風俗の者が世迷《よま》い言を申すでない」

若い同心が叱咤《しった》した。

「白丁、烏帽子が怪しいとな。古来、白衣は無垢《むく》の心を示して、信仰の心構えを表わした浄衣。山田奉行所の役人ともあろう者がそれを知らずとはなんたる無知かな」

「おのれ、言わせておけば」

若い同心が初老の同僚を見た。

「狐憑《きつねつ》きの小僧を引っ捕らえて、白洲《しらす》に引き据えて吟味いたす。早々に縄をかけえ」

先輩同心の命に若い同心が十手を翳して、栄吉の細い肩を打ち据えようとした。

栄吉の持つ榊の枝が振られた。

「あっ！　なにか」

と叫び声を途中で止めた同心の五体が凍りついたように固まった。

「こやつ、奇怪な技を使いおって」

初老の同心が刺股、突棒などを手にした小者たちに、

「囲んで捕まえ、縄をかけえ！」

と命じた。

「おおっ！」

と呼応した小者たちの体が次々に虚空《こくう》に舞った。

栄吉が榊を左右に振っている。

空に浮いた小者たちの体が地面に激しく叩《たた》きつけられた。

「な、なんということが」

栄吉の榊が初老の同心に突きつけられた。

残りの同心も金縛りにあって動けなくなった。

「おっ、凄《すご》い！」

「さすがに火之根御子様」

などという喚声とどよめきが起こった。

(栄吉め、なんという猿芝居を演じおって)

駒吉はどうしたものかと思案したが、知恵が浮かばない。

栄吉の榊がふたたび振られた。

すると体の自由を取り戻した同心、小者たちが捨て台詞《ぜりふ》を残す余裕もなく慌《あわ》てふためいて、その場から逃げだした。

栄吉の行列は何事もなかったように歩みを再開した。

宮嶋屋の離れに奇怪な御子出現の報告が次々と寄せられた。

離れに額を寄せ合っているのは隠居の宮嶋屋理八、元柳沢家家臣の隆円寺真悟、本郷菊坂の口入れ屋の十一屋海助、静太夫配下の筆頭御師《おんし》光太夫《こうだゆう》の四人だ。

「火之根御子《ひのもとのみこ》とは何者か」

「隆円寺様、まさか道三河岸《どうさんがし》のお手先ではありますまいな」

「知らぬ知らぬ」

と隆円寺が首を横に振り、

「この度の企て、そなたや静太夫を無視してなさるものか」

「でございましょうな」

「松坂の町でまるでぼうふらが水中からわき出るように突然に現われたという
ではありませぬか」

理八が首を捻《ひね》った。

「もはや十日を切っておりますぞ、伊勢を出立する大行列までな。そんな矢先
に奇妙な子供が立ち現れて、われらの企てを邪魔いたしますか」

光太夫が口をはさみ、

「待ってくだされよ。奇怪な法力を持つとはいえ相手は子供、われらの江戸下
りに松坂で抜け参りを一気に糾合したあやつの力を利用できませぬかな」

理八が言いだした。

「できますかな」

光太夫が首を傾《かし》げた。

「それは無理にございますよ、宮嶋屋のご隠居」

という声が廊下に響いて、海助の情女《いろ》のいねがあだっぽい姿を見せた。いねは松坂に到着するや同行した小者を指揮して、総兵衛ら一行の動静を探ってきたのだ。

「いね、なんぞ摑《つか》んだか」

情夫の海助が訊《き》いた。

「旦那《だんな》、火之根御子とは大黒屋の小僧の栄吉ですよ」

「なんだと！」

海助が思わず片膝《ひざ》を立てた。

「そなたらが誘いだした抜け参りの小僧のかたわれですか」

理八が怒りを呑《の》んで憮然《ぶぜん》とした顔で訊いた。

「宮嶋屋のご隠居、丹五郎という小僧を大黒屋から抜け参りに吊りだそうとしたのは確かです。ついでに栄吉と恵三の二人を誘いださせたところから、なんやらこっちの歯車が狂いだした」

いねが平然と言い返した。

「すべてそなた方の責任ですぞ」

海助が理八の語気の鋭さに思わず頭を下げた。

「ご隠居、その謗《そし》りは受けましょう。しかしねえ、あの小僧には大黒屋すらきりきり舞いで、総兵衛らも手のつけようがないのですよ。ありゃ、火之根御子と名乗っておりますが、ひょっとしたらひょっとする、ほんものかもしれませんよ」

「そんな馬鹿《ばか》な」

いねは目撃した捕物失敗の顚末《てんまつ》を語った。

しばし座に沈黙があった。

「その小僧の狙《ねら》いはなんですね」

理八がいねに訊く。

いねは首を横に振ると、

「それはだれにも分かりません」

と確答した。

「はっきりしていることは火之根御子の一行がゆっくりと伊勢に向かっていることだけでございますよ、ご隠居」

「おまえさんはその小僧が大黒屋をきりきり舞いさせておると言われたな、真実《ほんと》ですか」

いねが頷《うなず》いた。

「大黒屋の総兵衛らも手をこまねいて、昼から酒なんぞ呑んでおりますよ」

「栄吉という小僧を操っておる余裕ということはないか」

「茶店の小女に小遣いを与えて、話を聞かせましたが困惑しているのは確かなこと」

いねの言葉に理八が大きく頷いた。

「ならばわれらの企てにあの小僧が取り込めるかどうか、働きかけてみようではないか」

「ご隠居、どうなさるので」

海助が訊いた。

「火之根御子一行の先々に宿舎と食事を用意させる。そのうえ、宮川の渡しでは伊勢猿楽などを演じさせて賑々しく迎え、渡らせます」

「それで……」

「光太夫どの、主《あるじ》の静太夫様にお願いしてな、御師の邸宅に火之根御子ら主だった者を泊めるよう頼んでくだされ、太々神楽《だいだいかぐら》で丁重にお迎えするのです」

「ほう」

「いくら神がかりの子とはいえ、静太夫様のお屋敷に招かれ、歓迎を受けたとなれば舞いあがりもしましょう。そやつがなにを考えているかしれませぬが、外宮と内宮にも丁重に参拝させて、こちらの味方につけるのです」

「おもしろいかもしれぬ」

と言いだしたのは静太夫の御師たちを指揮して、抜け参りの流行を企てきた一人、隆円寺だ。

「味方につけたとなればしめたもの、宝永二年（一七〇五）の抜け参りの責めはすべて大黒屋の小僧に負わせればよい」

「となれば大黒屋とて無事にはすみませぬな」

「隆円寺様、これは一石二鳥の策、道三河岸の殿様が願った以上の筋書きではありませぬかな」

「これはまた凄《すご》い企てじゃぞ」

理八と隆円寺真悟が顔を見合わせてにんまり笑った。

「山田奉行はどうなされます」

光太夫が訊いた。

「なあに、道三河岸の命に逆らう旗本衆がおりますものか」

「が、これにはそやつが大黒屋の指図で動いておるのではないという明白な証《あか》しがほしいものじゃがな」

隆円寺が慎重に言った。

「行列を見物する者のなかに大黒屋の手代を見つけました。そやつも栄吉こと火之根御子を見張っている気配、私の連れを付けてございますよ」

いねがぬかりなく言った。

「ともあれ、行列の行く先々でめしの施しをな、手配させます。いねさん、今宵の泊まりはどこいらあたりかな」

「あの進み具合なら、斎宮《いつきのみや》あたりにございましょうか」

「ならば斎宮跡の近くに竹神社がある。そやつらの宿に仕立てようか」

理八が離れ座敷からせかせかと立ちあがった。

総兵衛らは竜泉寺前の茶店から抜け参りの子供たちを引き連れた栄吉の一行が伊勢街道を伊勢へと悠然と進む光景を眺めていた。

「あやつ、あっという間に松坂だけで千数百人の抜け参りを誘いこんだわ」

「呆《あき》れましたな」

主従は呆然《ぼうぜん》と見送った。

酒をゆったりと飲む三人の周りをさきほどから小女が何度も姿を見せて、注文を聞いて回った。

駒吉は行列を囲んだ見物の群れの外側で栄吉の姿を見失わないように尾行していった。

夕暮れ前、斎宮の竹神社に差しかかると羽織袴《はかま》の町役人たちが、

「火之根御子様、今宵のお宿はこちらに用意してございます。温かな食べ物がすぐに出来上がります」

と丁重に出迎えた。

した。

「お役人の罠《わな》じゃあるまいか」

恵三と丹五郎が小声で心配したが、栄吉は悠然とした顔で接待を受けようとした。

「栄吉、大丈夫か」

境内では火に大釜《おおがま》がかけられ、飯の他に魚の煮付けやら汁ものが調理されようとしていた。

抜け参りの施しといっても塩胡麻《ごま》をまぶした握りが精々、煮付けや汁ものなど口にすることなどなかった行列の子供から喚声が湧いた。

栄吉ら三人は社殿へと上げられた。

その様子を確かめた駒吉は社殿に潜りこもうと裏手に回った。すると社務所から店の番頭ふうの男が現われ、

「禰宜《ねぎ》様、えらい慌ただしい頼みでしたな。うまくいったあかつきにはご隠居が大判小判を手代に担《かつ》がせて、こちらに参られますよ」

と言うのを耳にした。

「宮嶋屋様にはいつもひとかたならぬお世話をいただいてますでな、お役に立

てなによりにございます」

（なんと栄吉らは宮嶋屋の罠に嵌《は》まろうとしている）

駒吉は今晩竹神社に宿泊する栄吉らのことをいったん忘れて、番頭ふうの男の後を尾行することにした。駒吉の後方をさらにいねが尾行を命じた小者が尾《つ》けていった。

美雪は駒吉が戻ってこないことを気にしながら、宮嶋屋の裏口を見張っていた。

日没の直後、裏口に江戸者と思える風体格好の小者が入り、さらにしばらくして番頭ふうの男が木戸を叩いて、なかに消えた。

駒吉が塀の外に姿を見せたのはその直後のことだ。

宮嶋屋の番頭ふうの男を駒吉はどこからか尾行してきたようだ。

その駒吉がちらりといせ屋の二階を窺《うかが》うように見た。

（なにか危ないことを考えてなければよいが）

作次郎は稲平の迎えで総兵衛が宿泊している竜泉寺に出向いたばかりだ。

駒吉が尻《しり》っぱしょりをした。

(刻限も早い、独りで乗りこむなんて)

駒吉は美雪の心配をよそに塀の向こうから枝を張った竹の幹に手鉤《てかぎ》のついた縄を投げかけるとふわりと体を虚空《こくう》に浮かせて、塀の向こうに姿を消した。

美雪は塀の向こうを凝視していた。

危険が駒吉に迫っている、そのことを武芸者の五感が教えていた。

美雪は脇差《わきざし》を腰に差したまま、旅籠の裏口に走った。走りながら、

(駒吉が罠に嵌まった)

ことを確信していた。

第六章　神　異

一

伊勢松坂のいせ屋の二階に総兵衛が独り姿を見せた。その表情には憂《うれ》いと怒りがあった。

夜になって美雪からの知らせが竜泉寺に届いたのだ。

「宮嶋屋の様子はどうか」

「ひっそり閑として動きが見えませぬ」

美雪が言い、かたわらの作次郎が頷《うなず》いた。

「駒吉さんが忍びこんで二刻《とき》（四時間）は経《た》ちました」

「囚《とら》われたと考えるべきであろうな」

若い駒吉は若さの功名心か、探索に無理をすることがあった。総兵衛はそんな駒吉を可愛《かわい》がってきた。が、笠蔵らはいつの日か、駒吉が取り返しのつかない失敗をするのではと総兵衛に、

「これ以上、駒吉を甘やかしてはなりませぬ」

と忠告してきたのだ。

それだけに総兵衛の気持ちは深刻だった。

「もしやして駒吉さんは誘いこまれたのかもしれませぬ」

駒吉が忍びこむ前に小者が裏戸から入ったことを美雪は告げた。

「そなたの推量があたっていよう」

（さてどうしたものか）

「総兵衛様、さきほども塀の外を歩いてみましたが、塀のうちには殺気が満ち満ちております。今、忍びこめば飛んで火に入る夏の虫にございます。ここは駒吉に辛抱してもらうしかありますまい」

作次郎が総兵衛の気持ちを斟酌《しんしゃく》して言い切った。

総兵衛は頷いた。

「駒吉はなぜまだ早い刻限に宮嶋屋に入りこむような真似《まね》をしたのでございましょうな」

「駒吉はどうして町に出たな」

「はい、私めが許しを与えました」

と作次郎が経緯を語った。

「作次郎、そなたはなぜそのようなことを駒吉が言いだしたか分かるか」

小さく頷いた作次郎は、

「おそらく総兵衛様が美雪様と関わりを持たれていることを邪念して、愚かな行動に出たものと思えます」

と答えた。

「相分かった」

とだけ総兵衛が答え、

「町に出た駒吉はどこに参ったか」

「推量に過ぎませぬが栄吉の行列を見かけ、見張っていたのではありませぬか」

「となれば、稲平を栄吉一行がどこにおるか探索に出しておる。なんぞ探りだしてくるやも知れぬな」

総兵衛ら三人は宮嶋屋の裏口を見張りながら、心はあちこちにさ迷っていた。

美雪は自らの存在が大黒屋の主従に亀裂《きれつ》を生みだそうとしていることを考えていた。

作次郎は駒吉の身を案じていた。

駒吉の行動が一族の和を乱す最初のものかどうか、総兵衛は思い迷っていた。

「ごめんくだされ」

二階の庇《ひさし》から声がかかって、稲平がするりと部屋に入ってきた。

「どうやら栄吉ら一行、宮嶋屋の網に引っかかったようにございます」

稲平は竹神社の禰宜《ねぎ》の部屋の天井裏に入りこみ、話を聞いたという。

「明日の宮川の渡しでは宮嶋屋が仕組んだ伊勢猿楽で栄吉一行を賑《にぎ》やかに迎えるそうにございます。それに山田では、御師《おんし》数百家の中でも何本かの指に入る名家という静太夫《しずだゆう》の屋敷に泊まることが決まっております」

「総兵衛様、先にも言いましたように静太夫は綱吉様側用人柳沢吉保様と縁のある御師にございます」

と美雪が言った。

「すべてが見えてきたな」

そう頷いた総兵衛が、

「栄吉の様子を見たか」

と今一度稲平を見た。

「はい。神社の客間に白絹の布団《ふとん》で寝ておりました。じつに平然としたものでございます。ですが、次の間に寝かされた丹五郎と恵三は布団に寝るどころか、畳の上さえ避けて廊下に肩を寄せ合っておるありさま、なぜ丁重な扱いを受けるのか得心がいかぬようで、なかなか眠りに就けぬ様子にございます」

「栄吉め」

総兵衛は苦笑いした。

「総兵衛様、栄吉は宮嶋屋らの処遇をどう考えておるのでございましょうか」

「さあてな、宮嶋屋がいかに考えようと栄吉は一筋縄ではいくまい」

総兵衛は銀煙管《ぎんぎせる》に煙草《たばこ》を詰めると火をつけ、しばらく黙念と考えた。

「この度の騒ぎの上がりは伊勢の内宮の参宮と見た。栄吉の一行は明日にも宮川を越えて、神域に入ろう。われらは栄吉がなにを考えておるか、ぴたりと張りつく」

「駒吉はいかがいたしますか」

「宮嶋屋とて栄吉の動きに合わせようし、人も動員しよう。必ず隙《すき》ができる。美雪、作次郎、そなたらはこの家《や》で辛抱してくれぬか」

総兵衛が二人に駒吉救出を頼み、美雪と作次郎がかしこまった。


「そなたの名はなんと申すな」

高手小手に縛りあげられた駒吉の体は、宮嶋屋の道場の太い梁《はり》に吊《つ》り下げられていた。その足は床から一尺（約三〇センチ）ばかり浮いていた。

駒吉に尋ねたのは隆円寺真悟だ。

瞑目《めいもく》した駒吉は歯を食いしばっていた。

宮嶋屋の竹林に得意の縄を引っかけて塀を乗り越えたまではよかった。着地した場所には魚網が大きく広げられて、それに気づいた駒吉が手にした縄を利して、ふたたび塀の向こうに戻ろうとした。

その瞬間、縄がかかった竹が幹から切り倒された。

駒吉は網の中央に倒れこんだ。そこを四方から網が縮められて、体の自由を奪われ、囚《とら》われたのだ。

美雪のことを考えすぎて、駒吉はいつもの注意力と集中心を失っていた。それがなんとも悔しかった。

「隆円寺様、大黒屋の一味となればそうそう簡単に白状もしますまい。じっくりといたぶって、こやつのほうから泣きつくのを待ちましょうか」

理八がそういうと、道場にかしこまった御師らに、

「責めよ。ただし殺すでないぞ」

と命じると、隆円寺と離れへと戻っていった。

青竹を手にした御師の長が黙したままの駒吉に、

「さあ、どれほど我慢できるか、われらと我慢比べじゃ」

と一人の手下を指名した。

「われらは一《ひ》の二《ふ》の三《み》……十四人もおるわ。一人が半刻（一時間）ずつ責めて、何人までもつか、楽しみなことよのう」

一撃目が駒吉の肩を叩《たた》いた。

一人目の打ち手で血まみれになった。が、駒吉は意識をしっかりと保っていた。

三人目のとき、意識を失った。

水がかけられ、蘇生《そせい》させられた。

「なかなかの度胸と褒めておこうか」

四人目の大男の御師は、袋竹刀《しない》で叩いた。青竹よりも撓《しな》って駒吉の肉に食いこみ、新たな痛みを呼んだ。

何度か、気を失い、蘇生させられた。

江戸の大川左岸の竹町ノ渡し付近は、夜ともなれば寂しいくらいに静かな一帯だ。が、この夏はいつにも増してひっそり閑としていた。手代や小僧が抜け参りにいったお店《たな》が臨時休業の札を張ったせいだ。

深川本所一帯でも奉公人一同が伊勢に出てしまって、湯屋や酒屋の看板を下ろしたところも出た。そんなわけで湯屋の閉まった町内では隣町まで湯に入りにいく羽目になった。

船大工の棟梁《とうりょう》統五郎の家では去年弟子入りしたばかりの見習いが、近くの蕎《そ》麦屋《ばや》の出前持ちらと一緒になって抜け参りにいった。が、他の職人たちはみな顔を見せてくれた。

船大工は宮大工と同じように一人前になるのに年季がかかる仕事だ。統五郎の先代から腕と心意気をたたき込まれた一人前の職人に、流行《はやり》の抜け参りに出かけるような尻軽《しりがる》な者はいなかった。

それに統五郎以下、全員が一丸となって体を張らねばならぬ仕事を受けているのだ。いくらお伊勢参りとはいえ、そちらに気をとられるわけにはいかなかった。

まだだれも造ったことのない巨船大黒丸《だいこくまる》建造の仕事だ。それは船長八十三尺(約二五メートル)の巨船で西洋帆船のような下船梁《したふなばり》(竜骨)が通り、船幅は三十三尺(約一〇メートル)、石高にして二千二百石もあった。

南蛮船と和船を合わせたような二本柱のほかに、三角の補助帆が水押《みよし》に張られるという斬新《ざんしん》な船体であった。

大黒屋総兵衛からの注文を受けた統五郎は、水垢離《みずごり》をして神仏に祈願し、何度も何度も絵図面を引き起こした。さらに三十反帆二枚を保持する主柱の構造などを探るため、老練な船大工の賢吉《けんきち》を長崎に出向かせて、湊《みなと》に停泊している南蛮船を極秘のうちに観察させてもいた。

そんな下準備のすえにようやく最終的な絵図面が出来上がり、春先からは試作の小型模型船を何隻か造り、水切りやら風のあたりやら復元力などを調べあげた。

そのうえで巨船の土台造りが始められた。

船長八十三尺を支える下船梁のために信濃《しなの》の山奥から松の巨木を数本買いつけ、そのなかから二本を選び抜いて、幾晩も迷ったすえにその一本を造船場に横たえた。

背骨にあたる下船梁から左右へ肋骨《ろっこつ》である横梁を組み立てていきつつあった。長い竜骨と横梁の組み合わせは和船にはないものだ。

それだけに深夜の造船場に横たわる姿はまるで古《いにしえ》に生きていたという巨獣でも見るようだった。

この夜、江戸は九つ（深夜零時頃）近くまで無風の上にじっとりとした空気が澱《よど》み、寝苦しい一夜となった。夜半過ぎから涼風が吹き始めて、ようやく人々は深い眠りに就いた。

そんな刻限、統五郎の造船場がある竹町ノ渡し付近に数人の男たちが乗った荷船が接岸し、油桶《おけ》や小割りや火縄を担《かつ》いで、巨船を囲むように張られた葦簀《よしず》の間から潜りこんでいった。

黒手拭《てぬぐ》いで頬被《ほおかぶ》りをした男たちは、一瞬巨大な船の骨組みを呆気《あっけ》にとられたように眺め上げた。

「でっけえな」

「こんな船なんぞ見たこともねえ」

「感心している場合か、打ち合わせどおりに動け」

兄貴分の合図で四方に散った。

下船梁や横梁に油をたっぷりと撒《ま》きかけ、小割りを焚付《たきつ》けに造船場にあった船材を巧みに組み上げて、その間に空気口を造った。

その無駄のない動きは、火付けの企てが何回かの下見の後に綿密に練られたことを示していた。

「いくぜ」

兄貴分が三箇所に散った弟分らに火縄を振って合図を送った。

火がつけられ、小割りが燃え上がった。

夜半から吹きだした風が火を煽《あお》った。

乾いた船材に火が燃え移り、たちまち下船梁と横梁に広がっていった。

統五郎の自宅は同じ町内ながら半丁ほど離れたところにあった。

造船場の敷地内にある小屋には住み込みの船大工や下働きの職人たちが十六人ほど住み暮らし、巨船大黒丸の完成を夜も見守っていた。

船大工の三代吉《みよきち》は、蚊に首筋を食われて目を覚ました。

手で叩いたが、すでに蚊は逃げ去った後だ。

「くそっ」

小さな罵《ののし》り声を上げた三代吉は蚊やりはどこかと視線をさ迷わせた。同僚が自分の寝床に引き寄せたと思ったからだ。

その瞬間、ばりばりという物音を意識した。

(なんの音だ)

聞き慣れない音に三代吉は床から高鼾《いびき》の仲間たちの間を這《は》いずって、三和土《たたき》に下り、戸を引きあけた。

「わああっ!」

三代吉は思わず、叫んでいた。

「か、火事だ。大黒丸が燃えておるぞ!」

小屋に寝ていた船大工たちが飛び起きたのを背で感じながら、造船場に走った。

巨獣の骨があちこちで火を吹きあげていた。

(なんてこった……)

呆然《ぼうぜん》とした三代吉の目に炎の向こうに黒い影が走ったのを見た。

「火付けだ」

三代吉は火を避けるように影が消えた前方に走った。

巨船を造るために迷路のような通路が張り巡らされていた。

三代吉にとって毎日走りまわる作業道だ。影が消えた先に先回りすることなど朝飯前のことだった。

三代吉は貯材場の横手に出ると、予測どおりに足音が響いてきた。

渡し場のほうから、

「乙三《おとぞう》」

と密《ひそ》やかに叫ぶ声が聞こえてきた。

巨船を囲む葦簀に火が燃え移って、走りくる男の面体を浮かびあがらせた。

「火付け、だれに頼まれた！」

三代吉は大手を広げて、尻っぱしょりに頰被りの男の前に立ち塞《ふさ》がった。

ぎょっ、としたように走りを緩めた男の手が懐《ふところ》に入り、匕首《あいくち》をひらめかせると三代吉の両手を広げた腹部めがけて下から突き上げるように切っ先を振るった。

「あうっ！」

三代吉は恐怖と激痛を同時に感じた。

だが、自分たちが造る船を燃やされた怒りが反撃を起こさせた。広げた両腕で相手の体を抱き止めた。そのせいで痛みがさらに激しさを増した。

「いてえや」

そう言いながらも万力のように体を締め上げた。毎日、木槌《きづち》や手斧《ちょうな》を振るって鍛え上げた豪腕だ。

「野郎、放しやがれ」

相手が三代吉の腕のなかで暴れた。

だが、三代吉は男の背で組んだ両手を放さなかった。

痛みが全身に拡散して意識が薄れていく。力が体から抜けるのを感じながら、最後の力を振り絞って相手を締めつけた。

「放せ、放しやがれ！」

二人は組み合ったまま、どさりとその場に倒れこんだ。

「乙三、いつまでもたついてやがる」

兄貴分がまだ船に戻らない仲間を見つけにきて、

「兄い、助けてくれ」

と乙三が悲鳴を上げた。

兄貴分はもみ合う二人に気がついて、駆け寄った。

「野郎、放しやがれ！」

一回二回と足蹴《あしげ》にした。

が、三代吉は放さない。

「兄い、苦しいよ」

乙三が訴え、兄貴分が匕首を抜いたとき、三代吉の同僚たちが水桶を手にその場に姿を見せて、

「だれでえ、おまえは」

と誰何《すいか》した。

その声に慌てた兄貴分は、

「乙三、なにがあってもくっ喋《ちゃべ》るんじゃないぞ」

の言葉を残して、船着場に走り戻っていった。

船大工たちは瀕死《ひんし》の三代吉を抱き起こすと、その腕のなかでぐったりした乙三を引っ捕らえた。

「三代吉、しっかりしろ」

腹部から太股《ふともも》を大量の出血で塗らした三代吉は、

「火付けだぜ、兄い」

というとがっくり首を落とした。

「死ぬな、死ぬんじゃねえ」

「三代吉、おまえは」

三代吉は最後に仲間たちの叫びを聞いて、息を引き取った。

建造中の大黒丸が焼失したという知らせはすぐに注文主の富沢町の大黒屋に知らされた。その使いに応対したのは大番頭の笠蔵と一番番頭の信之助だ。

「失火ですか」

笠蔵の口をついたのはその言葉だ。

「いえ、火付けにございます」

「なにっ、火付けですと」

「へえっ、火付けの一人を捕らえてございます。棟梁の統五郎からこやつの身柄、町方に渡したものかどうか尋ねてこいとの命をうけておりやす」

職人らしいてきぱきした口調の若者が口上をいった。

「統五郎さんはよい判断をなされた。私のところでその者の身柄を引き取りましょう」

信之助が黙って立ちあがった。そして、

「お仲間に怪我《けが》はございませんか」

「この者を摑《つか》まえるために兄いの三代吉が亡《な》くなりましてございます」

「なんと」

信之助は絶句し、大番頭が、

「おきぬの他に二、三人連れておいきなさい」

と一番番頭に命じた。

駒吉が何度目かに意識を取り戻したとき、潰《つぶ》れかけた両眼で見る視界は歪《ゆが》んでいた。が、気配で道場から大半の御師《おんし》の姿が消えているのが分かった。

「一人、二人」

三人が残っているだけだ。

夜明け前、火之根御子様ご一行が竹神社から伊勢街道を進み始めた。警護と称する見張りを命じられた御師たちの大半が宮嶋屋の道場から出かけていた。

二

竹神社を夜明け前に出た火之根御子を先頭にした抜け参りの群参《ぐんさん》が明星《みょうじょう》に差しかかると、静太夫が派遣した太々神楽の一行が神楽を奏して迎えた。

これによって栄吉こと火之根御子は正式に伊勢参りをする者として遇されることになった。

火之根御子の様子は昨日よりもさらに堂々として、行き合う見物の老人のなかには、

「なんと神々《こうごう》しい御子《みこ》やな」

と両手で伏し拝む人までいた。一人が拝むと隣の老婆《ろうば》が真似《まね》、さらに隣の女房までそれに倣《なら》った。

火之根御子の行くところ、ざわめきが静まり、荘厳《そうごん》な空気さえ漂った。

「丹五郎さん、おれたちどうなるんか」

恵三が丹五郎の耳元に囁《ささや》いた。

「もう逃げだすわけにもいかんしな」

丹五郎の顔にも緊張があった。

「なるようにしかならんか」

「抜け参りに出ただけなんだけどな」

恵三の声は不安にまぶされていた。

夜明け前の一瞬、暗黒に沈む刻限があるという。

作次郎と美雪はその静寂と暗黒を利用して、宮嶋屋の裏口から敷地のなかへ入りこんだ。

「まずは道場を調べてみましょうか」

一度忍びこんだことのある美雪の案内で二人は難なく道場の入り口に到着した。

駒吉は接近する者の気配を梁《はり》に吊《つ》るされた姿勢で感じ取っていた。間断なく痛みが全身を襲っていた。だが、後ろ手に縛られた手の感覚は消えていた。

（味方か敵か）

潰れかけた両眼を強引に開いた。

見張りに残された御師姿の三人は、駒吉の足下で剣を抱えるように持して黙念と座していた。それはきびしく修行させられた者のみが醸《かも》しだす規律であった。

「み、水をくだされ」

駒吉は自分に注意を引きつけようとかすれ声を上げた。が、三人は駒吉の要求など無視して、近づく者を注視した。三人のうちの一人が無言裡《り》に仲間二人に命じた。

二人は物音も立てずに立ちあがると入り口に忍んでいった。板戸の左右に分かれると、剣の柄《つか》に片手をかけてもう一方の手で戸を開いた。

そこには大男が直刀を手に立っていた。

「何奴《なにやつ》か」

二人の剣が同時に抜かれた。

敷居を跨《また》いで飛びこんだ怪力の作次郎の剣が左右に振るわれ、二人の御師は避ける間もなく両足と脇腹《わきばら》を斬《き》り割られた。

「うっ」

「くうっ」

三人目の御師が剣を抜くと梁から吊るされた駒吉の胴に据え物でも斬りつけるように襲いかかろうとした。

小さな影が走り寄った。

三人目の御師が影の接近に気がついたとき、脇腹に冷たい痛みが走り抜けた。

「あっ」

叫ぶ間もなく三人目の御師も横倒しに倒れていた。

「駒吉さん、しっかりしなされ」

小太刀を提げた美雪の声がして、のしのしと作次郎が巨体を運んできた。

「頭、すまない」

「駒吉、おまえが謝るのは美雪様じゃ」

叱咤《しった》の声とともに作次郎の剣が一閃《いっせん》して、駒吉はどさりと道場の床に落ちた。

駒吉は安堵《あんど》の痛みを感じながら、また意識を失った。

〈入口茶店有。客舎、茶店多し。此《この》地本名宇羽西村といふ。小俣《おばた》は小名なりしをいつ頃よりか呼なせし也《なり》……〉

伊勢について記す古文書『大全』は小俣をこう紹介する。

すでに伊勢の参宮道に入っていた。

いよいよ宮川を越えて山田に入ることになる。

太々神楽《だいだいかぐら》がいったん消え、賑《にぎ》やかな歌舞音曲が風に乗って流れてきた。

「恵三、宮川じゃ」

おっ母さんの疝気《せんき》完治を祈願して抜け参りに出てきた丹五郎が感慨深そうに言った。

江戸の日本橋富沢町を出てすでに二十余日が過ぎていた。

「丹五郎さん、見てみろや」

河原に高床の舞台がしつらえられ、羽二重の熨《の》し目模様、帯は黒繻子《くろじゅす》、金の刺繍緋鹿子《ししゅうひかのこ》の舞女が四人、琴、三絃《さんげん》、胡弓《こきゅう》など楽の音に合わせて舞う光景は、そこが聖と俗との悦楽の入り口であることを示していた。舞女たちは丹五郎が見とれるほどに美女ばかり、十五、六の乙女であった。が、火之根御子は古市伊勢音頭《ふるいちいせおんど》など見向きもせず、渡し船が往来する上流の川岸に歩み寄った。

「栄吉、歩いて渡るんか」

恵三が小声で聞いた。

きっと鋭いまなざしで次の言葉を封じた火之根御子は膝《ひざ》まで宮川の流れに浸《つ》かり、宮川の水を両手に掬《すく》って頭からかけた。

禊《みそぎ》である。

〈宮川―山田の入口也。是《これ》より外宮北御門迄《まで》三十町（約三・三キロ）。一名度会《わたらひ》川、豊宮《とよみや》川、斎宮《いつきのみや》川。渡し船は昼夜を分かたず。満水の時も両宮のうちより人を出し、参詣人《さんけいにん》を渡さしむ。御遷宮《せんぐう》の御時は舟橋をかくる。勅使参向の時、禊あり。又古へ三祭礼の前月、禰宜《ねぎ》の大祓《おほはらへ》も此地に勤仕す。諸国より参詣人、此川に浴して身を清むるもこれにならへり〉

別の古文書『伊勢』はいう。

丹五郎も恵三も栄吉の行動を慌《あわ》てて真似た。すると行列に従う抜け参りの子供たちがいっせいに禊を始めた。

その数はすでに数千を数えるほどに増えていた。

禊が習わしとはいえ、数千の抜け参りがいっせいに祓《はらえ》をして潔斎《けっさい》する光景はなかなか壮観であった。

「だれに教わったのでございましょうな」

河原の土手からその様子を望遠して忠太郎がいった。

「だれに教わったものでもあるまい。栄吉が持って生まれた血と宿命《さだめ》があのような行動をさせておるのであろう」

そのとき、総兵衛と忠太郎は期せずして、栄吉の暗い終末を予感していた。

御師の光太夫を乗せた渡しが火之根御子のかたわらに漕《こ》ぎ寄せられた。

「火之根御子様、ささ、お乗りくだされ」

光太夫の誘いを手で制した栄吉は、宮川の中央へと悠然と歩きだした。

「御子様、宮川は大人でも背丈が届かぬほどに深うございます。お戻りくださされ」

「栄吉、おぼれるぞ」

丹五郎も慌てて声をかけた。

火之根御子は胸まですでに流れに浸かっていた。が、不思議なことに背の小さな御子はそれ以上沈もうとはせず、静々と進んでいった。

流れに白衣の袖《そで》が揺れた。

すると水中から丹五郎らの心を鼓舞するような鈴の音が宮川に響いた。

御子の周りの流れが浅くなった。

「おおっ」

両岸からどよめきが起こった。

「恵三、栄吉に従えばおれたちも歩いて渡れるぞ」

丹五郎と恵三は火之根御子に続いていた。

抜け参りの子供たちも次々に従った。

火之根御子を先頭に宮川に三角の白衣の列が進む。楔《くさび》模様に粛々《しゅくしゅく》と子供たちが渡河をしていく光景は、なんとも壮観であった。

「見よや、さすがに火之根御子様じゃ、深い川をまるで舞でも舞うように渡っていかれるぞ」

「ありがたや、ありがたや……」

「伊勢参りのおかげでよいものを見せてもろうた」

両岸の見物の衆が両手で伏し拝んだ。

〈此町十二郷ありて人家九千軒ばかり、商賈《しやうこ》甍《いらか》をならべ、各《おのおの》質素の荘厳《しやうごん》濃《こまやか》にして、神都の風俗おのづから備《そなは》り〉

後に十返舎一九《じっぺんしゃいっく》は『東海道中膝栗毛《ひざくりげ》』で山田宿の賑わいをこう描写した。

宮川の土手を上がると参宮道の左右に茶店が櫛比《しっぴ》して外宮へといざなう。

宇治の天照皇大神宮を内宮といい、山田の豊受大神宮を外宮と呼びならわす。

豊受大神は百穀発生の原素《もと》を司《つかさど》り、人々に食を給したまう神である。祭神はイザナギ命《のみこと》の御子、和之産巣日命《わくむすびのみこと》の御子で御饌津《みけつ》神として尊崇されてきた。

最初、丹波国与佐の比治の真名井に祭ってあったが、雄略《ゆうりゃく》天皇の御世に天照大神が天皇の夢に現われて、豊受大神をわがもとに遷するようにいわれたので勅使を派遣して遷されたという。

丹波国比治の真名井から飛来した（とも伝えられる）御霊代《みたましろ》は御鏡という。

火之根御子の一行数千人は、豊受大神宮に参宮して、それぞれの思いを祈願した。

丹五郎はひたすら母親の疝気が治るように祈った。

恵三は無事に江戸へ戻りつけるように願った。

二人は前に座す栄吉の顔を盗み見た。が、火之根御子と変わった朋輩《ほうばい》の心を推量することは適《かな》わなかった。

豊受大神宮を出たところで光太夫ら御師百余人の出迎えをうけて、伊勢道と鳥羽からの道が合流する辻《つじ》に広大な屋敷を構える静太夫の邸内へと招じ入れられた。

その行列を迎える騒ぎのなか、広大な屋敷の裏口付近から邸内に潜りこんだ者がいた。忠太郎だ。忠太郎はあちらこちらに点在して建つ建物のなかから高床の神楽殿に目をつけ、床下に入りこんだ。

そのとき、栄吉こと火之根御子ら三名は檜《ひのき》の風呂場《ふろば》に、抜け参りの行列を最初に組んだ百七人は井戸端に案内されて身を清めた。

栄吉らには真新しい白装束が用意されてあり、童女たちが着替えを手伝ってくれた。

汚れた道中着を持った童女たちが風呂場から下がっていった。

脱衣場に三人の小僧だけが残された。

「なんやら己が己でねえようだ」

丹五郎が不安そうに呟《つぶや》いた。

「おれたち、どうなるんじゃろか」

恵三も訴えた。

「丹五郎さん、おっ母さんの疝気はもう治っておる。明日の内宮の参拝を済ませれば、伊勢参りの功徳《くどく》がその目で見られるよ」

栄吉がひさしぶりに栄吉の口調に戻っていった。

「栄吉、おれたち富沢町に戻れるよな」

「恵やん、丹五郎さん、心配せんでもいい」

栄吉がきっぱり言ったとき、老御師が、

「火之根御子様、従者の方々、まずは御神楽の間へご案内仕《つかまつ》る」

と誘いにきた。

火之根御子に戻った栄吉が手に御幣《ごへい》を飾った榊《さかき》一枝を持つと、老御師に従った。

長い廊下のむこうから太々神楽の調べが響いてきた。

大広間の中央に八畳の広さの神楽の間はあった。その四方に立つ四柱にしめ縄を張りまわした中央に釜《かま》があって、榊や白絹の幣帛《へいはく》などでうずめられてあった。

釜の下に火が入った。

楽の音が変わり、老女七人に童女二人の舞手が代わる代わる交替しながら舞い始めた。

笙《しょう》、ひちりき、小鼓《こつづみ》などを演奏する下げ髪の楽人は七十人を数える。

御師邸太々神楽と呼ばれるものだ。

伊勢参りに諸国から訪れた者たちはこの神楽の歓迎に感激して、ようやく神都に到着したことを実感するのだ。

清めの舞がすんだ頃合、静太夫と倅《せがれ》の犬千代《いぬちよ》が衣冠束帯も厳《いか》めしく、姿を見せると正面に向かって三拝し、平伏した。

楽の音が消え、静寂のなか、神殿の扉が左右に開いて、異界にあることを意識させた。

静太夫父子による願文と奏上と童の舞が転調しつつ二刻《とき》（四時間）ほど繰り返された。

そして、舞手、楽人、祈禱師《きとうし》らが何時《いつ》の間にか姿を消していた。

神楽の間から光が消えた。すると庭先が松明《たいまつ》の明かりに浮かんだ。

二百余名の御師たちが玉砂利を四角に囲み、その真ん中に漆黒の雄牛が二頭つながれていた。

「うおおっ」

光太夫の口から叫びが上がった。それは死者の魂を慄《ふるわ》すほど不気味で、丹五郎と恵三は震えあがった。それを合図に二百余人の祈禱が始まった。

御師は御祈禱師の略で本来の務めは祈禱に携わる者たちだ。

光太夫のかたわらには御師の姿に身をやつした隆円寺真悟がいた。

隆円寺は鳶沢一族との戦《いくさ》に敗れ、諸国を流浪《るろう》しながら剣の腕を磨いているときに柳沢家と縁の深い光太夫と偶然にも出会った。山陰道は出雲《いずも》の地であった。一夜の話し合いから抜け参り流行とその後の計画が企てられたのだ。

光太夫は伊勢に戻り、静太夫に相談し、賛意を得た。

静太夫は江戸での販路拡張を画策する宮嶋屋理八を仲間に引きいれた。

隆円寺は駒込屋敷のお歌の方に連絡をとり、大黒屋総兵衛への恥辱を雪《すす》ぐ機会を願った。

お歌の方は柳沢吉保の側用人から大老への昇進を願っていた。

抜け参りの騒ぎを江戸騒乱に拡大させて、その騒ぎを吉保大老昇進のきっかけとする企《たくら》みに賛成した。

かくて一年も前、伊勢山田の静太夫の支配下の御師たち、およそ二百数十人が西海道、山陰道、山陽道、北陸道、東海道、畿内《きない》、中山道、奥州《おうしゅう》道などに飛んで、抜け参りを準備してきた。

最初に抜け参りの兆候を見せたのは京だ。

あとは燎原《りょうげん》の火が燃え広がるように諸国に拡大した。そして、今、伊勢から江戸へ最後の道を辿《たど》ろうとしていた。

祈禱の唱和が一段と重く、大きくなったとき、二頭の雄牛の巨体が左右に揺れ始め、よだれを垂らしながら、鳴き声を上げた。

光太夫が、

「うおおっ」

という魂をつき動かすような叫びをふたたび発したとき、雄牛たちは横倒しに倒れて痙攣《けいれん》し、死の道を辿った。

松明が消えて、庭は暗黒に閉ざされた。

異界につながる神楽の間に静太夫父子と火之根御子、丹五郎、恵三の五人だけが残されていた。

丹五郎と恵三は見せられた光景に身を震わせていた。

「伊勢の御師四百家を代表して宝永《ほうえい》の抜け参りの頭領火之根御子様に申し上げ候《そうろう》。われら一同、御子様に従い、明朝の内宮参宮の後、伊勢街道から東海道を経て江戸まで下る所存に候。宿場宿場で伊勢参りの者どもを糾合しつつ、江戸入りの大行列、火之根御子様の差配のほどお願い奉《たてまつ》り候」

「江戸入りの行列とな、うけたまわった」

火之根御子が平然と答えると、金銀の盃《さかずき》が巫女《みこ》の手で運ばれてきた。

火之根御子と静太夫が三度飲み分けて儀式は終わった。

調べが戻ってきた。

「火之根御子様、連れの方、こちらへ」

神楽の間を出ると御師や抜け参りの子たちがすでに控える大広間に案内されて、上座に就いた。

筆頭御師光太夫、隆円寺真悟も大紋烏帽子《えぼし》の衣冠で上座近くに列していた。

祈禱で二頭の巨牛を呪殺《じゅさつ》した御師たち二百余人が列座していた。

すべて白木の四の膳《ぜん》が運ばれてきて、宴が始まった。

総兵衛らは松坂の竜泉寺から山田中之町の寂照寺に入った。

鳶沢一族が伊勢参りをなすとき、泊まる御師の屋敷は宇治館町の古市太夫方《ふるいちだゆう》であった。が、敵方の一人が御師の静太夫となれば、古市太夫ともつながりがあるやもしれぬ。

そこで忠太郎が寂照寺に宿房を願って許されたのだ。そのことを稲平はいまだ松坂にある美雪と作次郎らに知らせに走った。

抜け参りが雲集する喧騒《けんそう》の神都をはなれて、静かな寺房で総兵衛と忠太郎は二人になった。

「いよいよ明朝は内宮参宮、栄吉が思い描く抜け参りの結末はいかなるものにございましょうかな」

「宮嶋屋や静太夫は江戸に抜け参りの騒ぎを持ちこみたいのであろうな」

「江戸の騒乱が道三河岸の狙《ねら》いにございますか」

「伊勢で騒いでも幕府は痛くも痒《かゆ》くもあるまい。将軍家のお膝元に飛火するのが一番厄介なことよ。ただ柳沢吉保はなにを企てておるのか、そこが今一つ分からぬ」

「はっきりしていることは騒ぎの張本人を栄吉こと火之根御子に仕立てあげようとしていること」

「おお、そのことよ。でなければ、小童《こわっぱ》に伊勢の有数の御師があのような格別な歓迎をするものか」

「栄吉を火之根御子として、江戸に戻すわけには参りませぬな」

「栄吉は大黒屋の小僧、われらに科《とが》がかかるのは目に見えておる」

「総兵衛様」

忠太郎が視線を向けた。

「今宵、栄吉を」

暗殺するかと忠太郎は問うていた。

「いや」

と総兵衛は首を横に振った。

「明朝、あやつがなにを考えておるか、確かめてからでも遅くはあるまい」

「はっ」

「このこと、おれとそなたの胸の内だけにな」

忠太郎が頷《うなず》いた。

江戸は内藤新宿の追分を右にとった一団は、旗本高家の下屋敷の間を抜けて、柏木村成子坂下にかかった。

青梅《おうめ》街道である。

「ちえっ、兄い、貧乏くじを引いたぜ。番頭の亀蔵《かめぞう》ときたら、一人頭五両の草鞋《わらじ》銭だと、しみったれてるぜ」

三下の一人がぼやいた。

四人の格好は道中合羽に三度笠《がさ》、渡世人姿であった。

「乙三が失敗《しくじ》りやがった。親分と姉御のいねがいなさったらよ、おれっちは草鞋を履くだけですむめえよ。まずは折檻《せっかん》は覚悟しなきゃなるめえ」

「いねはあれで情なしだからな」

三下が相槌《あいづち》を打ち、言った。

「まだ出来上がってもねえ船の火付けだ。簡単な仕事なのに、乙三の野郎、ドジを踏みやがった」

四人は口入れ屋兼高利貸しの十一屋海助の一家の者たちだ。

巨船大黒丸の火付けはうまくいったが、乙三が摑《つか》まった。

乙三の口から真相が洩《も》れることを案じた番頭の亀蔵が火付けを命じた五人のうち、乙三を除く四人に草鞋を履かせた。

「兄い、明かりが見えるぜ」

前方にぶらりぶらりと提灯《ちょうちん》の明かりが見えた。

「夜旅で江戸に戻りついたのかねえ」

提灯の明かりがさらに近づいた。

浪人らしき二人の影だった。

「あれ、長嶺《ながみね》先生じゃあねえか」

揺れる提灯の明かりに一瞬照らされた顔を見た三下が言った。

長嶺大三郎は十一屋の用心棒だ。

「そんな馬鹿《ばか》な、こんなところに先生が」

兄貴分が応じて明かりを透かし見て、

「八代《やしろ》先生も」

と呟いた兄貴分の足が止まった。

「なんでえ、兄い」

番頭の亀蔵が二人の用心棒の背後から姿を見せた。

「騙《だま》された！」

と叫んだ兄貴の声を聞いた用心棒が四人の旅人に走り寄ってきた。

長嶺の手にあった提灯が投げだされ、路上で燃えあがった。

「亀蔵、きたねえぞ！」

兄貴分が叫ぶと長脇差《ながどす》に手をかけた。

が、修羅場に馴《な》れた二人の剣客の動きは機敏だった。

腰の剣が抜かれて、右に左に疾風が四人の肩口や脇腹《わきばら》を見舞い、瞬時のうちに殺戮《さつりく》は終わった。

「ふうっ」

燃える提灯の明かりに浮かんだ二人の殺人者は四人の懐《ふところ》に手を入れ、路銀を奪いとった。

「先生方、菊坂町に帰りますよ」

亀蔵が言いかけたとき、新たな疾風が起こった。

二人の殺人者が血刀を振りあげようとした瞬間、長嶺の鳩尾《みぞおち》を手槍《てやり》が刺し貫き、八代の首筋を小太刀が刎《は》ね斬《き》った。

「な、何者です！」

亀蔵の悲鳴が闇《やみ》に響いて途切れた。

その直後、提灯が燃え尽きて青梅街道は暗闇《くらやみ》に落ちた。血の臭《にお》いだけが蠟《ろう》の匂いに混じり合った。

「三代吉さん、敵《かたき》を討たせてもらったよ」

闇に響いた声は鳶沢一族で三段突きの信之助と呼ばれる一番番頭のものだ。

「大黒丸の炎上の恨み、まだ晴れてはおりませんよ」

おきぬの声が応じた。

「おきぬさん、旦那《だんな》様がお戻りになるまで辛抱いたしましょうぞ」

二人の気配が消えた。

三

松坂に滞在していた美雪、作次郎、それに鳶沢村から江戸へ使いに出されていた晴太の三人が山田の寂照寺の宿房に姿を見せた。

「駒吉はどうしたな」

晴太のことを気にかけながらも総兵衛は手代駒吉の身を案じた。

「美雪様の助けを得て、身柄を取り戻しました」

「医者には見せたか、治療は施したか」

総兵衛が急《せ》き込んで訊《き》いた。

「なにしろ緊急を要しますゆえ、総兵衛様のお許しも得ずに無断で行動しましてございます」

「なにをやったな」

「口の堅いお医師を見つけるのが先決と考えましたが、思いあたりませぬ。そこで三井越後屋様を訪ねましてございます」

「ほう、それで」

「富沢町の大黒屋と名乗り、伊勢参りにきて連れが怪我《けが》をした。信頼のおけるお医師を紹介してくだされとお頼みしましたところ、番頭様が自ら動かれて、小保宿の渓伯《けいはく》先生のもとに案内されてございます。治療を終えた先生の見立てによりますれば、怪我は時節が経《た》てば治ろう。内臓に傷がついてなければよいがとの診断にございました」

「そなたが申すとおり、駒吉の命がかかっておるわ。よき判断であった、作次郎」

「はっ」

「江戸に戻ったら、三井八郎右衛門どのにお目にかかって、お礼を申そうか」

「三井越後屋様では時節をみて、駒吉を店に引き取ってもよい。江戸に戻るときがきたら、船で送ろうと親切にも申されてございます」

「三井越後屋さんに助けられたな。あとは神仏に駒吉の運を祈るばかりじゃ」

「駒吉のそばには稲平さんを残してございます」

「まずはそちらは一安心にございますな」

忠太郎の声にも安堵《あんど》があった。

ほっとした総兵衛が晴太に視線を向け、

「江戸との往復、疲れたであろう」

と労《ねぎら》った。

「鳶沢村の次郎兵衛様が江尻湊《みなと》に早船を用意なされておられましたゆえ、江尻湊から一気に伊勢の二見浦まで海上を参りました」

「それはよかった」

晴太が背に担《かつ》いだ道中嚢《ぶくろ》を下ろして書状を何通か取り出した。一通は信之助、そしてもう一通は大目付本庄豊後守勝寛からのものだ。美雪がその場から姿を消そうとした。美雪だけが大黒屋の関係者ではなかった。そのことを気にかけたのだ。

「美雪、そなたもこの場に残っておれ」

総兵衛が命じ、まず信之助の手紙の封を切った。

〈総兵衛様　急ぎ認《したた》め申し上げ候《そうろう》。六角朝純様、京に上られ御屋敷には御不在。用人老女の会話を盗み聞き致しましたる処《ところ》、俄《にわ》かな京行きの命が発せられた由《よし》にて、翌朝、急ぎ出立されしとか。総兵衛様との約定を反故《ほご》にしての急ぎ旅、いかように考えるべきか迷い居り申し候。今の処、〝影〟様より一切の連絡なき事、合わせ御知らせ申し上げ候。江戸市中は抜け参りのせいにて死都と化し、商いも停滞、幕閣にても打つ手なしと困惑致すのみの有様の様子。大黒屋の商いは普段通りに継続致し居り候が臨時休業の札掲げし取引店多き故《ゆえ》、じんわりと影響も出始めし様子に御座候。最後に丹五郎の母親、医師の治療により持病の疝《せん》気《き》回復せし段、付記申し上げ候〉

総兵衛は封書を丸めると、

「丹五郎の母親の疝気が治ったそうじゃ」

とだけ一座の者に伝えた。

総兵衛は勝寛の封書を目の前に軽く差しあげて、昵懇《じっこん》の旗本へ感謝の気持ちを示した。

〈大黒屋総兵衛殿 そなたの懸念《けねん》を城中に探りし処、御側用人道三河岸主、最近上様の駒込殿中御訪問の折、お歌の方と二人、強く大老への昇進を希望致し申し上げ候との事実幕営にて噂《うわさ》が飛び交い候。考うれば柳沢吉保様、公《おおやけ》には綱吉様側用人が職階。世に老中上座と呼ばれたりといえども、老中にあらず無論大老にあらず。綱吉様御寵愛《ちょうあい》の側用人に候。人間の欲望尽きるところ知らず、甲府藩主吉保様も幕閣にての出世を妄想致し候か。ただ勝寛、吉保様の野望と当世流行の抜け参り騒ぎがいかに連関するや未だ考え至らずに居り候。最後にそこもとの無事帰府、江戸より祈願致し居り候〉

勝寛の手紙を忠太郎に渡した。

「美雪、綱吉様側用人柳沢吉保様、上様に強く大老就任を希望されたそうな」

美雪は総兵衛から名指しで問いかけられ、当惑の表情を浮かべつつも考えた。

「総兵衛様は抜け参りの騒ぎと柳沢様の野心が結びつくと考えられますか」

「一に元家臣の隆円寺真悟が伊勢の御師静太夫の手代どもを諸国に派遣して抜け参りのお膳立《ぜんだ》てをなしたること、二に大名柳沢吉保様と伊勢御師静太夫の密接なるつながりを考えるとき、柳沢様が抜け参り騒ぎを大老昇進のきっかけにと考えておられることは明らかじゃ」

美雪はただ頷いた。

「抜け参りの一団が徒党をなして、伊勢から江戸に熱風が吹き荒れるように帰着したと考えよ」

「江戸市中は死の都から騒乱の巷《ちまた》と化しますな」

忠太郎が答えた。

「その騒ぎを側用人どのが取り鎮《しず》めたとせえ」

「功労第一の栄が道三河岸に……」

「綱吉様から大老昇進の沙汰《さた》が吉保様に届くという算段よ」

「さてそこで栄吉の役にございますな」

総兵衛は独り、

（〝影〟様より預かりし火呼鈴《ひこれい》を懐に栄吉が伊勢への旅に出た意味か）

と考えていた。

「すべて明日には、決着がつこう」

総兵衛の口からその呟《つぶや》きが洩《も》れた。

「忠太郎、静太夫配下の御師はおよそ何人か」

「伊勢に戻った者たちは頭分の隆円寺、光太夫を含めておよそ二百数十名を数えます」

「われらは駒吉が倒れた今、忠太郎、作次郎、稲平、晴太、美雪の五人とおれ……」

六対二百数十名の死闘ということになる。

「松坂の宮嶋屋に残った者はおるか」

作次郎が答えた。

「宮嶋屋の道場に十余人の浪人らが、離れに十一屋海助、情女《いろ》のいね、用心棒大曲刑部左衛門無心と小者たちが宿泊しております」

「理八は山田に泊まる様子か」

「明日が早うございますれば、静太夫の屋敷に滞在するは必至にございます」

忠太郎が答えた。

「駒吉の礼をする。これより松坂の宮嶋屋を襲う」

と総兵衛が言った。

「おう」

忠太郎らが即座に応じた。

「美雪、そなたはどうするな」

「端に加えていただきます」

総兵衛が莞爾《かんじ》と笑った。


八つ（午前二時頃）、宮嶋屋は深い眠りに落ちていた。

隠然たる力を家内すべてに振るう隠居の理八が留守ということもあって、母《おも》屋《や》じゅうからいつもの緊張が欠けていた。

作次郎が裏塀を乗り越え、裏戸を開けた。

美雪の案内で六人は道場に向かった。

着流しの総兵衛の腰には三池典太光世《みいけでんたみつよ》の豪刀があった。海老茶《えびちゃ》に双鳶《ふたつとび》の家紋入りの鳶沢一族の戦支度《いくさ》に身を包んだ作次郎の手には小型の薙刀《なぎなた》があって、忠太郎らはそれぞれ大小をたばさんでいた。

美雪は小太刀一本だけを差し落としていた。

道場からいくつもの高鼾《たかいびき》が重なって響くところをみると、酒を飲んで熟睡していることが分かった。

「表玄関と横手の通用口の二箇所が道場の出入り口にございます。どちらも鍵《かぎ》はかかっておりませぬ」

総兵衛と美雪が表玄関から侵入し、裏口から忠太郎、作次郎、稲平、晴太四人が忍びこむことになった。

板の間の片隅二箇所に行灯《あんどん》が置かれ、ほのかな明かりに十四、五人の男たちが河岸《かし》の鮪《まぐろ》のように枕《まくら》を並べて眠りに就いているのが浮かんだ。

総兵衛が端に寝ていた男の枕を蹴《け》った。

「な、なにをいたすか」

寝ぼけ眼《まなこ》で総兵衛を見あげた。

「静かにせえ」

「何者か」

叫ぼうとした浪人の首筋にそろりと抜かれた三池典太光世がぴたりと当てられた。

「なにが起こった」

宮嶋屋が騒乱に備えて雇った用心棒ら十四人が目を覚ました。

「今一度言う、静かにせねば斬る」

六人が十五人の男たちを囲んで立っていた。

「何者じゃ」

さすがに浪人団の頭分が誰何《すいか》した。

「大黒屋総兵衛と一統が江戸富沢町から出張って参った」

総兵衛の静かな声に驚きの声が上がった。

「どうやらわれらの名を知っておるようじゃな。無益な殺生《せっしょう》はしとうない、松坂から姿を消すというのなら、見逃そう」

「なにをぬかすか」

頭分が枕元の大刀に手を伸ばし、跳ね起きた。

総兵衛の長身が風のように走った。

走りながら家康拝領の葵典太《あおいでんた》二尺三寸四分が一条の光になって抜き放たれた。

光が白い弧を描き、頭分の首筋を横にないだ。

音もなく首根から切断された頭部が驚きを残したままに虚空《こくう》に飛び、ごろりと道場の床に転がった。

「糞《くそ》っ！」

数人の仲間が剣を抜き合わせた。

が、忠太郎の剣と作次郎の長刀と美雪の小太刀が一閃《いっせん》して、声もなく倒れ伏した。

「さて、どうするな」

一瞬のうちに四人の仲間たちが亡骸《むくろ》になって転がっていた。

道場に血の臭《にお》いが立ち込め、それが生き残った浪人たちの恐怖を増幅した。

「おれは止《や》めた」

一人が言うと次々に、

「この仕事から手を引く」

「上方へ戻る」

と言いだした。

「ならば支度せえ、騒ぐでないぞ」

十一人が慌《あわ》てて旅支度をした。

「作次郎、晴太、稲平、裏口から送りだせ」

「はっ」

そう命じた総兵衛は忠太郎と美雪を引き連れて、離れに移動した。

忠太郎が巧みに離れの雨戸を外し、廊下に入りこむ隙間《すきま》をつくった。

総兵衛が無言のうちに入りこむ。

美雪が続き、最後に忠太郎が従った。

風が離れに吹きこみ、

「起きる刻限かえ」

という十一屋海助の声が障子の向こうからした。

「十一屋どの、ちと様子がおかしい」

海助といねが眠る部屋の隣部屋に床を敷いていた丹石流の剣客大曲刑部左衛門無心の声が離れに響いた。

「大曲さん、なんぞありましたかえ」

海助の声が問い直し、布団《ふとん》の下に手を差し入れた。

「大曲とやら、熱海の弁天岩以来であったな」

という声が聞こえ、

「げえっ！」

という凄《すさ》まじい叫びが隣室から響いて、海助は布団の下に隠し持っていた短筒の火縄を有明行灯の火で点《つ》けた。

「だ、旦那《だんな》、一体全体なにが……」

いねが半身を起こすと枕元の道中差に手をかけた。

「大黒屋が忍びこみやがった」

火縄の匂いが部屋に漂い流れた。

襖《ふすま》がゆっくりと開かれ、大曲刑部左衛門がゆらりと敷居に立った。鞘《さや》に収まったままの大刀を手にしていた。

「大曲さん、どうなさった」

大曲の肩と膝《ひざ》がふいに崩れるように下に沈んで、前屈《まえかが》みに大曲の体が寝間に倒れこんできた。するとそこに着流しの男が抜き身を下げて立っていた。

十一屋海助は短筒の銃口を侵入者の胸に向けながら、

「待っていたぜ、大黒屋総兵衛」

さすがに悪党の頭目、落ち着きがあった。

「そなたとは箱根、熱海と行き違ってきたな。十一屋、夢半ばにして死ぬのは無念であろう」

「しゃらくせえ、おれがあの世に行く前におめえの胸板に大きな穴が開いてらあ」

「道三河岸になにを唆《そそのか》された」

「ほう、柳沢吉保様が控えておいでなのを探りだしたか」

「大黒屋と道三河岸の闘争は今に始まったことではないわ」

「柳沢様が幕閣を牛耳られたあかつきには、十一屋海助の口入れ屋は幕府御用達だ。なんでも思いのままだぜ」

「大名諸侯三百家の大名行列の中間《ちゅうげん》小者を差配しようというのか。やくざまがいが笑止なことよ」

「ぬかせ。大黒屋、てめえがこさえている大船は今ごろ大川の灰に帰しているぜ」

「大黒丸の火付けを企てたと申すか」

「おお、商人が身のほど知らずに二千石船なんぞを造ろうなんてふてえ話だ。柳沢の殿様もお怒りだ」

「そなたらが企てたは大黒丸の火付けばかりではあるまい」

「富沢町のおめえの店はそっくり大伝馬塩町の宮嶋屋さんが引き継がれることになっている。木綿問屋と古着問屋を合わせれば、三井越後を凌《しの》ぐこともできらあ」

「道三河岸も何度愚かなことに手を出されるや」

総兵衛の言葉には悲しみが漂った。

「商人風情《ふぜい》が天下の側用人様の身を心配か」

海助がせせら笑った。

「どうせ駒込屋敷のお歌の方が浅知恵を吹きこんだに相違あるまい」

「ならばどうする」

「十一屋海助、浅知恵の結末を聞いておこうか。伊勢群参の者どもを江戸に一気に入れて、なんの騒ぎをさせる気だ」

「火付け、強盗、殺しに盗み、旅でくたびれた男や餓鬼を唆せば、なんでもやろうぜ。江戸が大騒ぎになったところで柳沢様が御鎮めになる、まあ、そんな筋書きだろうな」

「どうやらそなたは大団円の終末が知らされてないようじゃな」

「しゃらくせえ。大黒屋、あの世とやらから江戸の騒ぎを見物して御託を並べろ」

廊下側の障子と奥の襖が同時に開いた。

忠太郎が廊下に、その反対側の控えの間に美雪が立っていた。

一瞬、海助の眼が新たな侵入者の位置を確かめ、素早く総兵衛に視線を戻した。

総兵衛はまったく動いた節はない。

「刀を捨てねえ、総兵衛の心臓に風穴が開くぜ」

総兵衛がだらりと垂らしていた抜き身の葵典太を海助の前に投げ捨てた。

海助の注意が緩んだ。

総兵衛の手が腰の銀煙管《ぎんぎせる》にかかり、手首を返しざま、海助に投げた。

「なにをしやがる！」

反射的に差しだした短筒の筒先が銀煙管を払おうとして思いとどまり、引き金を引いた。

銃声が離れに響いて総兵衛のかたわらを銃弾が飛び去った。

「外道、おれの大黒丸を……」

忠太郎の言葉をなかば聞いた十一屋海助は首筋を真横から忠太郎の刃に刺し貫かれ、さらに抜き取った刃《やいば》で眉間《みけん》を断ち割られた。

どさり！

と布団から転がり落ちるように海助が頭から畳に突っ伏した。

「やりやがったな」

道中差を抜こうとしたいねの肩口を美雪の小太刀の一撃が襲い、さらに深々と喉首《のどくび》を刎《は》ね斬った。

松坂から伊勢街道をひたひたと山田目指して早駆けに進む六人があった。

「なんと」

宮川の渡しを望む土手まで到着したとき、忠太郎が嘆声を上げた。

河原には何千何万もの抜け参りが渡しを待ってうごめいていた。闇《やみ》を照らす松明《たいまつ》があちらこちらに点《とも》されていた。

「火之根御子様がご参宮になる朝じゃ、なんとか間に合うべえか」

「順番を待っていたんではあきまへんな。なんぞ、いい智恵《ちえ》ありまへんか」

「渡しはここだけといいますぞ、待つしかありますまい」

諸国からきた伊勢参りの大人たちや抜け参りの子供たちが不安げな様子で喋《しゃべ》っていた。

「どうなされますな」

忠太郎の問いに、

「下流に村人が使う渡しがございます。そこならばなんとかなるやもしれませぬ」

総兵衛一行より早く松坂に到着して、辺りを歩きまわった美雪が言いだし、

「案内せえ」

との総兵衛の命に一行は下流へと夜明け前の闇を辿《たど》った。
八、九丁も下ったか。宮川が蛇行する淵《ふち》から今しも老船頭の渡しが向こう岸へ出立しようとしていた。船には土地の男女が三人と農耕馬だけだ。
「すまぬが同船させてもらえぬか」

なにか言いかけた船頭の手に作次郎が素早く小粒を握らせた。

「迷惑料だ」

「こりゃ土地の人だけだ。じゃが伊勢参りの道に迷われた人を無下にもできまいな、なあ、皆の衆」

船頭が断って六人は宮川の渡し船に乗りこむことができた。

美雪は黒々とした神域の森の頭上がわずかに白み始めたのに気がついた。

今日、なにかが起こる。それが終わりなのか、騒乱の始まりなのか、美雪に

も分からなかった。はっきりしていることは、

（総兵衛という男に付き従う）

ことだけだった。それだけを肝に銘じて、座していた。

四

静太夫の広壮な屋敷の門が左右に開いた。すると参宮道で待機していた何万もの抜け参りがどよめきのような喚声を上げた。

「火之根御子《ひのもとのみこ》様、お伴いたします」

「ご一緒させてくだされ」

群参の子供たちから声が飛んだ。

白衣の手に榊《さかき》一枝を持した火之根御子は、丹五郎と恵三を従え、静かに頷《うなず》いた。

光太夫と隆円寺真悟に先導され、火之根御子と従者の二人、その背後に二百数十名の御師の集団が続き、松坂の高須の浜で最初に栄吉を迎えた百七人の子

供が従った。その後には何万何十万とも数えきれない抜け参りがぞろぞろと列を作った。

まだ夜も明けやらぬというのに参宮道の左右を伊勢参りの老若男女や土地の者たちが埋め尽くして、火之根御子をお頭にした抜け参りの大行列を見物した。妙見堂の上り坂、尾部坂を越えると三味線の音が響いてきた。

伊勢で有名なお杉お玉である。お杉お玉とは一人が三味線や胡弓を鳴らし、一人が踊っては伊勢参りの信徒に銭を乞う女たちの総称である。その女たちが御子を歓迎する演奏をしていた。

行列はさらに長くなりながら古市へと入っていく。

伊勢は神の都であると同時に遊芸欲望の世界でもあった。

その代表が古市である。

〈此町茶店、戯場《しばい》有〉

と『大全』に書き記されたように、伊勢の妓楼《ぎろう》の第一は古市、第二は松坂……と相場が決まっていた。当時、古市の妓楼八十余軒、遊女千人を数えたという。

起こっている。

遊廓《ゆうかく》と芝居を結びつけた事件すら、後年の寛政《かんせい》八年（一七九六）五月四日に有名な『伊勢音頭恋寝刃《いせおんどこいのねたば》』の題材となった油屋騒動は宇治の医師、孫福斎《まごふくいつき》が古市の油屋に登楼、敵娼《あいかた》を後から上がった阿波《あわ》の藍玉《あいだま》商人らに引き抜かれてしまったことから始まった。逆上した斎は刀を抜いて、奉公人や客を殺傷してしまう。その場を逃げだした斎は近くの神主邸で自刃《じじん》する。

この事件を聞いた大坂中座の座付作者の近松徳三が仕上げたのが『伊勢音頭恋寝刃』だ。

古市の妓楼の遊女たちが抜け参りの行列を二階の出窓から伏し拝み、見送った。

諸国から来る伊勢参りの参詣人《さんけいにん》が土産を求める店が軒を連ねる参宮道を一行が進むと、俗界と神域を結ぶ宇治橋が見えてきた。

光太夫の差配で行列を整え直した。

丹五郎と恵三は光太夫の命で後列の抜け参りの子供に加われと命じられた。

「栄吉」

恵三が小声で助けを求めた。

「丹五郎さん、恵やん、ここでお別れじゃ」

「栄吉、どういうことか」

丹五郎が問い直そうとするのを光太夫が引き離して、御師の後方の抜け参りの一団の先頭に移動させた。

「さて参ろうか」

五十鈴《いすず》川にかかる宇治橋を光太夫と隆円寺真悟の二人を露払いに火之根御子がお渡りになる。すると御子の体のいずことも知れず鈴の音がときに涼やかに、ときに晴れやかに鳴り響いた。

五十鈴川の清らかな流れの河原には手網《てあみ》をもった土地の子供たちが橋上から参詣人が投げる銭を受け取らんと待ち構えていた。が、その子供たちも手網を下げて、御子の渡橋を見送った。

垂仁《すいにん》天皇の御世《みよ》、倭姫命《やまとひめのみこと》に託して八咫《やた》鏡、すなわち天照大神をしずめ祭るところを尋ねられた。すると伊勢の国の五十鈴川の川上によいところがあると倭姫命が答えたという。さらに天照大神のお告げに、

「神風の伊勢国は、常世《とこよ》の浪重浪《なみしきなみ》寄る国、傍国《かたくに》のうまし国なり、是国に居む」

と教え給《たも》うたので、この地に斎宮をおこされた。

大神宮を創建し、機殿《はたどの》を建てて神衣を織り、屯倉《みやけ》をおいて神領と定められて、長い歳月が流れ、宇治橋の彼方《かなた》には古木鬱蒼《うっそう》と茂り、木の下闇が玉砂利の参道を覆っていた。

だが、火之根御子がちょうど神域に一歩を記したとき、東雲《しののめ》の光が斜めから差しこんで、五十鈴川からの朝靄《あさもや》が光に舞い躍った。

木の下闇が光の乱舞へ幻想的に変わろうとしていた。が、微光はまだ靄を雲散霧消させる力はなかった。

火之根御子は、光太夫と隆円寺の二人に先導されつつ、御師二百数十名と何万何十万とも数えきれない抜け参りを率いて、玉砂利に音を響かせつつゆるゆると進む。

古木の参道を抜けた一行を内宮の石段の前で伊勢有数の御師の静太夫と宮嶋屋理八が迎え、先導に加わった。

いよいよ石段を上がると内宮に辿りつく。

内宮の社殿に進んだのは、火之根御子、静太夫と光太夫の二人の主従御師、宮嶋屋理八、それに隆円寺真悟の五人だけだ。

二百数十名の御師の集団は、石段の左右に居流れて、待機した。

「丹五郎さん、ようやくお伊勢様に辿りついたな」

「おお、長い道中であった」

石段の下では板垣南御門を見あげながら、丹五郎と恵三の二人の小僧が感動を話し合っていた。

「あそこで拝礼すれば、抜け参りも終わる。おっ母さんの疝気《せんき》も治ろうぞ」

「あとは江戸に戻るだけじゃろうか」

恵三がまた不安の表情をみせて、内宮の奥を見あげた。

かすかに祝詞《のりと》が奏上されているのが聞こえてきた。

そのとき、内宮の頭上を一条の燐光《りんこう》が射て、内宮の背後に輪光を描き出した。

参拝を待つ群参の人の間から、

「天照大神のご来臨じゃぞ！」

の声が上がり、

「ありがたやありがたや」

と口々に唱えながら、その場にある伊勢参りの大人も抜け参りの子供衆《し》も伏し拝んだ。

板垣南御門の下に静太夫と宮嶋屋理八が姿を見せた。さらに光太夫と隆円寺真悟が火の点《つ》いた松明を手に姿を見せて、石段の左右に広がって待機した。

四人の中央より火之根御子が姿を見せた。

丹五郎の目にも恵三にも清々《すがすが》しく神々《こうごう》しく、大黒屋の寝小便垂れ小僧とは似ても似つかぬ栄吉の姿が映った。

「われらはこれより伊勢の火を護持して、江戸まで天照大神の化身、火之根御子様を供奉《ぐぶ》して東下致す。そなたらもわれらに続き給《たま》え」

静太夫が叫んだ。

「おおっ!」

という参道の声が神域に轟《とどろ》いた。

「お供いたします」

「供に加えてくだされ!」

榊でゆるやかに虚空《こくう》を掃いた火之根御子が石段を一歩踏み下りた。すると神木老木の梢《こずえ》から一枚の紙がひらひらと舞い落ちてきた。

「お札《ふだ》じゃ、お伊勢様のお札じゃぞ」

石段にひらひらと舞い落ちた紙を見た御師の一人が叫んだ。

「ありがたやありがたや」

「たしかに火之根御子様は天照大神様の化身じゃ」

空を仰いだ人々の頭上にお札が舞い散っていた。

「おお、なんということか」

静太夫さえ感激の叫びを上げた。

「火之根御子様！」

宮嶋屋理八が感激の声を上げ、

「皆の衆、御子の奇跡を見よ！」

とさらに高声を張りあげた。

火之根御子が石段を下りる度に降りつづくお札は数を増した。

人々は競ってお札を拾って伏し拝み、額に押しつけた。

御子が石段から参道に下り立った。

老木古木が立ちならぶ参道に抜け参りの群衆が無数参拝を待っていた。が、御子の姿を見るとさっと左右に分かれて道を作った。

火之根御子が御幣を垂らした榊を振ると、その頭上にもお札が舞い散ってきた。

「火之根御子様のお奇跡を見たいか」

宮嶋屋理八がふたたび声を張りあげ、

「御子様、お願いを聞きとどけくだされ！」

と願った。

火之根御子は参道へと歩みかけたが五十鈴川へ下る道へ方向を転じた。

そこは御手洗《みたらし》の河原であった。

「新たな奇跡じゃぞ！」

宮嶋屋理八が憑《つ》かれたように叫ぶ。

御子を光太夫、隆円寺真悟、宮嶋屋理八、そして静太夫が囲むように供奉して、河原に下りた。さらに二百数十名の御師集団が続く。

五十鈴川の流れはあくまで清らかに静かに流れていた。

川の両岸には火之根御子の奇跡を見ようと抜け参りの人々、群参の衆が殺到した。

水辺に立った火之根御子が流れに向かって榊を振った。するとふたたび鈴の音が響いた。

川面《かわも》に波紋が生まれた。

御子の足下から対岸へと白波が走り、流れが引いて川底に幅数間《けん》の道ができた。それは火之根御子一行の行く手を指し示しているように思えた。

「な、なんと！」

さすがの宮嶋屋理八も息を飲んだ。

「あれは栄吉やろか」

恵三が恐ろしげに呟《つぶや》く。

「江戸への神道がでけたぞ！」

理八が叫び、どよめきが神の森を揺るがした。

火之根御子がゆっくりと川底に一歩を下ろす。続いて二歩、三歩と歩まれる。

その姿を見た群衆の瞼《まぶた》に涙が湧《わ》きあがり、感動に潤《うる》んだ。

「御渡りじゃえ、五十鈴川、火之根御子様、御渡りじゃえ！」

光太夫と隆円寺が捧《ささ》げ持つ松明の明かりに先導され、火之根御子が進む。その後を静太夫と宮嶋屋理八が守り、二百数十人の御師が衣冠もいかめしく供奉した。

天上から五十鈴川の上にもお札が降り注いで、なんとも美しい。

渡河の行列は先頭の二本松明がなかほどにかかり、お札の舞がすうっと消えた。

火之根御子がそのとき、川上を振り仰がれた。

不思議そうな表情が恐怖に彩《いろど》られたようにも丹五郎の目に映った。

川上で轟《とどろ》き渡る音が起こった。

それは夜空を走る雷鳴にも似て、大地に豪雨を叩《たた》きつけたような音であった。

それが急速に接近してきた。

五十鈴川に立ちどまった一同が不安の視線を川上に送った。

が、火之根御子は恐怖を振りはらうように歩みを再開された。

御師集団の最後尾が五十鈴川にかかり、さらに二、三歩進んだ。

群参の人々が見る前で湿った黒雲がむくむくと湧きあがり、大暴れしながら行列に向かって襲いかかってきた。黒雲の下には高さ数丈にもおよぶ鉄砲水が走りきて、暴れ狂う奔流は行列を一息に飲みこもうとした。

「御子様、お助けを！」

宮嶋屋理八が嘆願した。

御師たちが両岸に逃げようとした。が、間に合いそうもない。

ゆるやかに視線を転じた火之根御子の口から思いがけない言葉が吐きだされた。

「おっ母さん、助けてくれえ！　栄吉は死にとうはないぞ」

その悲鳴は見物する群参の人々の耳に届いた。

「なんと御子様が慄《ふる》えてござる」

「天照大神の化身やとだれがいうた」

両岸の人の群れのなかからそんな非難が起こったとき、

「怖いよ！」

という火之根御子の悲鳴が河原に響きわたって、激流が行列に襲いかかった。

光太夫と隆円寺真悟が捧げる松明が水勢に消えて、二人の体が奔流に押し流されていく。さらに宮嶋屋理八が、静太夫が次々に激流に姿を没し、衣冠や烏《え》帽《ぼ》子《し》を流れのなかに一瞬見え隠れさせていたが、疾風のように下流へと押し流されて消えた。

火之根御子の小さな体は一際《ひときわ》高い流れに包みこまれ、直後に虚空に跳ね上げるように奔流の頂に横倒しの姿を押しあげられた。

「た、助けてくれ！」

悲鳴を響かせた火之根御子はふたたび水流に身を消し去った。

「恵三、どうしよう」

「栄吉が水に飲まれた」

丹五郎と恵三が慄然《りつぜん》と言い合った。

ふいに襲いきた奔流が火之根御子一行とともに走り去り、流れにはだれもいなくなった。

騒然としていた河原を重い静寂と沈黙が覆《おお》った。

頭上を覆っていた黒雲が消えた。するといつもの涼やかな五十鈴川がゆるやかに現われた。

「夢を見ていたかや」

「いや、おらは見た。火之根御子なんぞはまやかしや」

「餓鬼のように泣き叫んでおったな」

「赤子じゃ、まるで」

熱が急に覚めていき、白々とした空気が漂った。

「国に戻ろうか」

「そうよな、われらも江戸に帰ろうか」

神域にあった抜け参りの人々がぞろぞろと宇治橋のほうへ戻り始めた。

「丹五郎、恵三」

と名を呼ばれた二人が振りむくとそこに手代の稲平が立っていた。

「稲平さん」

「手代さんはどうしてお伊勢に」

二人が口々に訊《き》いた。

「そなたらを迎えにきたのじゃ」

丹五郎と恵三の顔の緊張が解けて、泣きだした。


騒ぎがあった御手洗場の河原から半里(約二キロ)余りの五十鈴川下流には死屍累々《るいるい》の恐ろしき光景が展開していた。蛇行する河原のあちこちに、衣冠をはぎ取られた二百数十名の水死者が横たわり、神域に棲《す》む黒烏《がらす》がその上空を飛びまわっている。

黒い神域の森から一人の男が姿を見せた。

大黒屋総兵衛こと鳶沢総兵衛勝頼であった。

総兵衛は確かな歩みで水死者の間を歩きまわり、顔を覗《のぞ》きこんだ。

足が止まった。

小さな白い影を岩場の窪《くぼ》みに見つけたからだ。

火之根御子、いや大黒屋の小僧に戻った栄吉の姿だった。

奔流に流されたとき、岩にでも額を打ちつけたか、一筋の血が眉間《みけん》に流れてこびりついていた。

「栄吉」

その呼びかけを待っていたように栄吉の目が開かれた。

「お待ちしておりました」

栄吉の手がのろのろと懐《ふところ》に入れられ、火呼鈴《ひこれい》が差しだされた。それは激流にもみしだかれたにもかかわらず小さな傷一つなかった。

「大黒屋にとって大事な更衣《ころもがえ》の日、そなたが持ちだした家康様所縁《ゆかり》の火呼鈴、理由《いわれ》があって伊勢まで旅させたか」

栄吉は痩《や》せた頬に笑みを浮かべた。

「武と商を持って徳川家の安泰にお仕えしてきた鳶沢一族を存亡の危機に陥れたか、それとも自らの命を捨てて、江戸の騒乱を未然に防いだか」

総兵衛の独白のような問いに栄吉は答えようとはしない。

「栄吉、父を殺したか」

「松蔵はすね者にございました。一族にとっても害、おっ母さんに乱暴を働く酔っ払いにございました」

「それで岩場から荒海に突き落としたか」

栄吉は小さく頷《うなず》いた。

「栄吉、世の中には賢者もあれば愚者もいる。一族にも勇者もおれば臆病者《おくびょうもの》もおる。それが人間の世界じゃ」

「総兵衛様、松蔵がおらのお父《とう》であってほしくはなかった」

栄吉の岩に凭《もた》せかけた顔ががくりと落ちた。

総兵衛は小さな体を両腕に抱きあげると、

「鳶沢村に戻ろうぞ」

と死者の河原を歩きだした。

河原から森に分け入り、一丁（約一〇〇メートル）も歩いたとき、杉の老木の下の薄闇《うすやみ》に一人の衣冠の人物が立っていた。影の下の貌《かお》は定かではなかった。

総兵衛は十数間の距離をおいて歩みを止めた。

ふいに鈴の音が森に響いた。

すると総兵衛の懐の火呼鈴が呼応して鳴った。

「水呼鈴をお持ちの人物となれば、〝影〟様でござるか」

「水火がひさしぶりに鳴りおうたな」

「鳶沢総兵衛勝頼、そなた様との約定、なしとげられませんでした。わが懐の鈴、そなた様にお返し申します」

〝影〟と推量される人物が声もなく笑った、と総兵衛には思えた。

「そなたとの約定を破って旅に出たはわがほうも同じ、その理由《ことわり》、推測つこうな」

「〝影〟様の命《めい》、だれぞが画策した抜け参り流行の阻止にあったと申されますか」

「総兵衛、そなたはわれとの約定を破ったが、わが命はまっとうした」

〝影〟の指令は抜け参りの背後に隠された邪《よこしま》な企ての阻止だった。

「鳶沢一族はこれまでどおりに武と商に生きてようござるか」

水呼鈴が答えて火呼鈴が応じ、二つの音が聖域の森に静かに木霊《こだま》して広がった。

薄い靄が杉木立ちから下りてきて、一陣の風が靄を吹き消した。

〝影〟は靄と一緒に消えていた。

「栄吉、そなたは身を滅ぼしてわれら一族を生き残らせたか」

腕の亡骸《むくろ》に話しかけた総兵衛は、伊勢の浜二見浦に待つ船に向かって森のなかを歩きだした。

終章　老《ろう》狐《こ》

陰暦五月半ば、江戸は梅雨の季節を迎えていた。

この夜半、着流しの腰に一剣を差し落とした大黒屋総兵衛は独り猪牙舟《ちょきぶね》の櫓《ろ》を操って、水かさが増した大川を渡った。

数刻《とき》前、総兵衛、作次郎、稲平、晴太、丹五郎、そして恵三の六人は鳶沢《とびさわ》村から陸路東海道を経て江戸の土を踏んだ。

江尻《えじり》宿から箱根に向かうにつれて抜け参りの熱気が消えていくのが見られた。

伊勢の五十鈴《いすず》川での出来事は一瀉千里《いっしゃせんり》、人の口から口へと伝えられて東海道を江戸に走り広がっていた。

伊勢の小俣《おばた》宿には怪我《けが》の治療を続けている駒吉が一人残された。動けるようになれば松坂の三井越後屋が引き取り、江戸行きの便船に乗せてくれるとのこと、総兵衛は好意に甘えた。

伊勢から鳶沢村まで晴太を乗せてきた船で海路を走った。

ここで栄吉の亡骸《むくろ》を下ろし、忠太郎は鳶沢村に帰着した。

深沢美雪は鳶沢村近くの古宿村の尼寺月窓院の暮らしに戻ることになった。

総兵衛は美雪を月窓院の門前まで送っていくと、

「今しばらく我慢せえ」

と命じた。

「総兵衛様、美雪は我慢などいたしておりませぬ。ご一緒に旅ができて楽しゅうございました」

「また会う日が必ずやくる」

総兵衛は別離の言葉をこう結び、美雪が総兵衛の顔を見詰めて頷《うなず》いた。

大黒屋に戻った夕刻、総兵衛は一族の主だった者たちを地下の大広間に集めた。

大番頭の笠蔵、一番番頭の信之助、荷運び頭の作次郎、二番番頭の国次《くにじ》、三番番頭の又三郎、四番番頭の磯松、総兵衛付きの女中おきぬらだ。

総兵衛の口から伊勢での顚末《てんまつ》が語られた。

江戸にあった者たちは息を飲んで聞いた。

最後に総兵衛が、

「われらこれまでどおりに武と商に生きることになる」

とだけ報告した。

だれもそのことを問い返さない。ただ安堵《あんど》の息を小さくついただけだ。

代わって信之助が建造中の船の火付けをした者は十一屋に雇われた者たちであったこと、それを命じた番頭ともども始末したことを報告した。

「宮嶋屋仁右衛門の始末が残っております」

「今一つ、駒込屋敷のお歌の方を生かしておくは天下のためにならず」

と総兵衛が呟《つぶや》くようにいった。

柳沢吉保の愛妾《あいしょう》暗殺が告げられた。

「すぐさま」

と笠蔵が応じた。

「頃合をみてな、おこなう」

「はっ」

「宮嶋屋はそのままにしておけ」

総兵衛はそう命じると独りにせよと一族の者たちの解散を命じた。

総兵衛は初代成元の座像に向き合い、思念しつづけた。そして八つ（午前二時頃）前、地下の船着場から猪牙舟を出したのだ。

竹町ノ渡しに猪牙を着けた総兵衛は船大工統五郎の仕事場に入っていった。

そこには黒々と焼け焦《こ》げた大黒丸の横梁《はり》や下船梁《したふなばり》が月光を浴びて、無残な姿を晒《さら》していた。

笠蔵らは統五郎に総兵衛が江戸に帰着するまで火事場をそのまま残させた。

だが、一方で再建させるための資材集めには奔走させてもいた。

（なんとしても大黒丸を造船する）

総兵衛は無残な焼け焦げをみて、改めて心に誓った。

（大黒丸を日本の海どころか異国の地にまで雄飛させてみせる）

総兵衛は岸に舫《もや》った猪牙に戻りかけて、小さな影に気がついた。

殺気と気配を消して総兵衛の行動をさきほどから注視していたようだ。

影と総兵衛の間には二十余間があった。

総兵衛は無言のうちに間を縮めながら、相手が老狐《ろうこ》の狡猾《こうかつ》さと技を隠した剣客であることを見てとった。

「大黒屋総兵衛と知ってのことか」

「一介の商人が一剣を腰に深夜徘徊《はいかい》するか」

「どうやらこちらの正体を知ってのことのようじゃな。どなたかな」

二人の会話はあくまで穏やかだ。

「十智流小暮蜉太郎実厚《じっちりゅうこぐれふうたろうさねあつ》」

「おお、そなたとは熱海で行き違ったか」

忍びこんで天井裏から密談を聞こうとした駒吉に気がついて、金縛りにした老剣客だ。

「大黒屋、碧川甲賀ら十二名を錦《にしき》ヶ浦《うら》でことごとく斬殺《ざんさつ》したようじゃな」

「お手前はそれを知りながら江戸に来られたか」

「伊勢での騒ぎ、風聞にて知った」

小暮蜉太郎は総兵衛の問いには答えず、

「宮嶋屋理八にはいささかの恩顧があってな。それがしの願いを適《かな》えてもらうことにもなっておった」

「恩人の仇《かたき》を討たれると申されるか」

「十智流の腕を試しとうもなった」

そう言った小暮蜉太郎は二、三歩下がりながら、剣を抜いた。

五尺三寸（約一六一センチ）余の体がぴーんと伸びたようだ。

総兵衛に十智流の知識はない。だが、ただ者でないことは無駄のない挙動で察せられた。

「お相手つかまつる」

「流儀は」

「祖伝夢想流」

「なんと古法が伝えられていたか」

小暮蜉太郎は左足を前にして両足を開き、腰を落として剣を片手脇《わき》構えに保持した。左手は脇差の柄《つか》のかたわらにおかれた。

十智流の極意は相手の意表を、隙《すき》をついて勝つ技であった。

老狐は幾多の修羅場でその戦法を使い、勝ちを収めてきた。

（この相手には利《き》かぬ）

小暮蜉太郎はすぐに悟った。

総兵衛は三池典太光世二尺三寸四分を八双につけた。右足がわずかに開かれたのみ、六尺余の長身は無風の原に聳《そび》える古木のように立っていた。

月光が焼け焦げた竜骨と横梁の影を造船場に落としていた。その月が雲間に隠れ、ふたたび姿を見せてゆるゆると移動していく。

不動の構えの二人は動く気配はない。

相手の仕掛けを待つ。

焦《じ》れたほうが負けと相手の腕前を互いが承知していた。

湿った風が大川から吹き上げてきた。

わずかに小暮蜉太郎実厚の肩が揺れた。

老いがもたらす疲労が老剣客の不動の姿勢を崩そうとしていた。

総兵衛も限界がきていた。

保土ヶ谷宿から江戸に帰着して一刻も眠っていない。その疲れが集中心を欠こうとしていた。

「ふーう」

小暮蜉太郎の鼻孔から息がかすかに洩《も》れた。

総兵衛が走ったのはその瞬間だ。

三間（約五・四メートル）が見る見る縮まった。

小暮は左手で脇差を抜き、右手の剣を車輪に回転させた。

総兵衛は両手を大きく伸ばして八双の剣を鋭く振りおろした。その瞬間に間合いが切られた。

脇構えの剣が総兵衛の胴を抜いた。

懐《ふところ》の深い総兵衛の体にわずかに届かない。

振りおろされた三池典太が小暮蜉太郎の肩口を袈裟《けさ》に斬撃し、

「うっ」

と呻《うめ》き声を漏らした老剣客が押しつぶされそうになりながらも、左手の脇差で総兵衛の懐を抉《えぐ》った。

激痛が走った。

が、総兵衛が振るった豪刀三池典太光世の太刀風が小暮蜉太郎の大小の剣の勢いを殺《そ》いで、斬《き》りおろした。

小暮蜉太郎の二剣が長身の総兵衛の胸前で力なくぶつかり、地面に転がった。腰が砕けながらも踏みとどまった老狐小暮蜉太郎はよろりとよろけ、大きな息を一つ吐くと、どさりと横倒しに倒れていった。

総兵衛は脇差に抉られた胸に痛みを感じながら、しばしの間、黙念と立っていた。

宝永二年の梅雨明け、甲府藩主柳沢吉保の別邸、駒込屋敷の女主《あるじ》のお歌の方が夕食を摂《と》った後に頓死《とんし》した。

お歌の方を診断したお医師は首を何度もひねって、

「あれほどお元気なお方様が」

と不思議がった。

その夜、富沢町の大黒屋の店の二階の笠蔵の部屋に信之助が訪ねてきて、

「大番頭様の薬があのように効くとは」

と言いだした。

「信之助、ちっとは私の薬益を信じなされ」

「薬益、にございますか」

「おお、刃物も薬も使いようで毒にも益にもなりまする」

二人の番頭は視線を交わらせたが、その顔に笑いはなかった。

あとがき

十一年余、住み慣れた世田谷を離れて、渋谷区に戻ってきた。

渋谷は私が学生時代の最後を過ごした街、三十数年ぶりの都心回帰ということになる。

昭和三十年代の原宿はのんびりしたものだった。

正月になると食堂すら開いてない。原宿駅前に明治神宮参拝客目当てにすし屋が暖簾《のれん》を掲げていたが、学生の身では入る金も勇気もない。青山一丁目のスーパー、ピーコックまで買い物にいって、自炊をした。

引っ越してきた日、犬を連れて代々木公園から表参道まで歩いた。もはやセントラルビルもなければ、明治通りとの交差点にあった、小さな交番も移動して、ない。教会も若者たちが群がるブティックの間に埋没している。

明治通りを渋谷のほうにいくと、鯖《さば》の味噌《みそ》煮《に》に大根の煮付けなど、大衆メニューの食堂があって、さらに五百メートルも行くと、夜だけ破れ提灯《ちょうちん》を下げた、途方もなく美味《おい》しい餃子《ぎょうざ》を食べさせてくれたワンさんの福蘭（といったと思う）があった。店は間口一間あったかどうか。カウンターだけで四、五人も入れば満員。客の大半は通りに置かれた丸椅子《いす》で、包丁の平で叩《たた》いただけの生ニンニクがどーんと転がるタレにあつあつの餃子を浸して食べた。冬など寒風が吹くと餃子の皿にラードが固まっていくのが分った。

この福蘭、原宿から青山に移り、盛業している。が、ワンさんは疾《と》うの昔に亡《な》くなられた。

表参道の雑踏の中から懐《なつ》かしい光景を見た。

風呂屋《ふろや》の煙突だ。

私のアパートはこの風呂屋のそばにあってトイレ共同、むろん風呂などないから銭湯を利用した。

表参道からアパートのあった路地に入ってみた。穏田川《おんでんがわ》は暗渠《あんきょ》になって、散歩道になっていた。その両側には洒落《しゃれ》たブティックやレストランがあって、闇《やみ》を流れる川の上に明るい明かりを投げていた。

アパート付近は意外にも変ってなかった。真ん中に廊下が走り、左右に六畳間が並ぶ新しいアパートは建て替えられた様子だが、昔の面影をとどめていた。

このアパートで独身最後のときを過ごし、結婚して引っ越した。

数年後、マンションを買う頭金にと貯《た》めた金を持ってスペインに渡った。

長い放浪生活の始まりだった。

茫々《ぼうぼう》三十七年余の歳月が流れた後に昔の街に戻ってきた。

そのことを計画したわけでもなんでもない。気がついたらそこにいたというのが正直なところだ。

この街で『古着屋総兵衛……』を始めとする時代小説を書いていこうと思う。

そんな感傷に浸りながら、私にとって古くて新しい街で五作目の『古着屋総兵衛影始末　熱風！』の校正をした。どうか読んで下さい。

平成十三年十月佳日

佐伯泰英

この作品は平成十三年十二月徳間書店より刊行された。新潮文庫収録に際し、加筆修正し、タイトルを一部変更した。

佐伯泰英著

死闘

古着屋総兵衛影始末 第一巻

表向きは古着問屋、裏の顔は徳川の危難に立ち向かう影の旗本大黒屋総兵衛。何者かが大黒屋殲滅に動き出した。傑作時代長編第一巻。

佐伯泰英著

異心

古着屋総兵衛影始末 第二巻

江戸入りする赤穂浪士を迎え撃て――。影の命に激しく苦悩する総兵衛。柳生宗秋率いる剣客軍団が大黒屋を狙う。明鏡止水の第二巻。

佐伯泰英著

抹殺

古着屋総兵衛影始末 第三巻

総兵衛最愛の千鶴が何者かに凌辱の上惨殺された。憤怒の鬼と化した総兵衛は、ついに〈影〉との直接対決へ。怨徹骨髄の第三巻。

佐伯泰英著

停止

古着屋総兵衛影始末 第四巻

総兵衛と大番頭の笠蔵は町奉行所に捕らえられ、大黒屋は商停止となった。苛烈な拷問により衰弱していく総兵衛。絶体絶命の第四巻。

佐伯泰英著

血に非ず

新・古着屋総兵衛 第一巻

享和二年、九代目総兵衛は死の床にあった。後継問題に難渋する大黒屋を一人の若者が訪ね来た。満を持して放つ新シリーズ第一巻。

山本周五郎著

栄花物語

非難と悪罵を浴びながら、頑なまでに意志を貫いて政治改革に取り組んだ老中田沼意次父子を、時代の先覚者として描いた歴史長編。

柴田錬三郎著

眠狂四郎無頼控（一〜六）

封建の世に、転びばてれんと武士の娘との間に生れ、不幸な運命を背負う混血児眠狂四郎。時代小説に新しいヒーローを生み出した傑作。

柴田錬三郎著

眠狂四郎独歩行（上・下）

幕府転覆をはかる風魔一族と、幕府方の隠密黒指党との対決――壮絶、凄惨な死闘の渦中にあって、ますます冴える無敵の円月殺法！

柴田錬三郎著

眠狂四郎殺法帖（上・下）

幾度も死地をくぐり抜けていよいよ冴えるその心技・剣技――加賀百万石の秘密を追って北陸路に現われた狂四郎の無敵の活躍を描く。

司馬遼太郎著

梟の城

直木賞受賞

信長、秀吉……権力者たちの陰で、凄絶な死闘を展開する二人の忍者の生きざまを通して、かげろうの如き彼らの実像を活写した長編。

司馬遼太郎著

風神の門（上・下）

猿飛佐助の影となって徳川に立向った忍者霧隠才蔵と真田十勇士たち。屈曲した情熱を秘めた忍者たちの人間味あふれる波瀾の生涯。

司馬遼太郎著

城塞（上・中・下）

秀頼、淀殿を挑発して開戦を迫る家康。大坂冬ノ陣、夏ノ陣を最後に陥落してゆく巨城の運命に託して豊臣家滅亡の人間悲劇を描く。

熱《ねっ》風《ぷう》

古着屋総兵衛影始末 第五巻

新潮文庫 さ-73-5

平成二十三年四月一日発行
平成二十六年十一月五日六刷

著者 佐《さ》伯《えき》泰《やす》英《ひで》

発行者 佐藤隆信
発行所 株式会社新潮社
郵便番号 一六二―八七一一
東京都新宿区矢来町七一
電話 編集部(〇三)三二六六―五四四〇
読者係(〇三)三二六六―五一一一
http://www.shinchosha.co.jp

価格はカバーに表示してあります。

乱丁・落丁本は、ご面倒ですが小社読者係宛ご送付ください。送料小社負担にてお取替えいたします。

印刷・株式会社光邦 製本・株式会社植木製本所

ISBN978-4-10-138039-1 C0193